幻夢の英雄

青心社

カダス・インガノクへ
黄昏の海
イレク＝ヴァド
セラニアン
セレネリア海
ナラクサ川
アラン山
オオス＝ナルガイの谷
ハテグ＝クラ山
クレドの密林
セレファイス
タナリアン丘陵
オウクラノス川
トラン
フラニス
ハテグ
ナリエル諸島
ニル
オオナイ
ウルタール
レリオン山
中つ海
カルティアン丘陵
スカイ川
デュラス＝リイン
バハルナ
ヤス湖
テュルヒア
ザール
ングラネク山
南方海
オリアブ島

●地球の幻夢境《ドリームランド》の地図（原案・森瀬繚／作図・中山将平）

この地図は、本作及びH・P・ラヴクラフトの諸作品における記述から、推測的に作成したものです。地球上の図法を使用したものではなく、方位や縮尺は必ずしも一様ではありません。

登場人物

デイヴィッド・ヒーロー……地球出身の夢見人《ドリーマー》。未だ夢の名前《ドリーム=ネーム》を持たぬ剣士・歌い手・詩人。
《放浪者》エルディン……夢見人《ドリーマー》。ヒーローの相棒となる壮年の冒険者。
エブライム・ボラク……オッサーラ出身の資産家。実は夢見人《ドリーマー》で、地球では武器商人だった。
スィニスター・ウッド……冥《くら》き神イブ=ツトゥルを奉ずる邪神官。
アミンザ・アンズ……イレク=ヴァドの貴族の娘。スィニスターに囚われている。
ナイラス……ティーリスの町外れに住まう大魔法使い。スィニスターの従兄弟。
大樹……かつて遠方の星で栄えた大樹の種族の生き残り。テレパシーで会話する。
幽鬼《エイドロン》ラティ……悪魔に呪われた都邑《まち》、タラリオンの支配者。
タイタス・クロウ、アンリ=ローラン・ド・マリニー……名前のみ登場。「タイタス・クロウ・サーガ」シリーズ（東京創元社、全6冊）の主人公コンビ。

「表に出かけると、所構わず粗相してしまうジューンに」

幻夢の英雄

ブライアン・ラムレイ
訳 森瀬 繚

「私自身の夢はといえば、特段に鮮やかで現実味のあるものなので――目が覚めるまで、自分が夢を見ているのかどうか全くわからないほどです――覚醒《めざ》めの世界と夢の世界のいずれの方が生気に溢れているかについて、論じるつもりはありません。確かに、覚醒めの世界の方がより固体性が高いものであるように見えます。とはいえ、固体と呼ばれるものの原子レベルでの構造について科学が教えてくれることに鑑みると――それも怪しいものではないでしょうか……？」

――ゲルハルト・シュラッハ

第1部

第1章　最初の出会い

夕暮れ時にさしかかり、幻夢《ゆめ》の高地は肌寒くなりつつあった。

尖った釘のように伸びた草むらが微風を受けて揺れ動く様子はまるで、しゅうしゅうと呼気《こき》の音を立てる蛇のようで、そそり立つ岩の上に陰影を投げかけていた。

間もなく太陽が沈み、地球の幻夢境《ドリームランド》の天空に星々の焔《とも》が灯されることだろう。

デイヴィッド・ヒーローは、このあたりの土地に明るくなかった。これまでのところ、幻夢が彼をここに運んできたことがなかったからである。

ともあれ、好みの場所ではないということだけはわかった。

緑豊かな平原が終わり、そこから先に見えるものといえば、背の低い雑木林や岩がちな斜面、つるつるした泥板岩の数々だった。そして夜が近づいてくると、ごつごつした岩山はほどなく不気味な影を投げかけて、脅かすような黒ぐろとした洞窟に成り果てるのだ。

体をわずかに震わせると、尻にぶら下げている湾曲した剣の柄を撫で、褐色の外套のフードを少しばかり――あくまでも控えめにまくりあげた。彼の鋭敏な耳は、危険の存在を視覚よりも早く教えてくれることが多いのだが、そんなことにならないで欲しいものだ。

斜面に身を乗り出すと、微風は強さを増して風となり、この世のものとも思えぬうめき声をあげた。頭上を見れば、にわかに灰色の雲が現れ、山々の頂《いただき》を越えて南へと移動していくのだった。南……。かなうことなら、南方に赴《おもむ》く夢を見たかった。たとえば、クラネス王の統べる地、セレファイスに。さもなくば、西風が空へと流れ込むところ、空を漂うセラニアンに。

だが、しかし。いかなる場所であれ、彼がいるのはここなのだから、どんな夢だろうと受け入れねばなるまい。いかなる幻夢であろうと……たとえそれが、悪夢であろうともだ。

デイヴィッド・ヒーローは、自分が地球の幻夢境の北方にいるのだと悟ったが、それ以上のことは何もわからなかった。頭上に聳《そび》えるこの峰々は、幻夢境において最も堕落した住民どもの根城であるという、音に聞こえしレン高原へと通じる最果ての領域だろうか。あるいは、遥かに巨大で急峻な、冷たき荒野に聳《そび》えるカダスの裾野に過ぎないのだろうか。

このような考えが頭の中でぐるぐると回り、夢見人《ドリーマー》は今しも来た道を引き返し、より健康的な土地に向かおうと心を決めかけた。囁くような鋼鉄の音を立てて剣を抜き、無意識に体を低くして、防御しやすい姿勢をとるような事態に出くわしたのは、まさにその時のことだった。

下方を見ると、一人きりの放浪者が、岩の裂け目に身を隠そうとしていた。その彼を、六本足のイヌグモ《スパイダー＝ハウンド》どもが三匹取り巻いていて、しゅうしゅうと音を立てながら革靴を履いた彼の足に噛みつき、そのまま引きずりおろそうとしていたのである。

一匹は、物を掴むことのできる前肢で、まっすぐな剣をぎこちなく握りしめていた。それは、連中の忌まわしい責め苦を受けて必死にもがき、しわがれた喘《あえ》ぎ声を漏らしている獲物から奪い取ったものに違いなかった。

デイヴィッド・ヒーローは、幻夢境のもっと文明化された地域の旅行者や語り部たちから、イヌグモのやり口についていくらか聞き知っていた。連中は、厭《いと》わしいしゅうしゅう声を聞かせたり、飛びついたりして人間を弱らせ、然《しか》る後に毒のある棘で痺れさせると、生きたまま食べてしまうのだ。そして、その食事は多くの場合、幾晩にもわたって続くというのである。

この三匹の異形の怪物の意図も、そうしたものであることは明白だった。

犠牲者が、その怪物どもに抗《あらが》うべく、体を押し込むことのできる隙間を探しながら、それはもう気が狂ったかのように暴れまわっているのも、ヒーローには無理からぬことに思えた。

我が身の安全のことなど顧みず、新たな闖入者《ヒーロー》は歯を食いしばり、暗闇の中を滑ったり飛んだりして、泥板岩に覆われた斜面を降りていった。そして頭上に剣を振りかぶると口笛を吹き、狂人のように叫び声をあげながら、しゅうしゅうと音を立てて飛び跳ねる生物に突進した。

走りながら空いた手で大きな溶岩の塊を掴み、虫もどきの犬どもに投げつけてやると、命中の衝撃で連中の一匹が空高く飛び上がるのが見えた。実にいい気分だった。

それから怪物どもの上手《うわて》にやってくると、歯を食いしばり、唇を歪めて喘《あえ》ぎ声を漏らしながらも、彼は連中を剣で切り裂いた。

何とも幸運なことに、彼の振るった剣は一匹のイヌグモのいくつも関節のある後ろ脚を切り飛ばしたのだが、それは目下取り囲まれている旅人の剣を振りかざしていた脚だったのだ。

次の瞬間、男は前に飛び出すと、脚を喪《うしな》ったイヌグモから武器を奪い返した。それから力を合わせて打ちかかり、尾部の針を使わせる隙も与えず、半狂乱の怪物を屠《ほふ》ったのである。

しかし今、他のイヌグモどもは戦いのバランスが崩れ、手早く終わらせねばならないことを理解していた。命令の音声が発せられるや、彼らはヒーローめがけて突進し、空中で体をねじると、針を顔面に打ち込んできた。ヒーローは身をかがめて攻撃をかわしざま一匹に剣を突き通したのだが、別の一匹が背中にのしかかってきたのを感じ、腐食性の毒液の一滴が衣服を徹して肌にまで届き、炎で燃やされた時のような激しい痛みを覚えた……かと思うと次の瞬間、彼に取り付いた恐るべき敵が蹴り飛ばされ、息の根が止まる末期《まつご》の声が聞こえた。救い出された男が、両手に構えた剣でそいつのゴキブリじみた頭部を胴体から切り飛ばしたのである。

ヒーローは背後を振り返ることもなく、頁岩や溶岩の破片がちらばる地面でピクピクと痙攣している、鱗状の皮で覆われたイヌグモから自分の武器を素早く引き抜くと、そいつのキチン質の頭蓋を縦に切り割った。戦いは終わり、峰々に残されたのはただ呻き声を思わせる風――それから男たちの喘《あえ》ぎ声、そして悪夢めいたこの地の住人どもの体を流れていた生き血であるところの、色の薄い灰色の体液の名状しがたい滴ばかりだった。

ヒーローは改めてもう一人の男の方に向き直り、何をしているものか覗き込んでみると、彼は黒い上着で武器を拭っているところだった。振り返った男の目には、感謝の気持ちを示す輝きが宿っていたが、その呼吸は荒く、苦しげに咳き込んでいた。

「不意打ちされちまったみたいだな」と、ヒーローは思いきって話しかけた。

　男が呻くように答える前に、少しの間があった。

「ああ、そうだ。忌々しい怪物どもめ！　襲いかかられるまで全く気づかなかったんだ。連中は、獲物を追いかけている時には、あのしゅうしゅうという音を決して立てないのさ——音を出すのは、相手を追い詰めた時だけなんだ！」

「俺も知らなかったよ」と、ヒーローは答えた。「連中に出くわしたのはこれが初めてだ——運が良かったんだな、俺は！」

　そう言いながら、彼は毛皮つきのブーツを履いた脚で切断された頭部に触れ、星明かりが複眼構造になっている目に落ちるところまで回転させた。すると、死んでいるはずのその目が彼をじっと見つめているような気がして、顔を歪めた。まさにその時、首なしの死骸のひとつがピクピクと動いたかと思うと、硬い甲殻が岩の上でガタガタと音を立てた。二人は死体から一歩離れて体を震わせた——その寒気は、夜の空気の冷たさだけに由来するものではなかった。

　二人はようやく互いに向き直ると、幻夢境の流儀に則《のっと》って互いに手を握りあった。

「時々、寄宿している村では、エルディンと呼ばれている」

　黒い上着を羽織った男は、ヒーローにそう伝えた。

「エルディンというのは《放浪者》を意味する古い言葉でな。俺にはおあつらえむきだ。もちろん、覚醒《めざ》めの世界では別の名前がある……少なくとも、そうだと思う。お前さんの名は？」

「俺の名は、ヒーロー、デイヴィッド・ヒーローだ。夢の名前《ドリーム＝ネーム》はまだないんだがね、有名所の土地については、それなりに旅慣れているつもりだ」

「夢の名前がないのか、デイヴィッド？　フムン」

エルディンは歯を見せてニヤリと笑うと、いわくありげな表情を浮かべて頷いた。

「なるほど、覚醒めの世界からやって来た旅行者のお仲間というわけだ。最近はとんと見かけなくなっちまったが。それで、どうしてまたこんなところにやって来たんだ？」

「こっちこそ、話したいのはやまやまなんだがね」と、ヒーローは神経質な様子で返事をした。

「こういう巫山戯《ふざけ》た場所で、おしゃべりに明け暮れたい気分には到底ならないな。夜を気楽に過ごせる場所がないのかい？」

「この忌々しい怪物どもに襲われた時、俺はあそこの影に隠れた洞窟に向かっていたのさ」と、エルディン。「ポケットには火打ち石が入っていて、荷の中には材料が揃っている。焚き火のための、乾いた木切れくらい見つかるだろうさ。お茶でも一杯どうだ？」

ニヤリと笑うエルディンの歯に反射した光が、暗闇の中でヒーローの目に届いた。

「そいつは、親切なご招待だ」と、彼は答えた。「先行してくれよ、エルディン。でもって、歩きながら木切れを拾っていくことにしようや」

よく乾燥し、風雨の入り込まない洞窟の只中。平らな石に腰を下ろし、小さな銀製のコップに注がれた紅茶に口をつけると、エルディンは「それじゃあ」と口火を切った。

「幻夢境の街や都市から遠く離れた、こんな人跡未踏の土地でお前さんがいったい何をしていたのか、話してくれるってことだったな」

ヒーローは肩をすくめてみせた。

「俺はいつも、幻夢《ゆめ》に連れて行かれるところに行くんだ。今回はここだったたってわけさ」

「ということは、お前さんは常習的な夢見人《ドリーマー》ではないってことか？」

「そういうわけじゃないんだが、俺の見る夢にはいつもあまり意味がないっていうか——俺の言ってること、わかるかな。さっき言った通りなんだよ。俺は、幻夢に連れて行かれるままに、どこにだって行くんだ。幻夢境《ここ》には、俺の要《かなめ》になる錨《いかり》がないのさ——あんたと違ってな。宿を借りるような村も、家と呼べるような場所もないんだ。どんな種類のものであれ、永続性を構築するのに十分なくらい、ここに長くいたことがないんだよ。でもまあ、よくよく考えてみると、覚醒《めざ》めの世界でも全く同じなんだろうな。あっちにいると、ここのことをあまりよく思い出せないし、こっちにいると……」

「他の場所のことをあまり思い出せない？」

「思い出せるのは名前だけさ」と、ヒーローは答えた。「それで、全部だ」

「俺の場合は」と、エルディンは言った。「いつも七百段の階段を降りて、《深き眠りの門》に向かうようにしているんだ。そうすれば楽に、より長い時間をここで過ごせることに気づいたんだ。そう簡単に目が覚めないようになるってな。あの階段を降りることで、夢の下の階層に降りることができるってわけだ。お前さんにその気があれば、だが」

「俺向きじゃない」と、ヒーローは首を横に振った。「あの階段を使った連中が、二度と覚醒の世界に戻らなかったって話を聞いたことがある。あそこは夢の中に逃避する奴が使うものであって、俺にはそんなつもりはないんだ。ぶっちゃけ、俺は夢見ってやつが苦手だし――本当のところ、夢を見たいと思ってるわけでもないんだよ」

「お前さんの好きにするがいいさ」と、エルディンは唸るように言った。「ともあれ、俺たちは似た者同士なんだろうな。たぶん、俺たちは覚醒めの世界ではやりたいことが多すぎて――さもなくば少なすぎて――それで夢を見るんだよ。お前さんは、こちらに自分の錨がないと言うが、覚醒めの世界にもお前を繋ぎ止めるものはほとんどないんだろうさ。賭けてもいいぜ。さらに言えば、俺はお前より年長だ。俺にとって、夢は覚醒めの世界よりも優しいんだろうな。とにかく、ここが好きなんだよ。何とはなしに、物事があっちより楽に思えるんだ」

彼は咳き込むと、大きな手を口に当てた。

「俺はこの夢の世界で、運を天に任せてみるつもりだ。幻夢に殺されなかったとしても、この老いさらばえた煩《わずら》わしい肉体がどの道、確実に俺を殺すことになるだろうからな！」

ヒーローは肩をすくめた。そして、揺らめく炎の中で相手の姿を眺めた。

エルディンは、二六歳のヒーローよりも、少なくとも十数歳は年長で、顎髭を生やした傷のある顔立ちはとてもハンサムとは言い難かったが、驚くほど澄んだ青い目をしていた。ずんぐりした鈍重そうな体型だが、それでいてどこかひょろ長く、ひどく気取った印象を与えつつも、その一挙手一投足から並外れた知性と稀有な活力が滲み出ていた。

しかしヒーローは、彼の活力が体内で弱りきっていて、死に至る炎が彼の肺の中で着実に明るさを増し、やがて荒れ狂う地獄を開花させようと脅かしているのではないかと疑っていた。たぶん、それこそが彼が覚醒《めざ》めの世界に適合できず、幻夢境《ここ》にやって来た理由なのだろう。

「あんたの方こそどうなんだ」その答え合わせをしようと、彼は問いかけた。「あんたこそ、ここで何をしているんだ、エルディン。ここというのはつまり、この高地でってことだ」

エルディンはニヤリと笑って紅茶を口にすると、彼の新しい友人に目を向けて、その力強い腕や整った外見、そしてスリムな体型に感嘆した。

「俺がここに来た理由か？　お前さんを探していたんだよ！」

「俺を？」ヒーローは驚愕した。

「説明しよう」と、エルディンは言った。「オリアブ島はバハルナの波止場には、幻夢境の海という海から船乗りたちが集まってくる宿酒場《タバーン》がある。あの宿酒場は少しばかり奇妙なところでね、何というか、ごく最近まで島の外からやってくる人間にあまりお勧めできない不健全なところだったのさ。だが、大掃除が行われた結果、幻夢境の数多くの人々が旅に出るようになったんだ。近頃ではあのデュラス＝リインにすらある程度の数の来訪者があって、再び人が住み着くようになっているという話も聞こえてくるほどだ」

しかし、エルディンの言葉を聞いて、ヒーローの心は全く別のことに向けられた。魔神クトゥルーの幻夢境における手下どもが、夢の土地の全域で大乱を起こそうとした、かの《悪しき日々》について彼が耳にした、様々な話を思い出したのである。覚醒めの世界からやって来た二人の男たちの介入によって、それは辛うじて阻止されたのだ
ヒーローは、男たちの名前を覚えていた。タイタス・クロウとアンリ＝ローラン・ド・マリニー――悪夢じみた勢力の全てを敵に回して戦い続けてきた、彼らの闘争に思いを馳せると、ある種の畏敬の念を禁じ得なかった。

「とにかく、だ」エルディンの言葉が、彼の意識を現在に引き戻した。「俺は南方海を渡ってバハルナに赴《おもむ》いたんだが、そこで――先程話した例の宿酒場で――とある容易ならざる技倆《ぎりょう》をもつ占い師によって、自分の未来を告げられたんだ。いいかい――」と、彼は大きな胸をぽんと叩いた。「この大分老朽化した肺の痛みに苦しんでいただけでなく、少々酔っ払ってもいたもんでな、俺の記憶が確かかどうか保証はできないが、ともあれその予言者が口にしたと俺が思っていることを、お前さんに話してやろう」

「そいつはいくつかの石ころを転がすと、目に見えない、奇妙な双眸《そうぼう》で俺の手のひらを眺め、それから話し始めた――」

「目には見えない目だって？」

ヒーローは、我慢できずに彼の言葉を遮った。

「いったいぜんたい、どんな目なんだ、そいつは？」

歯を見せて笑うエルディンの顔に炎の光が反射して、洞窟の壁に影を落とした。

「どんな目かって？　そりゃあもちろん、目に見えないものだとも！　洞窟の中を覗き込んだところで、何も見えないようなものだよ！　星と星の間に横たわる空間――空っぽの虚空――俺の言っていることがわかるかね？」

「いいや」と、ヒーローは首を振った。

「お前さんにも、その境目《さかいめ》が見えるはずだ」と、エルディンは辛抱強く説明した。

「鼻柱の両脇にある窪みのような、そういう縁《へり》のことさ――だが、その中に何があるのかというと……何もないんだ！　俺はこの幻夢境で、そういうものに幾度も遭遇してきた」

ヒーローはゆっくりと頷き、こう言った。

「で、何の話だって？」

「ん？　ああ、そうだった。俺はいくらか酔っていた、そいつは認めよう――そうさな、その年寄の占い師も同じだったと思うが――彼は、石ころと手のひらから、俺の未来を読み取った。そして、こんなことを言ったのさ」

「《エルディンよ、お前はある晩、北方の高地において、ひとりの男に出会い、その男に命を救われることになるだろう。それから、その男はお前の仲間となり、幻夢境の最果ての地を巡る旅路にお前を誘《いざな》う……探求の数々に同行することになろう》」

「《探求だって？》と、俺は言った。《いったい、どんな探求なんだ》とも。だが、彼はそれ以上のことは何も話してくれなかったよ」

その話にすっかり引き込まれて、ヒーローは尋ねた。

「他には何も？　彼があんたに話したのはそれだけだったのかい？」

「そうでなければ良かったのだが」と、エルディンは残念そうに頷いたのだが、やがてぱっと明るい表情になって、こんな話を付け加えた。

「ああ、そうだ！　彼はこうも言っていた。もし、我々がこの探求の旅を生き延びることができたなら、お前さんは夢の名前《ドリーム＝ネーム》を手に入れることになるだろうってな。俺の探し人がお前だとわかったのは、それが理由なんだよ」

「俺に夢の名前《ドリーム＝ネーム》がなかったから？」

エルディンは頷いた。

「そういうことなら、俺はまた一人旅に戻らなくちゃな」

「俺と一緒に来てくれんのか？」エルディンは失望したようだった。

「英雄《ヒーロー》というのはあくまでも名前であって」と、彼は念を押した。「俺の性格がそうだってわけじゃないんだ。その占い師が未来をどう占おうが、俺には無関係さ。生き延びることができれば、だって？　ひとつ、確実な方法があるじゃないか、友よ。そもそも旅に出なきゃいいのさ！　エルディンよ、悪いが俺を数に入れないでくれ。いずれにせよ、何もかもが漠然とし過ぎてる！　探求の旅に出ろときた。どこへ？　何のために？」

エルディンは肩をすくめた。

「俺にもさっぱりわからん。ところで、興味がないんじゃなかったのか？」

今度はヒーローの顔が歪む番だった。彼は顔を背けると、洞窟の口から夜闇を見つめた。

「まずは一眠りだ。それから、考えさせてくれ」と、彼は相手を見ずに口にした。

エルディンはニヤリと笑うと、「最初の見張りは俺がやろう」と告げたのだった。

第2章　デイヴィッド・ヒーロー

デイヴィッド・ヒーローは、太陽の光に瞼《まぶた》を灼《や》かれて目を覚ますと、顔を伏せた。エルディンと共に過ごした洞窟は、太陽の昇る方向から離れている南側に面していたはずなのに、どうしてこんなことになったのか。彼は少しの間、いぶかった。それから、目をかばうようにして瞼《まぶた》を開けると、東側の天井に、やや傾いた格子状の窓があるのが目に入った。その小さな窓ガラスから、〈アーサーの玉座〉の上に昇る朝日が射し込んできていたのである。

〈アーサーの玉座〉だって？　エルディンバラ！　確かに、エルディンバラだ。

いや、エディンバラだよ、「L」は余計だ！

一体どうして、この街をエルディンバラなどと呼んでしまったのか。そしてここは、ダルケイス・ロード沿いにある建物の屋根裏部屋を改造した、彼のスタジオだった。

一瞬の混乱を経て、デイヴィッド・ヒーローは覚醒《めざ》めの世界の人間に立ち返った。

異世界の生にまつわる記憶の全てが縮こまり、人間精神の研究者たちが時折ほのめかしたり、しばしば推測を巡らせるような、その存在も定かならぬ心の領域へと引っ込んでいった。

その瞬間、地球の幻夢境は彼にとって存在しなくなったか、潜在意識の影と化したのである。

ただし、エルディンという言葉を除いて……。

さて、いったいぜんたい、エルディンというのは何なのか。それとも誰なのか。それにだ、目が覚めた時にエディンバラにいたことを、自分はどうしてあんなにも驚いたのだろうか。

ベッドに腰を下ろしたまま、彼はあくびをして肩をすくめた。

夢を見ている状態から目覚めへと到る瞬間の、ごく当たり前の心の混乱に過ぎないのだと、彼は考えた。実際、彼はいつだって、寝起きが悪いのである。

さて、今日は何をする予定だったか。城の遊歩道の散歩だろうか。たしかに、その高台から眺める古さびた都市《まち》の佇まいを、彼はいつだって楽しんでいた。そしていつだってどこか――記憶を超えた別の場所を彼に想起させる、その瑰麗《かいれい》なる陰影を愛していたのだ。

たぶんそれこそが、彼の奇矯な芸術を生み出す閃《ひらめ》きを解釈する手段だったのだろう。

彼はベッドから出ると、すっかり摩耗した床板を横切って、昨日描いた作品を覗き込んだ。

朝日が当たっていなかったので、カンバスに描かれたばかりの風景がくっきりと見えていた。

石畳の道がある、不気味で幻想的な灰色の都市が林立する様が、渦を巻くように下地に描かれていて、家々の窓にはまった小さなくもりガラスが、彼を陰鬱に見返しているようだった。

たわんだ舗道が、沈み込んだ道路から暗い影のように盛り上がり、寂れた波止場は生命の感じられない海の中に崩れ落ちていた。

人の姿が一切見られず、見るからに陰鬱で不穏な光景が全体を覆っていた。

絵を眺めながら、ヒーローは頭を片側に傾けて、顔をしかめた。

何と悲惨な光景だろうか。その街では何か恐ろしいことが起きているのだ。それが何なのか知らねばならないと、彼は強く感じていた。

それが、自ら望んで描いた光景なのかどうか、彼にはもはや確信がもてなかった。

絵画それ自体には何の問題もない。実際、良い出来だった。欠陥は、テーマにあるのだ。

「デュラス＝リイン」と、彼は独りつぶやいた。「ああ、そうだ――だが、陰鬱に過ぎるな。良い名前ではあるが！」

彼は鉛筆を手に取ると、カンバスの片隅に「デュラス＝リイン」と素早く書きつけた。

「これでよし。よく覚えておこう」

一歩さがるとまたあくびをして、彼はくしゃくしゃに乱れた黄色がかった金髪を掻き混ぜた。

この絵は、夜景として描かれた方が良さそうだなと、彼は考えた。窓の向こうには仄暗い明かりが灯って、通りには仲睦まじい小さな集団がいる。そして、玄関口には時折、ランタンを高く掲げた人影が見えるのだ。そうすれば、この光景は異世界的な雰囲気を損なうことなく、より現実味が増すことになるだろう。

何といっても、今現在のデュラス＝リインは……そうなっているはずなのだから。

自分の空想を馬鹿にしたような笑いを浮かべると、彼は安物の額縁に収められている、以前に描いた別の絵に目を向けた。こちらの方はより活気がある絵で、屋根裏部屋に差し込む太陽の光でハイライトが強調されていた。黄金色の陽光の条《すじ》に囚えられた塵の微粒子はさながら、夢幻の如き塔や小塔、円蓋の間を漂う数多《あまた》のちっぽけな飛行船のように見えた。

ヒーローはカンバスの片隅に、「イレク＝ヴァド」という銘を書き込んでいた。

顔を洗わず、髭も剃らぬまま再び顔をしかめると、彼は体の向きを変えて小さな机についた。

目が覚めたばかりの彼の心は、いつも奇妙に感じられるほどに創意に溢れているのである。

彼は紙の切れ端に手早くスケッチを描いた。たちまちのうちに、重苦しい丘がスケッチの背景に姿を現し、その前景には——。

自分が描いたばかりの毛むくじゃらな、昆虫もどきの犬のような生物を見やって顔を歪めると、その紙切れを丸めてゴミ箱に放り込んだ。いったい、どこからそんなものを思いついたのかはわからないが、今日はそういう気分ではないのだ！

だいたい、今日は都市を散歩する日だったはず——それとも、約四〇〇〇フィート〈約一・二キロメートル〉もある片持ち梁《はり》に彼が常々魅了されてきた、フォース湾の橋に出向こうか——カモメの鳴き声が聞こえる中で、少年たちが潮に流されてきた、拳ほどの大きさの空っぽのウニの殻を集めて売っている、ダンバーの海岸で一日を過ごすのも良いかもしれない。あのあたりの海の端の岩に座って、小さな魚たちが波打つ海草の中に飛び込んでくる、深い淵を見下ろすのを、彼はたいそう好んでいたのだ。

こうしたことが頭に浮かんだ瞬間、それとは別に、ひどく奇妙なビジョンが浮かび上がった。

彼の心の目に、イレク＝ヴァドの緑色のガラスの断崖から、顎髭と鰭《ひれ》を生やしたノオリ族が水中を泳ぎ回って、すっかりのめりこんでいる――複雑に曲がりくねり、入り組んだ構造の迷宮《ラビリンス》を追求している様子を眺める、自分の姿が映ったのである。

この幻視はあまりにも唐突で、デイヴィッド・ヒーローを覿面《てきめん》に驚かせた。これぞまさしく、霊感というものだった！　彼はとある〈潜水艦もののSF長編〉のための本のカバーのデザインを依頼されていたのである。彼の心が思い描いたビジョンは、その依頼に完璧に適《かな》っていた。

それは、幻想的な海底の洞窟群の只中で、温和な亜水棲種族が勤しんでいる光景である――そして、その絵の前景の片一方の端では、気味悪いスーツを身に着けて武装した侵入者たちが乱入しようとしているのだ。いいじゃないか！《エクセレント》

……とりあえず、後回しにしておこう。多分、夜でも大丈夫だ。

さしあたっては顔を洗い、髭をあたってから朝食を作り、どこをぶらつくか決めることにしよう。卵とベーコンをコーヒーで流し込むと、彼はもともとの選択に立ち戻った。

エディンバラ城にしよう。見る者に例外なく畏敬と驚嘆、感動を与える場所があるとすれば、あの巨大な天空の城こそがその場所に違いなかった。そうだ、あそこに出かけることとしよう――海中の絵については、今夜から描き始めればいい……。

パブや土産物屋を通り過ぎて、急勾配の舗道をあがっていくヒーローの姿は、ロイヤル・マイル〈エディンバラのメイン・ストリート〉にひしめく様々な国からやってきた観光客たちの目には、あまり印象的な人物とは映らないことだろう。

ところどころに絵の具が斑点をつくり、陽光と海水で色あせた古いジーンズを履いて、オープンネックの黒いシャツの肩にかかるように、黄色がかった髪を長く伸ばした彼は、暑い夏の日中に時間を潰している田舎者にしか見えなかったかもしれない。それに、人々からそんな風に見られたにせよ、ひどい見当違いというわけでもなかったのである。

実際の話、彼は大学も出ていたのだが、彼の指導教官たちは皆が皆、「夢想に耽《ふけ》りすぎる」だの、「学問とはあまりにもかけ離れた空想に捕らわれている」だのと、事あるごとに手厳しい意見を述べたものだった。彼が真に熟達した唯一の分野――その道でどうにかこうにか生計を立ててきたのだ――なのは、絵を描くことであり、それこそが彼のやりたいことだった。

ああ、たしかに金持ちになるのも悪いことではない。それが、馬鹿げた出世競争《ラット・レース》に身を投じることを意味しないのであればの話である。

ある程度の社会的な責任を果たしていないわけではなかったので、落ちこぼれというわけではなかったが、その一方で彼の野心は実にささやかなものだった。

生まれるべき時代と、たぶん場所を間違えてしまったという考えが、彼の悩みの種だった。スペイン帝国の勢力圏《スパニッシュ・メイン》で暴れまわる私掠船《しりゃくせん》の乗組員であるとか、遠く離れた世界の見知らぬ地平線に挑む探検家である自分の姿を想像することはできた――だが、二〇世紀の地球上に存在する、広大な高層ビルのオフィスに陣取る企業の重役だと想像するのは無理だった！

ある種の場所を例外として、彼はこの世界を異質なものと感じていたのである。そんな場所のひとつが、爽やかな海風や空高くを舞うカモメの群れ、城郭や年代物のモニュメントなどがあり、古《いにしえ》の時代の雰囲気が空気中に漂うこのエディンバラで――そうした事物のおかげで、ヒーローはここでの生活に負担を感じずにいられるのだった。

もちろん絵画を描く上でも、雰囲気というのは非常に重要なのである。

そうこうしている間に、彼はロイヤル・マイルを登りきったところにある広場にたどり着いたことに気がついたので、そこで観光客の流れから左に逸れて、南側の古い城壁にもたれかかってみた。城壁の直下からは、緑草に覆われた丘の斜面が急勾配で落ち込んでいき、城の建つ高台をぐるりと一周するリボンのような道へと下りゆく岩がちな断崖と合流したのち、迷宮じみた都市の中に入り込むのである。

頭上の空高くをカモメたちが旋回し、騒がしい鳴き声を遠くから響かせていた。ヒーローが双眼鏡で眺めていると、そのうち一羽が、城の気流に乗って上昇していき、大きな輪を描いて悠々と滑空してみせるのが見えた。そのカモメはしばらく上昇を続けてから、わざと気流から抜け出して地上へと急降下し、高台を通り過ぎて、グランビー・ホールの円形の建物がある城の影になっているあたりまで下りていったのだった。

ホール横のゴミ捨て場の一角には看板が立っていて、カモメはそこで羽を休めると、雑草やツタの間に捨てられたゴミの山を熱心に調べ始めた。カモメの急降下を追っていたヒーローは、貼りたてほやほやという感じの大きなポスターの上にとまっている鳥を見つける前に、双眼鏡で看板をちらり見やった。鳥の姿が見えたので……彼は眉をひそめていったん双眼鏡をおろしたのだが、改めてはっきり眺めようと、無言で双眼鏡を覗き込んだ。

ポスターには「夢とその意味するところ」と書かれていて、その下には非常に小さく、読み取ることの難しい文字で、説明書きが記されているようだった。ヒーローは双眼鏡を調節してから、改めて目にあててみた。一瞬だけピントが合わなかったのだが、彼はどうにかポスターの下部の文字を読み取ることができた。

> 夢とその意味するところ
> 夢の潜在意識の領域への、人間の意識を拡張。
> あなたが睡眠中に目にした幻想を、精神の隠された領域に関するスコットランド随一の専門家が、素人にもわかる平易な言葉で解説いたします！

他にも何やら書かれているようだったが、文字のサイズがさらに小さく、拡大しようとしてもおぼろげにしか読み取れなかったので、ヒーローは途方に暮れてしまった。再びまだしも読むことのできるポスター上の文字に目を走らせると、彼は顔をしかめて双眼鏡を胸におろした。

夢とその意味するところ？　随一の専門家？

夢の、専門家ね……。ほとんど意識しないままに彼は歩きはじめ、広場を出るとロイヤル・マイルを右に曲がり、都市の中に入っていった。ややあって、彼は看板のもとに辿り着き、ポスターに書かれている説明書きの残りの部分を読むことができたのだった。

今週の火曜日、水曜日、木曜日、午後8時〜午後9時
レナード・ディングル教授（心理学、文化人類学）が、人間の秘められた欲望にまつわる魅力的なテーマや、人間が覚醒《めざ》めている全ての時間の原動力となる夢についてお話しします。

似たような話がもう少し続いたが、ヒーローはそれ以上は読まなかった。

レナード・ディングル教授……その名前には、何かしら感じるものがあった。記憶の奥で、注意を喚起する鐘のような音が鳴り響いていた。顎髭を生やした男性のいかつい顔という明瞭なイメージが、心の中で浮かんでは消えた。

その男のことを知っていたのだろうか。そもそも、どうやって知ることができたのだろうか。

何はともあれ——それはそれで面白い話が聞けるかもしれないし、本のカバー絵は明日回しにしてもいい。結局のところ、講演会に参加したところで、何の不都合もないのだから。

彼の心の中に鳴り響いていた探究心の鐘は、いつしか遠くから辛うじて聞こえていた警鐘の音に変わっていた……だが、デイヴィッド・ヒーローの耳には届いていなかったのである。

第3章　第二の出会い

ホールは定員に程遠い状態だったが、これから客が増えるともヒーローには思えなかった。

講演初日の火曜日にこの有様であるということは、レナード・ディングル教授は時間を無駄に費やすことになりそうだ。そもそも、観光シーズンの真っ只中に、ホールを使用できたこと自体、大変な幸運だったはずだ——聴衆の様子はといえば、上客とはとても言えなかった。ホールの座席の三分の一を埋めていたのは、ビンゴホールで大負けしてすっかり暇になってしまったらしい中年女性たちだった。外国人の観光客たちもいたが、明らかに間違って入場してしまったようで、いったい何時から本番が始まるのか気になるらしく、そわそわと落ち着きなく様々な言語でおしゃべりをしていた。

さらには、何者かから「身を隠して」いるらしい、ジーンズを履いて革製のジャケットを纏《まと》ったごろつきたちがいるかと思えば、後部座席に目を向けると、講演者はもちろん他の者たちの会話にも一切興味のない、熱愛中のカップルの姿も見えるのだった。

開始時間に遅れてやって来たヒーローが暗いホールに入ると、講演はもう始まっていた。前から三列目の席に座ると、彼は音を立てないように楽な姿勢をとり、それからようやく講演者——「精神の隠された領域に関するスコットランド随一の専門家」とやらに注意を向けた。

何とも矛盾したことに、ディングルの人物像はヒーローが予期していた姿と全く違っていたのだが、同時に予期していた通りでもあった。つまり彼は、その名前や取り扱うテーマから大多数の人々が思い浮かべるであろう、小柄、痩せぎすで眼鏡をかけた、内気そうに見える男性では全くなく、ポスターを目にしたあの時にヒーローが頭の中で垣間見た、がっしりしてひょろ長い体躯の人物に、ひどく似ていたのである。

しかし、どこか違っているところもあるようだった。スポットライトの下で演壇の後ろに立ち、声を増幅させてホールの奥まで届かせようとマイクに話しかけているその男の姿を、ヒーローは自分でも意識しないまま仔細に眺め、違っているところを見出そうとしていた。

第一に、ヒーローが垣間見た姿とは異なり、講演者は綺麗に髭を剃っていた。第二に、彼の話しぶりは、ヒーローが想像していたよりも遥かに明瞭だった。講演や講義を行う人間としては当然のことなのだが、どういうわけかヒーローの予想とは異なっていたのである。

低くて野太い、なかなか印象的な声で、どういうわけか彼の想像通り、厄介な咳か何かに悩まされているようで、これまた芸術家の予見に合致していた。

ディングルの攻撃的な態度といかつい外見（顔の片側に傷を負っていたのだが、これにも見覚えがあった）にもかかわらず、彼はあくまでも学者であり、紳士であるように見えたので、ヒーローが彼のことを知っていた——知っていた？——のかどうか、確信が持てなかった。

芸術家の心を、疑問が再び捉えた。果たして彼はこの人物を知っていたのだろうか。知っていたのだとしたら、以前にどこかで会ったことがあるのだろうか。

　このような感じで、教授自身への好奇心が募るばかりだったのだが、やがて彼の話している内容が伝わってくると、ヒーローは次第に講演者の話に引き込まれ、その言葉の方に心を奪われ始めた。何しろディングルは、彼が目下悩んでいる問題について実に詳しかったのである。

「いつの時代であれ、大多数の人間が夢に惑わされてきたものでした」教授は言葉を紡《つむ》いだ。

「多くの場合、夢は単なる好奇心の発露だと考えられてきましたが、何かしらの出来事の予見や前兆と考えられることもあり、時には超心理学的な経験だと認識されることもありました。今日においては、夢の内容をごくありきたりな、多少なりとも日常生活に寄せた意味や実用性を有する形式に〝翻訳〟することを主眼とする雑誌が刊行されておりますね」

「ですが、夢というのは本当のところ、何を意味するのでしょうか。そもそも、夢というのは何なのでしょうか。ジークムント・フロイトの言うことは正しいのか。夢というものを、単に精神の〝一次過程〟という言葉だけで、説明できるものなのでしょうか。事実、抑圧された衝動を偽装的な表出である、〝無意識の心の活動を知るための王道〟なのでしょうか」〈フロイトの『夢判断』の内容を批判的に引用している〉

「今日的な考え方では、心理学の理論とは対照的に、〝電子工学《ハードウェア》〟の応用で、フロイトの結論が完全なものではなかったことが示されつつあるようです。最近の学説によると、私たちの精神はコンピューターであり、定期的な〝整理整頓《クリアリング》〟を必要としているということです。つまり、余分なプログラムを取り除くわけですよ。夢は、蓄積された不要な経験や、意識的な存在の精神ゴミを取り除く整理整頓を実行するのです。賢明な知見ではありますが……」

「でも、それだけでしょうか。それで全てなのでしょうか。本当にそれだけなのでしょうか」

「私はそうは思いません。夢は――異常です。はるかに大きいものです！」

「たとえば、ベンゼン環を夢に見たというケクレ〈ドイツの有機化学者アウグスト・ケクレ〉の件については、どのように説明がつくのでしょうか。数多《あまた》の科学者たちを困惑させてきた複雑な分子構造が突如、夢見る者に開示されたのですから。驚くべきことですよ！」

「それとも、意識的で雑然とした精神では理解するのが困難な問題を、夢を介することで解決できたのに過ぎないのでしょうか。H・P・ラヴクラフト――多作とは言えない恐怖物語の作家です――は実際、彼の夢見る精神が、覚醒《めざ》めている精神の抱えている諸問題を解決しようとでもしているかのように、物語をまるごと夢に見ることがあったということです。こうした物語の中のいくつかは出版もされています。そのジャンルでは、かなりの良作ですよ」

「ラヴクラフトの作品においては、彼の夢の中に存在する、巷間《こうかん》実体を持たないとされる世界から、形有る固体の何かが実際に出てきたことが示されます。では、と私は思うのです。その世界というのは、本当に実体を持たぬ虚《うつ》ろなものなのでしょうか？　そして、夢というものがわずかにも実体を持たないものだというのでしたら、固体と呼ばれるものの非現実性にまつわるゲルハルト・シュラッハの言葉を思い出してください。彼の見る夢はあまりにも〝リアル〟で、覚醒《めざ》めの世界と夢の世界のどちらがより重要なのか、途方に暮れてしまったほどでした」

「幸運なことに、私はかつてウィーンに滞在中、彼が〝幻夢境〟と呼んでいた自らの潜在意識の領域における〝経験〟のいくばくかについて、シュラッハから詳しい話を聞いたことがあります。シュラッハの考えでは、大多数の人々が〝夢〟と呼んでいる睡眠中のごく短い時間は、彼の理解に照らせば〝夢〟でも何でもなく、浅い眠りの最中に潜在意識の表面に衝突している、覚醒めの世界の反射像に過ぎないというのです。真の幻夢境を見出すためにはさらなる深みに赴《おもむ》く必要があるのだと、シュラッハは言っていました」

「何故なら、ゲルハルト・シュラッハの夢は、人間の潜在意識の根底に存在するのだと彼が信じていた、別個の堅固な形をとっていたというのです。彼個人の潜在意識ではなく、人間の潜在意識のね。彼は、こうも言っていました。方法さえわかれば、私たち皆が同じように、不思議な世界を探検することができるかもしれないのだと！　とはいえ、断片的なものであっても、覚醒めの世界に記憶を持ち帰ることのできた夢見人《ドリーマー》は、ごくわずかでしょうけれどね」

「彼こそはまさしく、今お話したような人間でした。自身の見た夢について、彼が深く、細部にわたって話してくれたことに、私はひどく心を揺り動かされました。彼が思い出しながら話してくれた幻夢境における冒険の数々――幻夢境の習慣や住民たち、川や丘陵、都市についての話や説明に、私はすっかり飲み込まれてしまったのです」

「ええ、そうです。シュラッハから話を聞いているうちに、こう思い始めたのです。私もまた、スカイ川やトロス川といった川を、ウルタールにセレファイス、イレク＝ヴァドといった都市を、知っているのではないか、とね……」

ウルタールにセレファイス、イレク＝ヴァドだって？

ヒーローは座席の上で体をまっすぐに体を起こした。何か奇妙なエネルギーが髪の毛に満ちているのが感じられた。静電気のような刺激が頭皮を伝って首筋を這い回った。皮膚はといえば、にわかに帯電でもしたかのように、粟立つ鳥肌に覆われた。

ウルタールにセレファイス、イレク＝ヴァドだって！

いったい全体、どういうことなんだ？

スポットライトに照らされている壇上の男――ヒーローとてしかと確信していたわけではないが、何となくその素性に感づいていた、見覚えのある見知らぬ人物――が話していたのは、第三者の夢見る想像力の、潜在意識下の世界のことだった。

しかし、デイヴィッド・ヒーローもまた、どこで知ったのかはわからないが、そうした伝説的な名前や場所について以前から知っていたのである。何しろ、彼の想像力の働きが特に強まった時には、それらを絵に描くことすらしたのだから！

それ以上は話を聞いていられず、彼はよろめきながら立ち上がった。すっかり動揺し、呆然とした有様で彼はロビーに向かうと、そこからステージの袖《そで》に移動すると、ディングルの独演が終わるのを陶酔したような面持ちで待っていた。頭の中では謎めいた風が吹き荒れ、教授の話の続きはほとんど聞こえなかった。だが、彼の心の眼は、決して現実の視界には映らない、おぼろげな映像で満たされていた。自分がおそろしく重大で、他に替えることのできない何かの瀬戸際に立っていることを、彼はよく理解していた。

そうして待っている間中、彼はひたすらに自問を続けていた。

これはいったいどういうことなのだろう。自分は話の内容を正しく聞けていたのだろうか。

彼とゲルハルト・シュラッハは――たぶん、レナード・ディングルもそうなのだ――夢の世界を互いに共有し、時に垣間見ることのある何ともじれったいビジョンを除いて、覚醒《めざ》めと共にそれを置き忘れてしまったのだろうか。それとも、シュラッハは夢に見た土地のことを物語に書いたことがあって、ヒーローは知らず知らずのうちに、どこかで彼の作品を読んで覚えていて、夢に出てくる地名やその説明が頭に残っていたのだろうか。

もちろん、そういう可能性もあるのだが、ヒーローはそれが答えだとは思わなかった。

教授の話が終わるのを待ち焦がれている今この瞬間にも、意識世界の境界の彼方に広がる途方も無い土地のおぼろなビジョンが頭の中で明滅しているのだから。ほんの一瞬、垣間見えるものでしかなかったが、それが紛れもなく実在するのだと、彼は知っていたのである……。

ようやく講演が終わり、聴衆が半分以下に減っていたホールの照明が落とされた。

ごろつきたちは、彼らが辿る、あるいは待ち受ける運命に直面するべく席を立っていた。

外国人の観光客はと見れば、とっくに自分たちの間違いに気づき、この場から去っていた。

やがて、少人数の塊となった観客たちも、そろそろ夕暮れがひっそりと沈んだ頃合いだと思える街の只中に、疲れ果てた足取りで出ていった。

ヒーローはステージの袖《そで》でディングルに顔を合わせ、こう言った。

「俺の名前はデイヴィッド・ヒーローっていいます、それで——」

「ヒーローですって？」

ディングルは唸るように言うと、膨らんだブリーフケースを大きな片方の腕で抱え込んだ。

彼はヒーローをしげしげと眺めると、額に皺《しわ》をよせて顔をしかめた。

「どこかでお会いしたことがありますかな？」

ヒーローの心は、大きく揺れ動いた。

「俺は……そうは思わないんですけど」と答えた後、すぐにこう付け加えた。

「ああ、会ったことはないはずだ。だけど、どうしてここに来たのかわからない……あんたに何を期待していたんだろう」

ステージ袖《そで》にやってきた理由をどう説明したものかわからず、彼はいったん言葉を止めた。

「ヒーロー、か。ふむ」と、教授は唸った。

「その名前には聞き覚えがある。南の方から来られたので？」

「ええ、イングランド北東部の海沿いの地域からです」と、ヒーローは答えた。

「私は中部地方《ミッドランド》の出身でしてね。どこかでご同道したようなことはなさそうですな。どうしてエディンバラに？」

「俺は今――ここに住んでいるんですよ」と、ヒーローは説明した。

「言ってみれば、芸術家ってやつでね。どうしてここにいるのか、か。そうだな、この街には、他所とは違う独特の雰囲気があるんだ。出発の地にうってつけというか――」

彼は肩をすくめた。

「きみの言わんとするところはよくわかる」ディングルは唸るような声で言うと、顔に痛みの影が差して、小さく咳き込んだ。

「咳についてはご寛恕《かんじょ》いただきたい」と、彼は早口で言った。「私がこの街に来た最大の理由がこれでしてね。ここに住んでいたのは昔のことだが、今でもできる時にはなるべく北方に行くことにしているんですよ。空気が澄んでいるのでね。スコットランドは、息をする文明人の最後の砦ですよ。少なくとも、こちらの世界では……」

「こちらの世界？」

ヒーローは再び、頭皮にひりつく刺激を感じた。

「他の世界があるんですか？」

「おっと！」ディングルは笑顔になった。「そうだな、そいつは二人の秘密にしておこう」

彼は何枚かのポスターを手にとり、コートを肩に引っ掛けると、ホールを去る準備をした。

「あなたも、あー、〝聴衆〟の中にいらっしゃったのかな？　ヒーローさん《ミスタ・ヒーロー》」

彼は歯を見せて笑ったが、その笑いはどこか寂しげだった。

「しばらくの間でしたが」と、ヒーローは肯定した。そして、もはや抑えきれずに口走った。

「あんたの言う別世界というのは何なんです？　イレク＝ヴァドやデュラス＝リインの世界のことなんですか？」

「デュラス――」

もう一人は息を呑むと、ブリーフケースを取り落した。ケースは破裂するような勢いで開き、中身が床に散乱した。

「私はその名を口にしては――」

「だが、知ってるんでしょう？　聞き覚えがあるんだな？」

教授は口をつぐんだまま頷くと、ヒーローの両肩を掴み、半ば囁くような声で言った。

「南方海のオリアブ島のことは？　海岸に近いその島の首都、バハルナは？　岩がちな砂漠の只中にある、ハテグ＝クラ山のことは？　古《いにしえ》のアタルが若き日に登った――〝愚者〟バルザイを置き去りにし、彼だけがそこから戻った山のことだよ！」

しばしの沈黙の後、教授は言葉を続けた。

「浮かんだり消えたりするんだよ、こういうビジョンがね。それが消えてしまうと、私はひどい飢餓感を覚えるんだ」

ヒーローの両肩を掴む教授の手に力が籠もった。

「私をだしにして、悪ふざけをしているのじゃないだろうね」

ヒーローは首を横に振った。

「そんなことはない。ここ、エディンバラが一番強いんだ。ダラム市や、海沿いにあるウィッ
トビーでも似たようなことはあったが、それほど強くはなかった。聞いてくれ、俺の家には、
イレク＝ヴァドやデュラス＝リインを描いた絵がある。そう、他のやつもね」

「信じられん……」と、ディングルは言葉を継いだ。

やがて——彼は唐突に、ヒーローに鋭い目を向けて、こう言った。

「何を知っている?……ウルタールについてだ」

これが最後のテストなのだと、ヒーローは悟った。そして、答えの方も唐突に、どこからと
もなくやって来た。それは、幻夢の果てしない深淵からの記憶なのである。

「そこは、スカイ川の彼方にある。ウルタールでは、猫を殺してはならない!」

ヒーローの両肩から手を下ろすと、ディングルは疲れたような様子で壁に体を預けた。

「ゲルハルト・シュラッハですら、そのことを覚えていなかった」

ようやく、彼はそう言った。

「絵があると言ったね。どのあたりにお住まいで?」

「そう遠くないよ。ダルケイス・ロードだ」

「私はマッセルバラに滞在中なんだ。家まで送らせていただけないだろうか。よろしければ、きみの絵を見せていただきたい……」

ディングルの運転する、ピストンがガタガタと音を立てる小型のフィアットの中、二人は互いへの驚きに包まれながら、前かがみに座っていた。教授はレースでもしているような勢いで通りを走らせ、ヘッドライトが石畳の道を探るように照らし出した。

いずれも、自分の直感をすっかり信じていたわけではなく、時折、何かしらのイメージが湧き起こる度に、互いにそれを試し合うのだった。

「タラリオンは悪魔に呪われていると言われていて――」と、ヒーローが話し始めた。「幽鬼《エイドロン》ラティが統べる場所は、途方もなく恐怖の巣窟だとね」

そうした秘密の知識の来し方もよくわからぬまま、ディングルが彼の言葉を締めくくった。

「それで、西方の玄武岩の列柱の彼方には何がある？」

「壮麗なカトゥリアがそこにあるのだと言う者もいる。では、ズーグやガストについては？」

「夜鬼《ゴーント》やイヌグモ《スパイダー＝ハウンド》なんてのもいるな……」

二人は同時に息を呑み、互いに顔を見合わせた。

覚醒《めざ》めの世界の上っ面など、一瞬にして消え去ってしまった。

「エルディンだ！」と、ヒーローはがしわがれた声で叫んだ。

「《放浪者》エルディン――そうなんだろう、Ｌ・ディングル教授！」

「ヒーローだ！」と、相方も叫んだ。

「デイヴィッド・ヒーロー、北方の高地で私の命を救ってくれた男に違いない！」

教授の駆る小型車が赤い光の中を突っ切ったのは、まさにその瞬間だった。

クラクションの音が、強力なエアブレーキの耳障りな空気音がけたたましく鳴り響き、トラックの形をした運命の車輪《ジャガーノート》の放つ眩しい光が突如、世界全体を埋め尽くしたかに見えた。

突進が、転倒が、引き裂かれるような痛みがそれに続き、黒々とした飢えた渦動が、人類の夢と同じくらい古い驚異の世界の底深くへと、両者を吸い込んだのだった。

深く、深く、どこまでも深くへ……。

第2部

第1章　エブライム・ボラク

ある夜、川にかかる霧の中から大きなヤクに乗って歩み出たのは、二人の大きな男だった。覚醒《めざ》めの世界の賑やかな都市を後にした放浪の夢見人《ドリーマー》たちは、自らの運命を見定めるべく、幻夢境の海辺の町や村をもう長いこと巡り歩いていたのである。

しかし、彼らは覚醒めの世界に属する人間ではあったのだが（覚醒めの世界の人間は大抵、幻夢境の人間よりも大柄だった）、彼らが大きいというのは、力強い筋肉や聳《そび》え立つ体躯のみの話ではない。手を組んでから数年で、彼らはそれなりに名の知れた盗賊になっていたのだ。

あれから、どれほどの時間が経過したのか。

デイヴィッド・ヒーローが、自身の意志や判断に反して、《深き眠りの門》を通り抜けるべく七百段の階段を降りていき――その後、村の宿に二、三日間滞在していたというエルディンを見つけたあの早朝から、数え切れぬほどの朝を迎えたような気がするのだが、時間感覚が混乱していて、正確なところはわからなかった。夢にありがちなことではある。

夢見人《ドリーマー》たち皆が口を揃えて言っていることだが、夢の中の時間は実におかしな具合に過ぎてゆくのである――わずか一時間の間に大きな冒険が丸ごと成し遂げられることもあれば、一時間が一週間に延びることもある——幻夢境においては、覚醒の世界で目を閉じてから朝日を浴びるまでの間に、一年もの時間が容易《たやす》く経過してしまうこともありえるのだ。

それはそれとして、エルディンとヒーローは、相当に長い間、放浪を続けていた。彼らのいずれか、あるいは双方が、彼らの意識体が本来属する世界に、薄い眠りのヴェールを抜けて今この瞬間に帰還してもおかしくないように思われた。

しかし、実際にはそうならなかったし、覚醒めの世界で二人が出会い、再び一緒に幻夢境へ戻ってくるきっかけとなった恐ろしい事故について覚えてもいなかった——その謎を解き明かすことを諦めたのは随分昔のことで、今となっては事実上、幻夢こそが彼らの住処だった。

とはいうものの、幻夢境の現地民にとって、彼らは「覚醒めの世界の男たち」だった。

実際の話、彼らは確かに、ティーリスの地に降りてきた二人の夢見人《ドリーマー》なのだ。そして、デイヴィッド・ヒーローと《放浪者》エルディンの絆《きずな》は今や、兄弟以上のものに成長し、何か——いったい何を？——とにかく、何かを探し求めていたのである。

トロス川の河口を渡してくれた船頭は、彼らのことを知っているようだったが、口にすることはなかった。威圧的な体格の二人だったが、報酬をしっかり支払っていたし、面倒をかけるようなこともなかった。彼らに関わった幻夢境の住人たちが、自分のような幸運には恵まれなかったことを、その船頭は知っていたものの、決して評判が悪くないことも知っていた。

彼らは盗賊で、喧嘩っ早いことで有名だった。だが、彼らが盗みを働くのは大金持ち（多くの場合は不正な手段で儲けていた）だけであり、喧嘩をふっかけるのも同業者ばかりで、そういう諍《いさか》いは彼らの習性のようなものなのだろう。

　彼らは無法者《アウトロー》かもしれない――だが、まだ追放者《アウトキャスト》ではなかったのである。

　歳月が流れるにつれて、エルディンはいくらか怒りっぽくなっていたが、相棒への誠実さは揺るがなかった。黒髪で顔に傷があり、猿のようにひょろっとした体躯の彼は今、川の霧を吸い込んで歯を食いしばり、肺の奥で爆発しそうな激しい咳を必死に抑え込んでいた。彼の病状は、季節が巡ると共に悪化していたのである。

　ヒーローの方はといえば、長いこと幻夢に浸《はい》入りこんでいることから、恩恵を蒙《こおむ》っているようだった。彼は背が高く、長い四肢は筋肉質で、覚醒《めざ》めている時と同じく金髪だった――目は青く動作は機敏で、ちょっとしたことで大笑いし、それは蛇の舌をちろちろと閃かす魔導師が湾刀《わんとう》を手に迫ってきたクレドの密林での窮地にあっても同様だった――彼は歌を愛し、良き戦いを愛し、時には女たちを愛した。

　彼は相棒よりも優に一五歳は若く、もう一人が夜闇のような衣服を纏《まと》っているのに対し、褐色の装いをしていた。だが、幻夢の地にあっては、性向の異なる仲間を得ることは、それほど珍しいことではなかった。少なくとも、二人は性根のところでは似通っていて、彼らそれぞれを南へ、西へと誘うこととなった、野生の放浪癖を共有していた。

　そんな彼らが渡し船でトロス川を渡り、ついにティーリスに降り立ったのである。

ほぼ素寒貧《すかんぴん》の状態で、一日か二日分ほどの食事付きの宿泊費と、わずかばかりのワイン代くらいしか残っていなかった――それも、慎重に賭博場を避ければの話である。それで、彼らは目を鋭く光らせ、楽に稼がせてくれそうな獲物を探し求めた。

このような次第で、トロス川の暗い霧を燈火が照らし始める頃合いに、彼らはヤクを繋ぎ、ハイマット・ゾラティンの宿酒場に泊まることにした。わずかな所持品を、一組のちっぽけな寝棚のある狭い部屋に放り込むと、彼らは酒房に向かって角のテーブルを確保した。

安全確保のために焼きレンガの壁を背にし、ワイン袋を間に挟んで腰をおろす――天井の低い宿酒場の、暖かくも騒がしい、煙草の煙が漂う空気の中で、ようやく人心地がついた彼らは、何かめぼしいものが見つからないものかと、熟練者の目つきであたりを見回した。

ところでその夜、ハイマット・ゾラティンの宿で目を光らせていたのは、彼らばかりではなかった。部屋の反対側の影になっているあたり、赤と黄色に明滅する燈火の輝きが辛うじて届くあたりに、宿酒場に集う酔客たちから少し距離をあけて、フードを目深《まぶか》に被った人物が静かに立っていて、先細の眉の底に潜む陰険そうな眼差しを、新参者に向けていたのである。

この男はエプライム・ボラク。数百マイル東に離れたオッサーラ大草原の追放者《アウトキャスト》で、抜け目ない機知と人間性に対する懐疑的な知識を駆使して、比較的贅沢な暮らしを送っていた。

覚醒めの世界では武器製造業を営んでいたのだが、睡眠して夢を観ている最中に在庫の火薬樽が爆発して、幻夢境に永遠に取り残されてしまったのである。

彼の屋敷はその都邑《まち》の貴族街にあって、ひとにぎりのパルグの美しい黒人の奴隷娘たちと、一人か二人の去勢された召使いが彼に仕えていたのだが、この卑《いや》しい宿酒場に姿を現すのはさほど珍しいことでもなかった。そうした場所で彼はしばしば、自分自身と同様、様々な用途に向いた男女を見出してきたのである。

二人の夢見人《ドリーマー》に興味を抱いたのは主に、フード姿の彼らの浅ましげな様子から、不安定な立場や無一文の境遇を察したからだった……彼の計画の理想的な道具になってくれるに違いない。

何年か前のこと、都邑《まち》の郊外に城壁が聳《そび》え立つ、高い塔のある城の主《あるじ》であるティーリスの魔法使いナイラスが、もしもボラクがとある魔法の杖を盗み出す（魔法使いはその行為を「手に入れる」と呼んでいたのだが）方法を考えついたなら、想像を絶するほどの大金や富を与えてやろうと、ボラクに約束したのである。

その杖というのは、冥《くら》き《神》イブ＝ツトゥルを奉じ、《大荒涼山脈《グレート・ブリーク・マウンテンズ》》（ある種の事情通たちが、かの窮極の台地――冷たき荒野のカダスの麓《ふもと》なりと信じている山岳地帯）の高みに建っているという冥《くら》き神殿にある、かの神の怪物じみた巨像の足下にて神事を執り行った、古《いにしえ》の時代の邪悪きわまる神官が秘蔵していたものだ。

魔法使いのナイラス――その人智を越えた技や魔術的な智謀の数々にもかかわらず、善性の人物である――は、杖を盗もうとした場合の危険性は非常に高いものだと、包み隠すことなくボラクに警告していた。そもそも、件《くだん》のイブ＝ツトゥルの神官というのは、地球がまだ生まれたばかりの幼子であり、幻夢境が未だ夢見られていなかった頃、クトゥルーと共に星々の世界から浸入りこんだ恐ろしい魔神どもの崇拝者だったのだ。そして、人間の骨身を粉々に打ち砕くことのできる、強力な炉の爆発や鳴動する火山の中心部の熱にも似た異界的なエネルギーをその杖で操るなど、この世のものとも思えぬ奇怪な力を振るうと噂されていたのである。

石像のこともあった。正しい秘文字《ルーン》が祈念され、特定の印形《シジル》が用いられた場合、その石像はイブ＝ツトゥルそれ自身の如く生命のようなものを帯びて、神殿の外に歩みだすことができるのだった。実際、イブ＝ツトゥルは残忍な神であり、彼がその一員である恐ろしい魔神どもの、堕落した欲望の数々に穢《けが》されていたのである。

こうした危険に比べれば、目の眩むような山脈や、かの神の神殿に辿り着くために幾度も垂直に切り立った絶壁を登攀《とうはん》せねばならないことはもちろん、雪豹《ユキヒョウ》や、高みの洞窟に棲息しているらしい《夜鬼《ナイト＝ゴーント》》のもたらす危険など、何ほどのこともないと思われたのだった。

エブライム・ボラクは、イブ＝ツトゥルの冥《くら》き神殿への道が、危険に満ちていることをよく知っていた。神官の杖を盗むともなれば、なおのことである。だから、杖を盗んで持ち帰らせるために彼が送り込んだ放浪者たち――これまでのところ合計八人（四人組、二人組、そして個別の二人の冒険者たち）――の消息がその後途絶えたことを、驚きはしなかった。

彼らは、山間部の高台の何処《いずこ》かにある、トロス川の源流を目指したはずだ。そこには、恐ろしくも巨大な、のっぺりした岩塊が丘のごとく聳《そび》え立ち、何世紀にもわたり雨や雪、稲妻に穿《うがた》たれてきた、《原初のものたち》《ファースト・ワンズ》の巨岩の城塞があると知られていたのである。

八人の有望な略奪者たち——ああ、だがしかし、誰一人として戻らなかった！

ボラクはその理由を知っていた。実のところ、彼は善なる魔法使いナイラスが心得ていたよりも、遥かに多くのことを知っていたのだった。

ナイラスの知らぬことではあったが、ボラクはかの山脈の魔導神官に連絡する術《すべ》を見つけ、彼がナイラスの従兄弟の一人、スィニスター・ウッドであることを知ったのである。

ウッドは逆にボラクを雇って、一人の男を送り出す毎に二千トンド〈幻夢境の金銭単位と思われる〉を支払うと申し出たが、一度に四人を超える人数を送り込んではならないと取り決めた。ボラクは、陰険な魔法使いの要求に疑問を抱いたりはしなかった。彼の強欲はあらゆる疑問点を度外視し、そのビジネスには「倫理」というものが欠けていたのである。

ナイラスもまたボラクの「経費」を負担していたのだが、彼の莫迦げた使命を果たして戻り、報酬を要求するような者はいなかったので、そのオッサーラ人は大変羨《うらや》まれる立場にあったのだ——疑う心を持たぬ者にとっての話ではあるが。

そして、莫迦な奴が仮にスィニスター・ウッドの杖を手に入れたとしても——ボラクがそいつを処分して、魔法使いのナイラスが約束した例の大金を要求することになるだろう。

このような次第で、エブライム・ボラクはスィニスター・ウッドという蜘蛛の巣なのであり、彼の計画に乗せられた莫迦な連中は、魔法使いの餌食となる蝿でしかなかったのだ。

そして今ここにも、彼の人間を見る目が確かならば、慈悲深い運命は、北に向かわせられるに違いない二人の冒険者を、彼のもとに送り込んできたのだった。

わずかな金子《きんす》と約束のひとつふたつも与えてやれば……ティーリスのある地域には、半トンドのために祖母からだってむしり取る輩がいた。だが、そうした手合は、オッサーラ人の必要とする人材とは言い難かった。それに比べて、覚醒《めざ》めの世界からの放浪者なら……。

「あの男は」と、エルディンは低く唸るような声で言って、泥酔してよろめいているクレドの奴隷商人を、わずかに顎で示した。その男の逞しい黒い腕には、黄金の腕輪が嵌《は》まっていた。

「一人で帰るべきじゃないな。なぜって、あの状態で外の濃い霧の中を歩いたら、黒人居住区に戻る途中でどんな目に遭うかわかったもんじゃない。そうだろ？」

彼は麦酒をがぶがぶ飲んでいる千鳥足のクレド人から目を離すと、口に含んだワインを下品に撥ね飛ばし、うまい冗談でも口にしたみたいに、笑いながら若い相棒の背中を叩いた。

デイヴィッド・ヒーローは友人にニヤリと笑みを返し、黄色がかった長い金髪を揺らして、青い瞳を露わにするとこう答えた。

「ああ、あいつとベッドの間には、暗い路地が何本も挟まってる。どこぞの元気のいい若者が、闇の中であの男とぶつかって、うっかりのしちまうなんてこともあるかもな。そんなことにでもなれば、あのダブダブのシルクのズボン、台無しになっちまうだろうさ……」

クレド人はひどくふらついて、半ば倒れかけたのだが、何とかまっすぐに立つことができた。

彼はおぼつかない足取りで、目をどんよりさせ、腕をだらんとぶら下げて、行く手を塞ぐ小柄な男たちを押しのけながら出口へと向かった。低い梁《はり》に頭をぶつけた時には、彼はよろめくと密林生まれに特有の訛《なま》りで大声の悪態をつき、トンボ玉の垂れ幕を抜けて、ようやく《鼠通り》へと続く狭い通路によろめくようにして出ていった。

爪の一本一本までよく手入れされているが、がっしりした手が肩に置かれ、背中を押したのは、エルディンが今しも立ち上がろうとしていた時のことだった。クレド人の見苦しい退場がきっかけとなって、エブライム・ボラクが夢見人《ドリーマー》たちのところにやって来たのである。

幻夢境の生まれとは思えぬ長身ではあったが、彼を最初に養子にしてくれた氏族に相応《ふさわ》しい威厳を見せて、彼は今、二人の頭上にのしかかるように立っていた。

「そう固くなりなさるな、ご同輩《マイ・フレンド》」と、ボラクは呟くように言うと、目深に被っていた赤く贅沢な外衣《ローブ》の下でにっこりと笑ってみせた。

「暮らしを立てるなら、もっと簡単な方法がありますぞ――それに、この霧のような空気を吸えば、あの男の酔いなんてすぐに醒めてしまう。そうなれば、逃げられやしませんよ。この店の連中だって、あんたがあの男の跡を追いかけていったことに気が付きますからな。この都邑《まち》の牢獄はね、満員なのですよ――掏摸《すり》や詐欺師、それに喉切《ひとごろ》りでね」

彼は気安い様子で夢見人《ドリーマー》の間に座ると手を叩き、この店最高のワイン袋を注文した。

「喉を切ろうとしてなんかいないぞ」と、ヒーローは低い声で言い返した。

「ちょいとばかり、おつむを小突いてやろうとしただけだ」

「そうとも」と、エルディンも同意した。「それに、朝になればきっと俺たちに感謝してくれたはずだぜ。あの金の腕輪は、全部で一トンはあるに違いない。あんなものを嵌《は》めてたら、あのかわいそうな奴はいずれ腕が折れちまっただろうよ」

「ほう、悪事を働こうとしたことを認めるのですかな？」

「否定したところで、意味はないからな」エルディンは苦しそうに咳き込みながら答えた。

「所詮、あんた一人の考えでしかない。俺たちのことを通報するつもりなのかい？」

「まさか」オッサーラ人はそう答えると、否定するように両手を上げてみせた。

「実際、あなたが仰ったように、もしもより厳しい時代だったなら——往々にして、そういうことはよくあるのですけれどね——、私自身がそういう無謀なことを企てることになったかもしれません。そうです、私はあなたがたにとある申し出をするためにここにいるのであって、あなたがたを都邑《まち》の獄吏に引き渡すためではありません。法の執行のために時間を割けるほど暇でもありません。私自身の評判にしてからが、過去に遡っていきますとそれほど……清廉潔白というわけでもないものでしてね。それに、ご両人《ジェントルメン》」

彼は急いで言葉を継いだ。「あなたがたの人格を貶《おとし》めたいわけではないのですよ。その点については請け合います」

「そういうことなら」

低い声を響かせながら、エルディンがテーブルの下から引っ張り出したのは、禍々しい光をぎらぎらと反射させている、湾曲した短剣だった。

「こいつは必要ないってわけだ！」

そう言って、彼はその武器をベルトに括り付けてある鞘《さや》に滑り込ませた。

油断のならぬ夢見人《ドリーマー》を見つめるボラクは、悪意の籠もった、しかし控えめな感嘆の念をいだきながら、外套のフードの下で目を細めた。

ややあって、「それでは」と彼は言葉を続けた。「ビジネスのお話に入る前に。お二人の名前と、仕事をお聞かせ願いたい——酔っ払いを転ばせる以外の仕事ですよ、もちろん」

「酔っ払いを転ばせるのも、まあ仕事の一部ってやつだ」と、ヒーローは顔をしかめながら頷いてみせた。「何も持っておらず、どこにも辿り着けなかった時には、最初からやり直すしかない——底辺からな。目下のところ、俺たちはただの盗賊だ」

彼よりも背の高い相方も、唸るような同意の声をあげ、「幻夢境の商品を売買するよりも、盗賊働きの方が金になるんでな」と、彼は言った。「仕事は概ね簡単だ——捕まりさえしなければだがね。俺たちはまだ捕まっていないし、捕まるつもりもない。俺たちの名前か。こいつはデイヴィッド・ヒーロー、そして俺は《放浪者》エルディン。幻夢境の半分ほどを歩き回り、盗みを重ねながら、いつだって捜し物を——」

「捜し物ですって？」と、ボラクは先を促した。「それは何です？　富、いい女、腰を落ち着けられる場所、冒険……それとも、死といったような？」

「その全部だ！」と、エルディンは唸るように言い放った。ボラクの質問攻めが、我慢のならぬ奇妙な苛立ちを掻き立てたのだった。「他に何がある？」

彼は再び咳き込むと、愛嬌がとうに失せ果てた表情を、痛みに一瞬歪ませた。

ボラクは肩をすくめてから、慎重に答えた。「それ以上のこともあるのでは？　たとえば、安穏とした生活を送るとか——まだ生きていられるうちにね！」

彼はヒーローの方を向いた。「そうは思わないかな？」

応《いら》えは、「安穏な生活を送るのもいいだろう、しばらくの間はな」というものだった。

「だが、それ以上のものがあるはずだ。富や財産よりも、可愛い女や、死を前にして腰を落ち着ける温かい暖炉とかいったものよりもな。冒険——そうだな、たぶんそれだ。丘の向こうにはいつだって次の丘があるし、海図に載っていない未知の島や、嗅いだことのない香り、味わったことのない味だって……」

ボラクは驚きに眉をひそめた。

「あんたは盗賊だというが、詩人でもおありのようですな、夢見人《ドリーマー》よ」

彼は再び、大柄な方の男に視線を向けた。

「だが、ご友人の方は正反対のようだ。何とも妙な組み合わせで」

「俺はちょっとした詩人なのさ、実際にね」と、ヒーローは認めた。「だが、エルディンを見くびるなよ。この男の性格は、かつては俺とよく似ていたんだ。でも、今は――」

彼はそう言って肩をすくめた。

「反対の者同士は引き合うとよく言われるじゃないか。とにかく、俺たちは互いに理解し合っているし――さっさと本題に入ってくれれば、あんたのこともよく理解できるってもんだ」

「ですな」オッサーラ人は同意した。「余計なおしゃべりはもういいでしょう」

彼はそう言って身を起こすと、革袋を取り出し、その中身を慎重にテーブル上で空にした。

南東部で主に用いられる三角形の一トンド硬貨が百枚、宿酒場の烟《けぶ》るような灯りの中で黄金色に輝いた。一瞬にして室内が静まり返り、そこにいた全員の目に黄金色の輝きが反射した。

故郷の草原の古い歌を独り静かにハミングしながら、ボラクはわざとらしく山を二等分してみせた。ひとつはデイヴィッド・ヒーローのためのもの。もうひとつは《放浪者》エルディンのためのものである。

若い方が手首を掴む前に、年配の夢見人《ドリーマー》の手が自分の山に触れていた。爛々と輝く両者の訝《いぶか》しげな瞳がテーブル越しに交錯し、次いでエブライム・ボラクの方に注意深く向けられた。

「三ヶ月の間は、王様みたいな暮らしができるな！」と、ヒーローは呟いた。「だが、この金で何をさせようってんだ？」

「誰かを殺せっていうんだろ」エルディンは呻いた。「わかりきったことだ」

エブライム・ボラクは、首を振って微笑んだ。

「いや、暗殺者を雇いたいわけではない」と、彼は断言した。

「今夜は、そうじゃない。断言するが、殺人が目的なら、もっと安く済ませられるのさ。私が望んでいるのは、きみたちの注意を引いて、話を聞いてもらうことだけだ。この金は、そのためだけの前払いだとも。その上で、私の提案に興味を持ってもらえるなら――」

彼は囁きよりも声を小さくすると、次の言葉を慎重に口にした。

「一人あたり五百トンドの依頼料と――成功報酬として一万出そうじゃないか！」

「一万トンドときたか」

ヒーローは小さく口笛を吹いた。

「一人あたり五千トンドとはね！」

「いやいや、違うよご同輩《マイ・フレンド》」と、ボラックが素早く訂正した。

「あんたは私を誤解している。私はね、一万払うと言ったんだよ……一人あたりにね！」

麻痺にも似た沈黙の後、エルディンは呻きながら山積みの金を掬《すく》い上げた。

「ああ、話を聞こうじゃないか」と、彼は力強く頷いた。「お前もそれでいいだろう？」

「そうだな」と、金貨の山を平らにしながら、若い方も同意した。

「だが、話を聞くってのは、喉が渇くゲームでね。だからさ――主人《タヴァナー》！」

と、彼は呼ばわった。

「ワインをもう一袋頼む。いや、三つの方がいいな――そいつに浸《ひた》す肉もくれ！」

第2章　前兆と夜鬼《ナイトゴーント》について

それから三週間後。ティーリスより北に二〇〇マイル離れた《大荒涼山脈《グレート・ブリーク・マウンテンズ》》の麓《ふもと》では、夕方になると一対の大きな凧が高く舞い上がり、不用心な兎たちに鋭い目を向けていた。

夢見人《ドリーマー》たちは、張り出した岩の露頭の下の暗がりに影のように身を潜め、夜に備えて毛布を広げていた。

二人は一頭のヤクから軽量のトラヴォイ〈北米先住民の使用する運搬器具〉を取り外し、次第に暗くなっていく太陽の光が、春の新緑の草むらを照らしているあたりに繋いだ。とりたてて寒い夜というわけではなかったが、ヒーローはヤクに毛布をかけてやった。

そのヤクはヒーローのもので、エルディンが乗っていた方は五日前、岩蛇に噛まれて死んでしまったのだ。以来、夢見人《ドリーマー》たちは、粗雑だが頑丈な造りのトラヴォイに生活用品などの重荷を積み込んでヤクに引っぱらせ、自分たちの足で歩いてきたのである。

この日の旅程は、これまでになく大変だった。何しろ険しい丘陵地帯を登り続けて、ようやく《大荒涼山脈《グレート・ブリーク・マウンテンズ》》の麓《ふもと》に辿り着いたのである。

明日には、さらに苦労することが予想されたので、彼らは活力を得ようと薪の火で兎を焼き、オッサーラ大草原産の甘いお茶を煎れた。夜の静寂《しじま》が深まり、張り出した頭上の岩越しに星々が見え始める中、彼らは低く疲れた声で言葉を交わしていた。

毛布を敷いた上で体を休めていると、流れ星が幻夢境の青黒い天蓋を駆け下りるのが見えた。

「何かの前兆かな」と、ヒーローは呟いた。

彼の相棒は、「星だ」とだけ唸るように言い、ややあってから言葉を継いだ。

「ただの星さ。空から落ちてくる、な」

「だけど、何かの前兆だと思う」と、若い方は言い募った。

「好きに考えるがいいさ」と、エルディンは改めて唸るように言った。それから、こう続けた。

「吉兆――それとも凶兆か？」

炎に照らし出された暗闇の中で、肩をすくめる気配があった。「さてね」

その答えを聞いて、年配の方は不満げに唸った。

「なら、どうしてそんなことを気にするんだ」

「まあ前兆ってやつは、気にとめておいた方がいいからな」

「ハッ！」

わずかばかりの時間が流れ、ヒーローが楽な姿勢をとって毛布を顎のあたりまで引っ張り上げると、エルディンは咳をし始めた。辛そうな咳が長いこと続き、止まりそうもないように思えたので、彼の相方は体を起こして言葉をかけた。

「大丈夫かよ、おっさん《オールド・フレンド》」

咳が治まると、エルディンは焚き火の近くの岩に唾を吐いた。彼はその唾を指につけると、ヒーローに見せた。炎の光に照らされたその指先には、赤い泡が見えた。

「こいつも前兆ってやつだな」エルディンは低く、苦しげに笑ってみせた。

翌日の昼、彼らはヤクを解き放って尻を叩いてやり、ヒーローが別れの言葉を告げた。ヤクは午前中ずっと登ってきた急勾配の坂道を飛び跳ねるように走り去り、窪地で一度だけ振り返った。鼻を鳴らし、一度だけ首を傾げると、岩の柱を回り込んで視界から消えた。

ここから先は登攀《とうはん》になる。切り立っているというほどではなかったが、人間にとっては急勾配だった。頭上の高みには雪が積もっていた。低い斜面のあたりでは溶けていたのだが、《大荒涼山脈《グレート・ブリーク・マウンテンズ》》のこのあたりの峰々ではまだ雪が厚かった。

氷のような冷水が上方から流れてきて、その様子はまるで幅広の滝のようだった。これより先の峰々のどこかに、トロス川の秘《かく》された水源が存在するのである。

午後の間、彼らは一息をついて食事をとり、お茶を飲んだ。そして、エブライム・ボラクの支払いで一週間飲み明かした後、ティーリスを出発してから何百回も話してきた話題に戻った。

彼らは今なお金持ちで、夢見人《ドリーマー》の基準としてはかなり裕福だった。しかし、ボラクはさらに多くの報酬を約束していて、これが二人の議論の種となっていたのである。

「あのオッサーラ人が、その不思議な杖ってやつに大金の払うってのは理解できる――要は、あいつにとってその何倍もの価値があるってことだからな――だが、俺たちが奴のもとに帰ってくることを確信できるもんなのか？」

小さな焚き火の煙越しに、エルディンは年若い相棒にしかめ面を向け、目を細めた。

「他の誰かに売れるもんでもないし――それだけの財力がある奴もいないからな」

ヒーローの答えは現実的だった。

「所詮は、ただの杖だからな――棒だの竿だのと同じだ。食えたもんじゃないし、使い方もわかりゃしない。だが、エブライム・ボラクのところに持ち帰ってやれば、一生分の金が手に入るんだぜ。そうさ、それこそがそいつの使い道だ！　ああ、ボラクにはわかってるだろうよ、俺たちが持って帰るだろうってな……そいつを手に入れたらの話だがね」

「その通りかもしれん」と、今一人の夢見人《ドリーマー》は呻いた。「だがな、この幻夢境には、金持ちの領主が他にもたくさんいる。俺たちが信義にもとる人間だったら（ヒーローはそれを聞いて苦笑した）、俺たちは簡単に――」

「簡単に何だって、エルディン？　ボラクからよその領主に鞍替えしろってか？　その金持ちの領主がどうするか言ってやるよ。牢屋に放り込んで、俺たちがどこで杖を手に入れたのか白状するまで拷問するのさ！　で、洗いざらい話したらどうなると思う？　処刑するのさ、俺たちをな！　金持ちの領主って連中が、どうやって金持ちになったんだと思う？」

「わかった、わかったよ」と、エルディンは唸るように言った。「まあ、ああいう連中の皆が皆が悪党だってわけでもないさ。それに、俺はこの旅にどうにも気に入らんところがあるんだ。そいつが簡単な仕事だってなら、どうしてボラクが自分でやらないのかってな」

「おいおい、洗練された都会の偉いさんが、わざわざこんな《大荒涼山脈《グレート・ブリーク・マウンテンズ》》の高みまでやってくるってのかい？　雨風に抗《あらが》い、知られざる道を冒険して、ありったけの――」

「出鱈目《でたらめ》だ！」エルディンが遮った。「〝洗練された〟オッサーラ人であるものか！」

「わかったような言い方をするじゃないか」ヒーローは莫迦にするように笑ってみせた。

「夢に取り残された血塗《ちまみ》れの盗賊が、文化について何を知ってるつもりなんだ？」

「フン！　俺はたぶん、覚醒《めざ》めの世界ではなかなか頭のいい人間だったんだろうよ！」

エルディンは呟くように言った。

「そうかい。まあ、よくわからんがね。だけど、あんたの疑問には簡単に答えられると思う。ボラクのこの仕事は、奴が言うほど簡単なもんじゃないんだろうよ。あいつが口にしなかった危険があるのさ。そうでなけりゃ、他の誰かがどっくの昔に杖を盗んだだろうからな」

「まさにそこだ！　どんな危険があるんだ？　崖登りだとか、俺たちを夜の空に放り出す魔物《ゴーント》のことか？　片手で数えられる程度の数の雪豹《ユキヒョウ》や、洞窟の神殿で石造りの神像を護っているよぼよぼの老神官のことか？　俺たちのような夢見人《ドリーマー》にとって、そんなものは苛立ちの種でしかないだろうに」

ヒーローは頷いた。「まあ、そんなものだろうな。だが、簡単にはいかないはずだ。夜鬼《ナイト＝ゴーント》を侮るなよ。俺は以前セレファイスで、レリオン山の高みを登っていた時にあの化け物どもと小競り合いをしたって話を、鉱夫から聞いたことがある。当時、そいつは金の採掘をしていたんだ。ある夜、その男は二つの稜線に挟まれた山の鞍部で一夜を明かし――目を覚ましてみると、皮膜のある翼が羽ばたく大きな音がする中、自分が空高く飛んでいるのに気がついた。群れの中の二匹が彼を挟み込んで、北に向かって飛んでいたのさ。男が闇の中で暴れているうちに、高度がみるみる下がっていき、そのうちに足が地面を引きずり始めた」

「そいつは魔物《ゴーント》の一匹を振りほどくと、ナイフを取り出して別の一匹をぶっ刺した。傷を負った怪物《クリーチャー》が倒れる時にそいつも巻き添えになっちまったが、まあ大したことはなかったそうだ。男は飛び上がって魔物《ゴーント》の頭を切り落とし、その後は朝まで洞窟に隠れてた。明るくなってから外に出てみると、自分が殺したやつの死骸と頭を見つけたってことなんだが……」

ヒーローはそこで話を中断すると、苦々しい表情を浮かべた。

「続けてくれ」と、相方は促した。「それで？」

「魔物《ゴーント》の頭には、顔が無かったんだとさ！」

エルディンは呻き声をあげて頷いた。

「魔物《ゴーント》の話は、俺も前に聞いたことがある。顔なしだってことをな」

彼は我知らず、ぶるぶるっと体を震わせた。

「で、だ」ややあって、ヒーローは話を続けた。「その鉱夫の爺さんはどうにかこうにか丘を降《くだ》って、セレファイスに帰り着いた。あまりにも長いこと留守にしていたんで、女房にひどい目に遭わされたって話だ」

エルディンは再び唸り声をあげた。

「フン！　絶壁に雪豹《ユキヒョウ》――老いぼれの神官たちに秘密の神殿――ひどく寒い山の高みに、顔なしの夜鬼《ナイト＝ゴーント》どもときたか……神の御名において、俺たちはいったい何のためこんなところに来ちまったのかな、デイヴィッドよ」

「金だよ、おっさん《オールド・フレンド》」

片手でさらに二杯のお茶を小さなカップに注ぎ、喉のあたりを暖かくしようと、もう片方の手で褐色の上着のボタンをとめながら、彼の相棒が念押しした。

「俺たちは、金だけが目当てでここまでやってきたのさ……」

第３章　山の洞窟

三度《みたび》、昼と夜が巡りきた——崩れかけた岩の断崖絶壁にしがみつきながらの、指の皮が剥《む》け、背中を痛め、神経をすり減らすような登攀《とうはん》が三日にわたって続いた。

虚空に数千フィートも張り出した、吹きすさぶ風に直接晒されて刺すように肌寒い、狭苦しい岩棚での野営が三夜にわたって続き、さらには……。

……エルディンのわずか数歩先、千番目の尾根の千番目の峰とも思える場所に、彼は精根尽き果てた体で自分の体を引っ張り上げた。低い喘鳴《ぜんめい》を漏らすヒーローは、立ち止まって前方にじっと目を凝らし、口をぽかんと開けて空気を貪欲に吸い込みながら、今まさに彼の眼前に聳《そび》え立つ巨大な一枚岩——途方もなく大きいのっぺりした立方体を、畏敬の念と共に眺めやった。

《原初のものたち《ファースト・ワンズ》》の城塞のひとつ——その足元は薄暗い影に覆われ、遅い朝の霧に包まれていて、その聳《そび》え立つ頂《いただき》は、世に知られることのない数世紀を経て、ところどころ変色して斑《まだら》になり、風化していたのだった。

その広大な石積みは、たった今征服されたばかりの垂直に切り立った岩肌から距離をおいて、雪の降り積もった尾根を真っ白な頂《いただき》へと登りつめていく、その山が最後に隆起する折り目のところに聳《そび》え立っていたのである。扉も窓も見当たらず、その建造物がかつて何物かの居住地だった——さもなくば、居住することができたことを示す痕跡は、わずかにも存在しなかった。

しかし、それは明らかに天然の地形ではなく、知的種族によって造成されたものだった。

その光景をしばし見つめていたヒーローの目は、やがて強大な城塞の基部から離れ、別のところに向けられた。岩だらけで雪に覆われた、この最後から二番目の台地を挟んで、少なくとも四分の一マイル〈約四〇〇メートル〉は離れたところにある城塞の足元を見て、彼の口はさらに大きく広がった。

その城塞は想像の中で俄《にわか》に大きさを増し、それを建造した者たちの性質について怪しみ始めていたので、エルディンのがっしりした手が肩に置かれた時、彼はひどくぎょっとした。

「ビクついてるのか、相棒《マイ・フレンド》？」

後からやってきた男は、よく響く低音の唸るような声で問いかけた。

「まあな」と、ヒーローは答えた。視界の隅に白くぼんやりしたものが動くのを見出したのは、まさにその時のことだった。

「そして、ビクついてて正解だったぜ！　気をつけろ、兄弟！」

太陽の輝きが無数に反射して目を眩ませる雪景色の中、白くぼんやりしたもの——撥ねあがって二つに分裂したそれは、歯をむき出して荒れ狂う、純白の雪豹《ユキヒョウ》どもで、彼らの方にまっしぐらに向かってくるのだった。それぞれ小柄な男性くらいの重量があるそのけだものどもは、ほんの一瞬《ひとまたたき》の間に距離を詰めてきたが、放浪の夢見人《ドリーマー》たちにはそれで十分だった。

　最初の一匹に襲いかかられたヒーローは、膝をついて倒れ込んだが、小さく鋭い音を立てて鞘《さや》から引き抜かれた湾刀《わんとう》が上方を切りつけ、大猫の腹を綺麗に、深く切り裂いて致命傷を与えた。雪豹は、ヒーローの背後で地面に転倒し、内臓《はらわた》からの湯気に包まれて一瞬だけ唸り声をあげた後、口から白と緋色の入り混じった粘液を吐いて、何もない空間に滑っていった。

　しなやかな体躯の夢見人《ドリーマー》が跳ね起きるように体を回転させると――ちょうど、エルディンが長くまっすぐな刀を一閃し、二匹目の猫の首に斬りつけるところだった。この一撃は、慈悲によるものだった。相棒が見ていない間に、しわがれ声の《放浪者》は既に攻撃を加えていて、そのけだものの肉体を二つに切断していたのである。

　首に生えた短い毛を逆立たせながら、エルディンは剣先で猫の死体を突っついた。

「お前さんのやった方は、首輪つきだったか？」と、彼は若い方の男に尋ねた。

「はっきりしたことは言えないかな」と、ヒーローは答えた。

「ともあれ、こいつは首輪をつけている」

「そうみたいだな。接待係ってとこかね？」

　エルディンは、首を振って否定した。

「いや。あそこを見てくれ」

　彼は、雪がピンク色に見える場所を指差した。ひどく傷ついた、瀕死の動物が見えた。

「あいつらは山羊を捕まえていたんだ。食料を探そうと、外に出てきただけなんだろうさ」

「ハン！」と、ヒーローは呻いた。「まあ実際、二度と巣に戻ることはなさそうだが……」

「巣だと？」と、問いかけるような言葉を、今一人が低い声で繰り返した。彼は眩しい雪から目を背け、のっぺりした城塞が人工の山頂に迫る様《さま》をじっくりと眺めていた。

「そう、巣だ――巣はどこにあるんだろうな――それに、こんな猟犬を飼っている主人は？」

「オッサーラ人は何と言っていたっけか」

ヒーローはそう尋ねた後、自分でそれに答えた。

「《城塞の裏手の、山の覆いかぶさったところには、深い洞窟があって――》」

「《そこには、イブ＝ツトゥルの神殿と、彼の姿を象《かたど》った石像があり――そして、スィニスター・ウッドとその魔法の杖があるのです》」と、エルディンが締めくくった。

「そういうことなら、風に気をつけながら、真正面に近づいてみるか？　さもなくば、城塞をぐるりと回って、最後の隆起の足元を辿って洞窟の入り口に向かう？　それとも――」

「日が暮れるまで待とう」と、先程のお返しとばかりにヒーローが口を挟んだ。

「ついさっき、小さくて実に快適そうな洞窟の前を通り過ぎたじゃないか。あそこなら、俺たちにぴったりだと思う。雪豹《ユキヒョウ》のステーキを食って、熱いお茶を飲んで、毛布にくるまって午後の睡眠をとって――そうすりゃ、前を向いて進もうって気にもなるだろうさ。日が暮れたら、城塞の影に入り込むんだ。その後は、運と二本の輝く刃《やいば》に任せるさ！」

エルディンは相棒の肩を軽く叩いた。

「お前は賢いやつだ、甥《ラッド》っ子」彼は唸るように言った。「未だに覚醒《めざ》めの世界の名前を使ってる癖にな。よし、お前が先に降りるといい。俺はこのかわいそうな子猫ちゃんの死体を、お前のいる方に落としてやるよ」

彼は大きな手を元気にこすり合わせて、舌なめずりをした。

「コスの畏れ多き印《サイン》にかけて、早くもステーキの味が広がってきたぞ！」


ヒーローは、エルディンの激しい咳で目を覚ました。年嵩《としかさ》の夢見人《ドリーマー》は毛布の中に座り込み、胸を抱え込むようにして前後に体を揺すり、致死の咳を続けていた。

《まるで（と、ヒーローは考えた）今にも死んじまいそうじゃないか！》

しかし、彼は病に苦しむ相方に、声に出してはこんな言葉をかけるのだった。

「あんたの肺くらい騒がしいもんはそうそうないぜ、おっさん《オールド・フレンド》」

「ハン！」発作がようやく収まると、エルディンは悪態をついた。「山の空気が体に良いなどと言ったのはどこのどいつだ？　デイヴィッド、お前の言うことが間違っていたことは珍しくもないが、今回も間違いだったぞ！」

ヒーローは笑いながら大きく伸びをすると、低い天井に頭をぶつけぬよう体を縮め、毛布から立ち上がった。焚き火――斑《まだら》のある鷲の巣から拝借した大きな枝で組み上げ、乾いた山羊の糞で補強したもの——はとうに燃え尽きていて、洞窟の中でくっきりと影を描いていた。

外では幻夢境に夜が忍び寄り、ほどなく、最初の星々が暗さを増す空に姿を現すことだろう。

生活用品を全部洞窟の中に残して、冒険者たちは音を立てることなく、今や影に包まれた広大な岩棚へと再び登っていった。台地を思わせる地表に出てきた彼らの顔を、どことも知れぬところから吹きつけてくる、奇妙に暖かな風が撫でていった。

夢見人《ドリーマー》たちは、古い伝説や噂話は嘘っぱちで、ここらの山脈はカダスの麓でもなんでもないということで、最前より意見を一致させていた。そして今、彼らの顔に吹きつけてきたこの風によって、彼らの考えは確信となった。カダスは冷たき荒野にあるはずだが、北から吹いてくるこの風は暖かいものだったからである。

だが、その風はすぐにやんでしまい、厚着にもかかわらず、夜の山の寒気が彼らを蝕《むしば》み始め、聳《そび》え立つ《原初のものたち《ファースト・ワンズ》》の城塞の影に入り込んだ時、寒さは特にひどいものとなった。

二人とも体を少し震わせていて、衣服をさらにきつく引き締めた。そして、計り知れぬ幾星霜の間に迫りくる岩肌から落下した、ギザギザの岩や玉石に覆われた城塞の足元を、彼らはいくぶんか歩く速度を早めて通り過ぎていった。

なるほど、城塞を越えた先にある山肌の一箇所が確かに張り出していて、その下の最も影濃くなっているはずのあたりが、黄色く輝く光でかすかに照らされているのが確かに見えた。

影になっている場所からまた影の中へと、あたかも一組の食屍鬼の如く移動を続けていた二人の夢見人《ドリーマー》は、突然聞こえてきた何かを呼ばわるような大きな声に足を止めた。それは甲高い吼え声で――明らかに、従者たちや猟犬たち……ひょっとすると雪豹《ユキヒョウ》たちに呼びかける、主人の叫《おら》び声だった。

「フリッタ！　ナイスラー！」

そんな叫びが繰り返され、嘲笑うような谺《こだま》が遠くの山峰から跳ね返ってきた。

続いて、冒険者たちの耳に（聳《そび》え立つ岩壁の洞窟からの距離は、百ヤード〈約九一・四メートル〉も離れていなかった）、怒号と罵声がはっきりと聞こえてきた。やがて光が後退していき、洞窟の入り口は暗闇に包まれたのだった。

ヒーローとエルディンは、後者がげっぷをするまで、彫像と化したように立ち尽くしていた。

「気になるぜ」と、彼は呟いた。「フリッタとナイスラーのどっちを食ったんだろうな。さておき、老いぼれの神官の声って感じじゃなかったぞ、あれは」

「しっ！」とヒーローが諫《いさ》め、彼らは再び進み始めた。

張り出した山峰の下にある洞窟に入り込む頃には、彼らの目は次第に暗闇に慣れてきた。

洞窟は、山の中へと曲がりくねりながら続いていた。天然の隧道《トンネル》のようで、天井の高さは人間三人分、横幅は五人の男が頭を並べて横たわることができる広さがあった。

最初の角を曲がったあたりで眩いほどの光が目に入り、二人組はほどなく、ちらちらと明滅して煙を吹き上げるたいまつ台の薄暗い灯りに照らされた、大きな部屋に忍び込んだ。

がらんとした部屋だったが、鉄製のU字釘が壁に打ち込まれていて、洞窟の幅ほどの長さがある軽い鎖が何本か繋がれていた。

「雪豹《ユキヒョウ》どもが夜を過ごす場所なんだろうさ」と、ヒーローは呟いた。「過ごしていた、というのが正しいか。やっぱり、番犬だったんだな」

「ムウ！」エルディンは答えた。「老いぼれの武器を奪うために、ずいぶんとまたはるばる遠くまでやってきたんだと、つくづく感じ入るね。お前さんはどう思う？」

「俺に言えるのは、髪の毛がピリピリしてるってことだ」と、ヒーローは答えた。「首の下までピリピリしていやがる……」

ヒーローの予感をよそに、彼らは速やかに先に進み、やがて第二の部屋に出くわした。

こちらの部屋には壁に獣皮がかけられていて、床は毛皮で覆われていた。粗雑な造りの木のテーブルには、肉を乗せた平皿と石器の瓶が置かれていた。もう一枚ある皿の近くには中身が干されたゴブレットが立っていて、食事をした痕跡があった。

エルディンは用心深くテーブルに近づいて瓶を持ち上げ、栓のない首のあたりを嗅いだ。

それからにっこり笑うと――喉が乾いた人間特有の笑いだ――唇をぺろりと舐めた。

「酒《ネクタル》だ！」

猫の鳴き声を思わせる、低くごろごろと響く声で彼は言い放つと、瓶を傾けてごくごくと飲んだ。それから、目を大きく見開いて、感謝の意を込めて大きくため息をついた。

「何という美味だろう！　デイヴィッド、お前もこいつを味わってみろよ！」

湾刀《わんとう》を構え、たいまつ台で燃え盛るの炎が投げかける影を油断なく窺《うかが》いながら、若者はテーブルの方に移動した。それから、差し出された瓶を手に取り、甘やかで度の強い酒をぎこちなくひと飲みしてから、囁き声で話し始めた。

「ふむ、あいつは明らかに夕食をとって、今頃は床の準備をしているか――それとも、とっくに毛布にくるまっているかのどちらかだな。どうやらあいつは、自分が思っているほどには決して賢くはないようだな。それとも、俺たちが思っているほど賢くはないかのどちらかだ！　さて――例の忌々しい神殿を探すとしよう」

「そうだな！」エルディンも、瓶を取り返しながら同意した。「このまま、ここでダラダラしているわけにもいかないな……」

瓶はすっかり空になって、残っていたのはワインの芳香ばかりだった。酒の力で気合が入り、彼らは第二の部屋を後にすると、山の懐《ふところ》のさらに奥深くへと、歩を進めるのだった。

時に、小さな隧道《トンネル》が左右に分岐することもあったが、その全てが少し進んだところで終わっていた。そういうわけで、彼らは否応なく中央の径《みち》を下っていくことになったのである。脇の隧道《トンネル》のいくつかは、毛皮や獣皮、油の入った樽、果物や野菜、他の生活用品などが入った樽の置き場所として使用されていた。

まだ見ぬ「神殿」の神官がいかなる人物であれ、放浪の夢見人《ドリーマー》たちの基準に照らせば、実に良い生活を送っているように思われた。

隧道《トンネル》の中は、間隔をおいて取り付けられている灯火《トーチ》の光に照らし出されていたが、しばらく進むうちに、灯火《トーチ》の間隔は徐々に広がっていき、ほとんど暗闇に近い区間もあった。

そうした暗い区間のひとつを足音を殺して歩きながら、エルディンが「この調子だと、遠からず山の反対側に出ちまうんじゃないか！」と囁いたので、ヒーローは答えを返した。

「遠回りになってるだけさ。いずれにせよ、もうそれほど長くはかからないと思うぜ」

彼らは少しばかり移動速度を落とし、それぞれ伸ばした手を左右の壁に触れて、内側の手は相方と繋ぐようにしていた。このあたりの隧道《トンネル》はいくぶん狭くなっていたが、やがて洞窟が再び広がり始めたので、彼らは繋いだ側の手を伸ばさなければならなかり、ついには指先だけが辛うじて触れられる広さになった。

彼らの剣は鞘《さや》に収められ、食いしばった歯で短剣を咥《くわ》えていた。一歩、また一歩と踏み出すごとに、前方の床を臆病に思えるほど細心に、ブーツを履いた足で探りをいれた。

突然、壁がさらに遠くへ広がり、彼らはほとんど耐え難いほどの暗闇の中で立ち止まった。

今や彼らは、内なる疼きを、これ以上ない危険に包み込まれた間隔を、そして――何物かの存在を意識した！

左様、何物か存在しているのだった。そのことに気づいた途端、まるで信号か何かのように、洞窟内が一斉に照らし出されたのである。輝かしい、眩いばかりの光を放つ棒がいくつも、彼らの周囲に凝縮しかけていた暗闇を、灼熱の炎をあげて縦横に走った。そして次の瞬間、その輝きは、ほぼ同時に燃え上がった、十数本の壁掛け式の灯火《トーチ》があげる、安定した黄色い炎に置き換えられたのだった。

突然の眩しい輝きから目を守りながら（同時に一二本もの灯火《トーチ》がどうやって灯されたのかを訝《いぶか》しんでいられたのは、彼らの前に小柄で皺《しわ》だらけの老人が、ただ一人立っているのに気づくまでのことだった）、夢見人《ドリーマー》たちは剣を抜き、威嚇を込めて前に突き出した。それから、背中合わせでゆっくりと円を描くように移動しつつ、今彼らが立っている洞窟内の様子を視界に収め、壁に吊り下げられているタピストリーの中に、彼らの脅威となる怪しい動きが突然、生じたりしないかどうか、警戒の目を向けるのだった。

第4章　スィニスター・ウッドと、もう一人

その広間——あるいは「神殿」——は、おそろしく大きかった。横幅は五〇フィート〈約一五・二メートル〉ほどで、高さもほぼ同じくらい。天井からは、短剣のような鍾乳石が垂れ下がり、床に三重に敷きつめられた豪奢《ごうしゃ》な毛皮を貫いて、ずんぐりした石筍《せきじゅん》がいくつか盛り上がっていた。黒い毛皮を縫い合わせた掛け布が壁を覆っていて、間隔をおいて壁に口を開けている、暗闇の中へと通じる隧道《トンネル》を囲う枠を形作っていた。そうした入り口の二つには、数インチ〈一インチは約二・五センチメートル〉の太さがある門《かんぬき》のかけられた、頑丈な金属製の門が取り付けられていた。

差し迫った危険はないと自分に言い聞かせつつ——間違いなく異常事態ではあったが——、二人組は赤と黒の魔法使いの長衣《ローブ》を纏《まと》った老人と対面した。老人は、石筍《せきじゅん》の切り株に腰を下ろしていた。房のついた円錐形の帽子を萎《しな》びた頭に被り、猿のような手には細く、握り玉のある黒い杖が握られていていて、しわくちゃの羊皮紙を思わせる顔の、黄色い切れ込みのような双眼を通して、不機嫌そうに二人を睨《ね》めつけていた。

このいかにも性根の悪そうな古《いにしえ》の時代に属する男の背後、巨大な石筍《せきじゅん》の影に半ば隠れた位置

に、イブ＝ツトゥルの彫像がうっそりと、神殿内の全てを見下ろすように立っていた。部分的によく見えなくなっているにもかかわらず、大きく見開かれた夢見人《ドリーマー》たちの目が他の何にも増して強く惹きつけられたのが、この怪物じみた彫像だった。

彫像の体格には多少なりとも人間じみたところがあった。その――怪物――には頭部があり、石造りの撫で肩の頂《いただき》には、磨き抜かれた黒いこぶのような塊があった。

その表面には、二つの眼が奇妙に不自然な位置に固定されていた。一つは頭頂部の近くで、もう一つは低い――普通の彫像ならばそこに口があるあたりの、端の位置に存在した。低い方の眼は緑色で、内部の光――巨大なエメラルドである――で明るく輝いていた。だが、もう一つの方は赤みがかった血の色合いで、明らかにもう一方よりも本物らしく見えた。

狭い撫で肩に外套《クローク》を羽織っていて、その下に肥え太った胴体があった。しかし、神像の本体と同じ鍾乳石に彫り込まれた外套は前方に開かれていて、数多《あまた》の磨き上げられた乳房を露わにしていた。この神像は明らかに男性なので、それ自体が異常なのだった。

硬い石で造られた外套のドレープの内部には、翼を折りたたんだ夜鬼《ナイト＝ゴーント》の石像が群がり、ほとんど愛情すら込めてしっかりと神の胴体にしがみつき、表面を覆い隠していた。

ただでさえ悪夢めいた偶像は、その背の高さによって、さらに悪夢めいたものとなっていた――何しろ、長身の人間の優に三倍もの高さがあったのだ！

忌まわしい物体を見つめるうちに、夢見人《ドリーマー》たちは、自分たちが幻夢の世界における正気の領域を後にして、今やその外延すれすれの異界に足を踏み入れたことをまざまざと感じていた。

彼らの眼は偶像から、魔法使いの黄色い眼へと移り、再び偶像に戻り、そして最後に――

「さすれば」

魔導神官の葦のように細い声――しかしそれは、畏怖すべき膂力《りょりょく》と妖力をほのめかした――が、二人の思考を地上へと引き戻した。

「お前たち二人組こそ、我がペットを殺害した下手人に相違あるまい！　哀れなフリッタとナイスラーを手にかけおった、無慈悲な屠殺者どもにな。ともあれ、歓迎するぞ、夢見人《ドリーマー》たちよ――イブ＝ツトゥルの神殿によくぞ参った。我、スィニスター・ウッドには、お前たちがやって来た理由について問い質すまでもない。最近、同じようにここに侵入《はい》りこんできた他の者どもと同じく、あのオッサーラ人、エブライム・ボラクに遣わされてきたのだろうさ。我が従兄弟、ティーリスのナイラスに代わり、我が杖を盗み出すためにな。お前たちもまた、他の者ども如く、ひどく簡単に成し遂げられるものと思い上がっていたのであろうよ」

「ご老人、スィニスター・ウッドよ」と、ヒーローが応じた。「あんたとやりあいたいってわけじゃない。杖が目的なのは事実だが、暴力に訴えるつもりはないんだ。おっと、魔法はナシだ。俺たちのナイフの方が、あんたの呪文よりも速いからな！」

ヒーローが話している間に、二人はお互いの距離を広げ、再び鞘《さや》に収めた剣の代わりに湾曲した長めの短剣を手にして、じりじりと前進した。

突如、はっきりした理由もなく、エルディンが剥き出しの石の切り株に躓《つまず》いてその上に倒れ込み、ナイフを取り落してしまった。それと同時に、ヒーローは眼の奥に鈍い痛みが広がり、心が曇っていくのを感じた。彼もまた、腰の高さまで床から突き出した岩の突起にもたれかかり、どうにかこうにか自分の体を安定させねばならなかった。

エルディンは手探りでナイフを取り戻し、足で地面を掻いて体を動かした。

「警告したぞ、魔法使い」と、彼は唸り声をあげた。「魔法なしだとな！」

彼は腕を背中側に回し、親指と人差し指の間に挟んだ湾刀《わんとう》を――

「だめだ！」ヒーローが叫んだ。「だめだ、エルディン――彼を殺すな！」

「魔法だと？」古《いにしえ》の時代の悪党は、そう言って甲高い笑い声をあげた。

「違うぞ、違うのだ、覚醒《めざ》めの世界よりの客人たち。魔法ではなく、ただの……薬物よ！」

「あのワインか！」エルディンとヒーローは息を呑んだ。

「左様、ワインよ。お前達がやって来ると思っていたのでな。ボラクが、お前たちのような二人組を送り込んできたのは久しぶりのことだ。随分と遅くなったではないか。ああ、だが今回、奴は実に良い仕事をしてくれた！」

「ボラクめ！」と、エルディンは唸った。そして――おそらくは、最後にナイフを投げようとしたのが原因で――年嵩《としかさ》の夢見人《ドリーマー》は喉を締めつけられたような咳をして、体をよじり、膝から崩れ落ちて、顔を下にして毛皮の只中に倒れ込んだ。

巨大な洞窟がぐるぐると回転するように見える中、ヒーローはさらに二歩前進したがあえなく転倒し、その体が毛皮で覆われた床の埃を舞い上げた時には、もう何も感じなかった……。

エルディンは、死にかけていた。

髭だらけの顔を小さな手で優しく叩かれて目を覚ますや否や、彼はその事実に気づいた。肺の中で、焼けつくような炎がかつてない勢いで燃えあがっていて、彼の人並み外れた力はあたかも体内で蒸発し、燃え盛る炎によって体内から吐き出されてしまったかのようだった。

起きざまに、血の混じった咳を頭上に向けて爆発させたエルディンだったが――芳しい香りを漂わせた繊細な指が、彼の苦悶する口を塞いだので、何とかそれを押し殺した。

「しっ！　静かにして頂戴、夢見人《ドリーマー》さん！」

震えを帯びた、恐怖に満ちた少女の声が囁いた。

「今は静かにして――スィニスター・ウッドを起こしてしまうわ！」

これを聞いた時、エルディンは自分がどこにいるのかを、これまでの経緯と共に思い出した。

彼は目を見開くと、幻のような姿をまっすぐに見つめた。小さな石器ランプの揺らめく焔の傍らには一人の少女がいて、彼はその姿をじっくりと観察したのだった。

その少女は、ヤナギの枝のように痩せ細っていた。青い瞳に綺麗な肌、その繊細な顔立ちはまるで、イレク＝ヴァドの貴族のようだった。全体的に小柄だったが、手足が長く伸びていて、金色の柔らかな髪が、胸元にこぼれ落ちていた。全身を包むのは、紗《しゃ》や繻《うすぎぬ》を用いたひどく薄い衣服で、ここではない場所で出会ったなら――さぞかし目の保養になったことだろう。

　エルディンは、胸につかえていた咳を喘《あえ》ぐように押し出してから、彼女に尋ねた。

「あんたはどなたかな、娘さん？　神かけて、ここで何をしているんだ？　それに」――彼はこれといって何の特徴もない、小さな洞窟に眼を走らせ――「〝ここ〟はどこなのかね？」

「あなたがいるのは、スィニスターの出入りを禁じられた独房よ」と、彼女は言った。

「だけど、静かにしてちょうだい！」

　そう言うと、彼女は近くで寝ているデイヴィッド・ヒーローに注意を向けた。

　エルディンは立ち上がろうとしたが、手足を縛られていることに気がついて再び横になり、やつれた顔を叩かれたヒーローの目が瞬《まばた》きを始めるまでの間、少女をじっと見つめていた。

「ううむ」と、ヒーロー。「いったい何がどうなって――」

「しーっ！」改めて少女が注意した。

　そして、彼女は再び、夢見人《ドリーマー》の燃えるような視線に晒された。ヒーローは、座っている彼女の腰臀部《ようでんぶ》のあたりを、まじまじと観察した。次いで、彼が縄に抗《あらが》い始めたので、彼女は「もがいても無駄よ」と告げた。「スィニスターの拘束を強めるだけのことだわ」

「そう言われてもな――」と、ヒーローは再びもがき始めたが、次の言葉で中断した。

「あなたたちは魔法使いの捕虜で、彼はあなたたちを殺そうとしているの――ひどく恐ろしいやり方でね！　救けてあげられるのは私だけ。私を連れて行ってくれると約束してくれるなら、逃亡を手伝ってあげる」

「わかった！」と、エルディンが即答した。「だが、まずは俺たちを自由にしてくれ」

「ああ」と、ヒーローも同意した。「約束する。だけど、こっちに来て拘束を解く間に、スィニスター・ウッドについてあんたが知ってることを教えて欲しい」

結び目はきつく、縄は細く頑丈だったが、少女は器用な指を素早く動かし、懸命に働いた。

彼女はまずヒーローの縄にとりかかり、指を飛ぶように動かしながら話し始めた。

「私の名前はアミンザ・アンズ。イレク＝ヴァドにある父の屋敷のバルコニーにいたところを、魔物《ゴーント》に攫《さら》われて連れてこられたの。ここに来てから、もうじき一年になるかな。最初は、魔物《ゴーント》に食べられてしまうのかと思ったのだけど、あいつらが人間を食べるかどうかは知らないわ」

ヒーローは頷いた。

「それについては知っている」と、彼は言った。「あの魔物《ゴーント》には顔がない、故に口もついていない。そういえば、イブ＝ツトゥルにも口がないな。スィニスターの神殿で見た彫像から判断して良いならの話だが」

「あなたの言ってることは正しいわ。そして、イブ＝ツトゥルは魔物《ゴーント》の主《あるじ》なのよ」

《それは興味深いな》と、ヒーローは考えた。

「女神にかけて、話を続けてくれないか、娘さん」中断に絶えきれず、エルディンが呻いた。

「とにかく」アミンザはすぐに話を続けた。「私は食べられたりせずに、ここに連れてこられたの。到着するまでに、三日の夜がかかったわ。昼の間は山の洞窟で休息をとって、旅をしたのは星空の下だけだったわ。時には、半ば月に届こうかというほど高いところまで飛び上がったこともあって、それから何時間も滑空を続けたのだけど、空中を漂う無定形の怪物《ゴーント》たちが悍《おぞ》ましい群れをなして、私の体をまさぐったり手足を引っ張ったりして、魔物の恐ろしい手足に掴まれている私を奪い取ろうとしてきたの」

「《蕃神《アザー・ゴッズ》》どもの幼生だな！」と、ヒーローは押し殺した声で言った。「奴らについては前に聞いたことがある」

アミンザは「たぶんね」と答えると、ヒーローの背中側の結び目のひとつが緩んだので、喜びの声をあげた。彼女はただちに次の結び目に取りかかった。

エルディンはといえば、ノミにでもたかられているかのように体をそわつかせていた。「どんどんやってくれ、お嬢さん」彼は促した。「もっと急げないもんかな。このロープ、俺の体をバラバラにしようとしとるぞ！」

「あら」と、彼女は話を続けた。「ここに着いた時は眠っていて、目が覚めてみたら——そこにスィニスター・ウッドがいたの」彼女は体をぶるっと震わせた。

「で、あいつはそれ以来ずっと、あんたをここに捕らえている？」と、ヒーローが尋ねた。「それにしても、あの男はどうしてあんたをこんなところに連れてきたんだろうな。あいつは……あんたに手を出したのかい？」

「どういう意味かしら」

「奴はあんたをベッドに引っ張り込んだのかい、お嬢さん？」

　エルディンの質問は直球だった。

「いえ、そんなことはないんだけど」と、彼女は再び身震いした。「だけど、あの人は私をよくしげしげと眺めて、踊らせたりするの。それに時々……私に触れることもあったわ」

「フン！」ひねくれた夢見人《ドリーマー》は唸るように言った。「なるほど、勃《た》たなくなっちまったか」

「体だけは年老いているんだけど」手の中で新たな結び目を緩めながら、彼女は答えた。

「彼の心はカミソリみたいに鋭いわ」

「俺たちを解放してくれたら、すぐにも奴の細い喉にカミソリを当ててやるさ」と、エルディンが答えた。「俺のナイフの剃刀《かみそり》の如き刃をな――まあ、見つけられたらの話だがね！」

　ヒーローは、うんざりした様子で鼻を鳴らした。

「あいつが俺たちの武器に手をつけないだなんて、そんなことを思っちゃいないだろうな」

「俺に噛み付くことじゃないだろう、甥っ子」エルディンが唸った。「だいたい――」

「しっ！」ヒーローが強い調子で囁いた。

「エルディン、忌々しい奴め――あんたの怒鳴り声で屋根が崩れちまうぞ！」

　それから、彼は少女に言葉をかけた。

たってわけか？」

「で、あいつが俺たちと一緒にあんたを閉じ込めたのかい、アミンザ？　その機会を狙ってい

「そうじゃないの」と、彼女は答えた。「本当のところ、あの人は私が近寄ることを禁じたの。でも、あなたたちは私が自由になる唯一のチャンスなのよ。他の人たちみたいに、あの人が私を手にかけるのは時間の問題だわ。私の体は鉄格子の隙間を通れるくらい小さいんだけど——あなたたち二人は扉をこじ開けないとね」

ついにヒーローの手が自由になり、彼女は「やったわ！」と小さな勝利の声をあげた。

「エルディンの方も頼む」と、若き夢見人《ドリーマー》は彼女に告げた。

「俺は自分の足を解放する……痺れた手に血が通ってくれたら、すぐにもな！」

彼は生気を取り戻そうと、手と手をこすり合わせ始めた。

「まったく、神様、お嬢様ってやつだ。もうちょっと違う状況だったら——あんたにキスすることだって、それ以上のことだってできたのにな」

アミンザは無言だったが、顔が赤らんでいるのが、ちらちらと明滅するランプの灯りの中にも窺《うかが》えた。彼女がエルディンを拘束するロープを解き始めると、年嵩《としかさ》の男が質問した。

「他の人たちって言ってたな。スィニスターはそいつらをどうしたんだ？」

一瞬、彼女は手を止めて彼の顔を見つめると、再び体をぶるっと震わせた。

「他の囚人たち」ややあって、彼女は言葉を発した。「魔物《ゴーント》たちが連れてきた他の囚人たちや、

ティーリスからやって来た人たちのことよね。送り込まれた――」

「あの裏切り者の、オッサーラの犬畜生にな！」エルディンが口を挟み、アミンザは頷いた。

「スィニスター、彼は……あの人は、杖を使って彼らを吸い尽くしたわ。まるで吸血鬼みたいにね。あの人は彼らを骨の詰まった小さな袋にして、雪豹《ユキヒョウ》の餌にしていた。若さを取り戻そうとしているのよ。それこそ、あいつが原初の場所にやってきた理由、《原初のものたち《ファースト・ワンズ》》の城塞に辿り着く道を見つけ出した理由なの。あの人はあそこから、《原初のものたち《ファースト・ワンズ》》が知っていた秘密を持ち出したのよ」

「秘密だって？」と、ようやく足が自由になったヒーローが聞き返した。「どんな秘密だ？」

「あの人を狂わせたものよ！」

「杖のことかい？」と、ヒーローが重ねて質問した。

「違うわ。あの杖はこの洞窟に隠されていたの。城塞から持ち出したのは、不思議な魔法の知識。イブ＝ツトゥルを呼び出す方法を知っているのよ――少なくとも、そう言ってたわ」

夢見人《ドリーマー》たちは互いに顔を見合わせて、それから少女に向き直った。

「アミンザ、きみはどうして何から何まで知っているんだ？」と、ヒーローが尋ねた。

「あの人が自分で話したの。あの人はよく――特に夜空にまん丸の満月がかかっている時になると、そういうことをとりとめもなく話し続けるのよ。もう何年もの間、《原初のものたち《ファースト・ワンズ》》の秘密を解き明かそうとしてきたの。そして今、その秘密を解き明かす日が間近に近づいているんですって。だけど、若さの探求は彼にとっては第一歩に過ぎない。その後は……それも、最も冷酷な妖術師に！」

「あの人を幻夢境で最も偉大な妖術師にするでしょうね──それも、最も冷酷な妖術師に！」

「奴が目的を達成しかけてると考える理由は何だい、お嬢さん？」と、エルディンは尋ねた。

「あの人が他人から吸い取るのを見たことがあるの」答えながら、彼女は顔を歪めていた。「しばらくの間、あの人は若返っていたわ。それから──すぐにまた老人に戻ってしまった！　あなたたち二人がいれば、永遠に若さを保つことができるというのが、あの人の目論見なんだわ。そうやって強さと大胆さを取り戻してから、《原初のものたち《ファースト・ワンズ》》の城塞に再び赴《おもむ》くつもりなのよ。次に持ち出すものがどんなものになるか、誰にもわからないわ」

「全くもって、誰にもわからんだろうな」ヒーローが、考え深げな様子で相槌を打つ。

「俺たちを利用して、永遠に若さを保つだって？」エルディンは、不審そうに彼女の言葉を繰り返した。「奴が目論んでいるってのは、つまり──」

「骨の詰まった小さな袋」ヒーローが不機嫌そうに口を挟んだ。「まあ、何だ、そういう気分にはまだなれないな。さ、こっちに足を寄越せよ、おっさん《オールド・フレンド》。いいかげんそろそろ自由の身になって、逃げ出すとしようぜ」

続いて、アミンザにも声をかけた。「スィニスターの奴は、今どこにいるんだい、お嬢さん？　あと、魔物《ゴーント》どもはどこで飼われてるんだ？」

「あの人は眠っているわ。魔法を使う代償として、長い眠りが必要なの。目が覚めたら、力を得るつもりよ。イブ＝ツトゥルの神像――真なる魔神《デーモン＝ゴッド》の化身《アバター》からね。それから……」

彼女は、そこで言葉を濁した。

「「てえことは、俺たちの手番ってわけだ」」

二人が同時に声をあげ、彼女は答える代わりに頷いてみせた。

「そうあって欲しいものね。それと魔物《ゴーント》たちだけど、あなたたちも見たでしょう？」

「何だって？」と、ヒーローは眉をひそめた。「あんたが言ってるのは、神像の乳首にぶら下がってる、おっそろしい石像の群れのことか？」

「その通りよ。必要になると、スィニスターが……あいつらを呼び覚ますの！」

夢見人《ドリーマー》たちは、互いに顔を見合わせた。

「デイヴィッドよ、俺たちはどうやら悪夢の中に入り込んじまったようだ」と、エルディン。

「お前がコロシに反対しているのは知っているが、今度ばかりはどうやら――」

「――奴を殺《や》るしかないだろうな」彼に皆まで言わせず、ヒーローが後を引き取った。

エルディンは、重々しく頷いてみせた。

「そうさ。幻夢境には糞ったれの魔法使いが多すぎる。まともな奴でも酷すぎるくらいだ！」

第5章　目を奪え

「くそっ！　お嬢さん、奴は寝てるってあんた言ったよな！」

　エルディンが小声で非難した。

「こんなに元気溌剌《はつらつ》な夢遊病者は初めて見たぜ！」

「すぐにも取りかかりたかったんだわ」と、アミンザは彼の耳元で息を殺して囁いた。「私がベッドを抜け出した時、あの人は確かに眠ってた。何かで目を覚ましたのかも」

「あんたの目論見に気がついたのかもしれん」と、ヒーローは言った。「そして、いなくなっているのを見つけたのさ」

「いいえ、そんなはずはないわ」と、彼女は答えた。「私がまだベッドで眠っているように見せかけておいたもの。それに、そういうことなら、私を探しに来て大声で呼んだはずだわ」

　彼ら三人は、牢獄のある洞窟へと続く隧道《トンネル》の門のところで、物陰に屈み込んでいた。

　中央の洞窟のたいまつ台に照らされる中、スィニスター・ウッドが魔法を使っている様子が、門の格子越しに窺《うかが》えた。イブ＝ツトゥルの像の前に立つ彼の姿は半ば石筍《せきじゅん》に隠れていて、こちらに背を向けていた。両腕を頭上高くに伸ばし、握り玉のある杖を片手に持っていた。

洞窟内に響く彼の声は、弱めの雷の如くパチパチと爆ぜるような音を立てた。そして、この世ならぬ耳障りな音声で詠唱を続けながら、時折、イブ＝ツトゥルの外套《クローク》の下にしがみついている石のような魔物《ゴーント》どもを叩いていた。彼がその動作を行うたびに、光り輝く白炎の火花が斜め方向に飛び散って、天井や壁に達する前に消えていった。

「あいつは何をしてるんだ？」エルディンが尋ねた。

「石像から力を得ているんだわ」と、アミンザが答えた。

「あの杖が炎に当たる度に、彼の体が膨れ上がるのが見えるでしょう。それと、魔物《ゴーント》を目覚めさせようとしているみたい。あの人はいつも、前もって彼らを起こすのよ――誰かを……」

死者の如き蒼白な顔の中、大きく見開いた目を、彼女は夢見人《ドリーマー》たちに向けた。

「誰かを吸い尽くす前に、か？」ヒーローが質問し、彼女は頷いた。

「化け物《ゴーント》たちは、台地や洞窟の入り口の守りを固めに行かせるの。侵入者が来ないかどうか、それとスィニスターに邪魔が入らないかどうか確認するためにね」

彼女が話す間にも、幻想的な光景が展開され始めた。

神像の纏《まと》う石のドレープは、まるで煙を通して見ているかのようにぼやけ始め、それが途切れている中央部が、まるで世界中に広がっていくかのようだった。その全容が露わにされた魔物《ゴーント》どもは今や、神の怪物じみた胴体にしがみつきながらも、断続的に体をよじり始めた。

そして一匹、また一匹と――それらの石像はもはや、狂人の心の中にこそ存在すべき、ゴム状の怪物と化していた――、彼らは異様に熟した果実の如く、神像から落ちていった。そして翼を広げると、洞窟の壁や天井のあたりに群れをなし、猛スピードで飛び回った。

荒々しい旋回を少し続けた後、まるで信号が変わった時のように、彼らは一斉に出口に通ずる隧道《トンネル》に向かうと、皮膜のある翼を羽ばたかせてその中に消えていったのである。

「今よ！」とアミンザが強く囁いた。「あと少しで、彼は太刀打ちできないほど強力になってしまう。見て――ああ！　もう手遅れだわ！」

おぼろげに揺らめく神像の方から、スィニスターがこちらに向き直り、閉ざされた門の前に屈み込む三人に目を向けたのだった。彼の黄色い目は今や、地獄の炎で赤く染まっていた。

彼が杖を突き出して……

「今だ！」エルディンとヒーローは同時に叫ぶと、一歩後ろに下がり、自分たちの巨躯を門の鉄格子に叩きつけた。彼らの全重量を受けて閂《かんぬき》が折れ曲がり――鎖は引きちぎれ、蝶番《ちょうつがい》は分解して――、門はあえなく倒れこんで、砂塵や石の破片の雲を舞い上げた。

夢見人《ドリーマー》たちは門と一緒に倒れ込んだので、スィニスターの放った稲妻を頭上にやり過ごすことが出来た。アミンザにもほんのわずかの差で届かず、牢獄の奥に白い怒りを炸裂させた。

「稲妻が当たったら」と、少女は叫んだ。「あなたたちは完全には死なないけれど、力をスィニスターに吸い取られてしまうわ！」

その声を聞くやヒーローは体を横転させて二撃目をやり過ごし、空気を灼《や》いて飛来した稲妻は、洞窟の壁に当たって白熱するボールのように燃え尽きた。

そのタイミングで、門の瓦礫の中から金属製の長い閂《かんぬき》を持ち上げたエルディンが、最後の力を振り絞って前に飛び出した。アミンザもまた、彼女なりに一役買った。遮蔽物《しゃへいぶつ》になるでこぼこの鍾乳石の影に走り込み、怒り心頭の魔法使いの気を反《そ》らしたのである。

もはや萎《しな》びた老人ではなく、妖術の力で膨れ上がっていたスィニスターは激怒し——そして混乱していた。その激情が今は三人を救った。怒り心頭で放たれる稲妻は、飛距離こそ大したものだったが、尽《ことごと》く的を外したのである。

年嵩《としかさ》の夢見人《ドリーマー》が投げつけた鋼鉄の金棒に魔法使いが気づいた時は、既に遅すぎた。

彼はすくみ上がり、苦し紛れに役立たずの稲妻を放ってはみたものの、金棒の尖った先端に突き刺され、その勢いで引き倒されながら、悲痛な叫びを一度だけあげた。

胴体の中心を貫いた鉄棒を握りしめて彼は倒れ伏し、今や無害となった魔法の杖は取り落とされて、毛布で覆われた床に跳ねた。再び萎《しな》びた姿に戻った魔法使いのもとに、三人が油断なく集まってきた頃には、彼は目を閉じて、物言わぬまま横たわっていた。

「血が流れ出していないな」

精根尽き果てたエルディンは喘《あえ》ぎながら観察し、苦しげに胸を締め付けた。

「魔法使いには、血が流れていないのさ」と、ヒーローは言った。

「さ、急ぎましょ」アミンザが二人の腕を掴んだ。「じきに魔物《ゴーント》の軍勢が戻ってくるわ。「その神像が真なる石に戻る前に、彼らはそうしないといけないの」

「だが、そいつは本当に石像なのか？」ヒーローはそう言って顔をしかめた。

「半分はね。ほら――」と、彼女は指差した。

はたして、その醜怪《しゅうかい》なる像の輪郭は未だに揺らめいていたが、その赤い目は邪悪な意志をもって夢見人《ドリーマー》たちを見下ろしているかのようだった。エメラルドの目の方はといえば、蠱惑的《こわくてき》な輝きで彼らを手招きし――そして今、それを収奪せんとする彼らを妨げる者はいなかった。

「俺たちの武器を！」

エルディンは一声叫ぶと、獣皮に包まれて床に置かれていたナイフや剣を見つけ出した。

「よし！」と、普段よりも固くこわばった声音で、ヒーローは言った。「俺のナイフをくれ。山脈に雪豹《ユキヒョウ》――魔物《ゴーント》に狂った魔法使い――挙げ句に魔神だ。一切合切、十九の地獄に落ちやがれ！　俺たちは杖を取りに来て、首尾よくそいつを手に入れた。よかろう、ならば行きがけの駄賃に、あのでっかい宝石もいただいちまおうぜ！」

彼はイブ＝ツトゥルのエメラルドの目を指差した。

「悪くないな、甥っ子」と、喘《あえ》ぐような声で言うエルディンは、スィニスターの石の玉座に重たげな腰を下ろしていた。「だが、自分のものにしたけりゃ、自分で登るんだな。年寄りはもうへとへとだよ。なあ、お嬢さん」と、彼はアミンザの手首を掴んだ。「ここには何か、人間のための飲み物はないのかね？」

アミンザがエルディンのために壊れていないワインの瓶を探している間、ヒーローはイブ＝ツトゥルの外套《クローク》の石に彫り込まれたひだを登っていった。

するうちに、不愉快な事実に気づいた。彼が手を置いている、生暖かくぬるついた石が振動しているのを感じ、この怪物じみた岩の塊に、半ば生命が宿っていることに気づいたのである――彼の目に映るその表面は朦朧《もうろう》として、凍てついた渦の如く、動的な何かが閉じ込められているように思われた。

しかし、彼はようやく外套《クローク》の高い位置のひだに片足をかけると、その恐ろしい物体の首に片方の腕を伸ばした。それから、自由な方の手でナイフを取り出し、宝石を抉《えぐ》り出し始めた。

彼はそれから、石が妙に柔らかく思える眼窩《がんか》の端を掘り続け、ついにはナイフを深々と突き刺して、巨大なエメラルドを取り外すことに成功したのである。まさにその瞬間、彼は神像がぴくりと痙攣したように思った――おそらくそれは、苦しみによるものだった。

覚えず、体をぶるっと震わせると、彼はただちに飛び降りて、彫像の足元の毛皮へと猫を思わせる身のこなしで着地した。宝石も落下し、立ったまま待っていたアミンザの手に収まった。

ヒーローは顔をしかめながら褐色のジャケットで手をぬぐい、巨大な宝石を取り返した。

それから、粗布《あらぬの》のハンカチを引っ張り出すと、エメラルドをくるんでベルトに縛り付けた。

その頃になると、エルディンは赤ワインの瓶を半分ばかり空けていたのだが、年嵩《としかさ》の夢見人《ドリーマー》はすっかり元気を取り戻し、出かける気満々になっていた。

「アミンザよ、スィニスターは何かしら価値あるもんをそこらに転がしてたりしないもんかね。たとえば、一つ二つの宝箱とかそういったもんを」

「どこかに莫大なお金を隠し持っていたはずだけど」と、彼女は答えた。「一年もここにいたけれど、目にしたことがないということは、城塞の方に隠しているのかも。それともちろん、彼の魔法の杖があるわ……」

「そいつは俺が持っていこう」と、エルディンは足元に転がっていた杖を手にした。

だが、彼が杖を手にした途端、その握り玉から大きな青い火花が発せられて、彼の額をしたたかに打ち据えた。彼は髪を逆立てながら、石筍《せきじゅん》の玉座から後ろ向きにひっくり返り、床の毛皮の上に倒れこんで憤激と苦悶のわめき声をあげた。

肘をついて体を起こしたエルディンが、目眩を振り払うように頭を振っているのをよそに、今度は歩み寄ったヒーローが落ちた杖で運試しを試みた。しかし、指が触れる直前に、小さく明るい火花が警戒したかのように発せられて、彼は素早く手を引っ込めた。

「畜生、こいつは奪われたくないんだな！」と、彼は唸った。

「となれば、置いていくしかあるまい」と、エルディンが呻くように言った。「いずれにせよ、その杖は魔法使い専用だ。ボラクがそいつを欲しがるなら、自分で取りに来させりゃい」

「ああ、その通りだ」と、ヒーローもただちに同意した。神像の発作的な反応の衝撃からすっかり立ち直っていたものの、彼はまだ石像が半ば影になっているあたりを警戒していた。

「とにかく、俺たちは怪物の目を手に入れた。こいつは十分に宝物と言えるだろうさ。では、出発しようじゃないか」

それから、アミンザに向かってこう言った。

「山登りは平気かい、お嬢さん？」

「やってみるわ」彼女は答えた。

「いいね。《大荒涼山脈《グレート・ブリーク・マウンテンズ》》はかなりの高さだからな、滑落したりしたら、えらく長いこと落っこちる羽目になるぜ！」

かくして彼らは、高台や《原初のものたち《ファースト・ワンズ》》の城塞へと通じる、中央の隧道《トンネル》に沿って、速やかに移動を始めたのだった。


此度の帰り道では、彼らは神殿のたいまつ台から抜き取った灯火《トーチ》で道を照らしながら隧道《トンネル》内を急ぎ足で移動し、ごく短時間で張り出した峰の下から高台に現れた。

幻夢境のはずれから夜明けが近づく中、唸るような音を立てる冷たい風に灯火《トーチ》の炎が吹き消され、三人組は寒さと、ぼんやりと覚束ない薄明の只中に取り残された。

夢見人《ドリーマー》たちはまっすぐに城塞を向かい、その広大な裾野を目印に、登ってきた時と同じルートで下山した。アミンザは暖かい衣服を身につけ、彼ら二人の間に挟まれて、軽快に歩を進めていた。苦しい境遇からようやく解放され、彼女はほとんど喜びに輝やかんばかりだった。

やがて、彼らが聳《そび》え立つ城塞の影に入り込むと――

蝙蝠《こうもり》のような翼の羽ばたく音が聞こえたかと思うと、魔物《ゴーント》の大群が押し寄せてきたのである。

怪物どもは、城塞の高いところにある影の中で待ち受けていたのだ。そして今、彼らはその翼で打ちかかり、ゴムのような四肢で蹴ったり抉《えぐ》ったりしてきたのだった。

夢見人《ドリーマー》たちは全力で応戦した。二本の剣が風走り、斬り裂き、二本のナイフが突き刺し――

ああしかし、女性をカバーするのには不慣れだったのだ！　彼女は戦うための武器を持っておらず、一組の魔物《ゴーント》どもに捕まえられて、空中で振り回されて、二人のもとに悲鳴が届いた。

その叫び声を耳にして、彼らは命がけで必死に闘った。そして、戦いは始まった時と同じく、唐突に終わりを告げた。雪の積もる冷たい地面に、生命を失って倒れ伏した三匹を後に残し、魔物《ゴーント》どもは彼女を運んだまま、そこから飛び去ったのである。

明るくなりつつある空を背に、ヒーローはすっくと立ち上がり、苦々しい叫びをあげた。

「こんちきしょう！」彼は剣を振り回しながら絶叫した。「すぐにも彼女のために引き返さないと。エルディン……おいおい――」

彼は素早く膝をつき、年嵩《としかさ》の男に手を差し伸べた。

「どうしたんだよ、おっさん《オールド・フレンド》。何かあったのか？」

「俺の肺《パンプ》が血塗《ちまみ》れだ！」エルディンは喘《あえ》いで、雪の上に赤いものを吐いた。

「バラバラになりかけてるんだよ、わかるんだ。お前は全力で戻れ。俺は、元気を取り戻してから後を追うよ。洞窟の入り口で待っている。すまんな、デイヴィッド——幸運を祈る！」

ヒーローは既にそこからいなくなり、張り出しへと全力疾走していた。白い歯を食いしばり、剣を構え、イブ＝ツトゥルのエメラルドの目の重みが太ももに跳ねるのを感じながら……。


アミンザは、彼女を背に隧道《トンネル》沿いを飛び、イブ＝ツトゥルの神殿へと向かう二匹の魔物《ゴーント》の翼に打ちのめされ、ほとんど気を失っていたので、彼女と逆方向に移動しているものを目にしなかった。それで良かったのだろう。何しろ、あの神像はいかなる基準においても十分過ぎるくらい邪悪な姿をしていたのに、生身の肉体を纏《まと》ったイブ＝ツトゥルはその千倍も酷いのだ。

とはいえ、意識を取り戻すのとほぼ同時に、捕獲者によって神殿の床に放り出されたので、彼女は何が起こったのか理解した。スィニスター・ウッドは重傷を負ったのだが、彼らがその肉体を神殿に置き去りにした時、まだ死んでいなかったのである。

回復した彼は杖を使い、あの病的な石像から力を得たのだろう。こうしたことは、彼が今、杖を携えて玉座の基部に背を向けて座っている様子と、その体から引きずり出された黒ずんだ金棒が傍らに横たわっていることから、あまりにも明白だった。

石像がなくなっていたのだが、洞窟の床を横切り、出口へと通じる隧道《トンネル》へと続く、乱れた毛皮の痕跡がその行方を物語っていた。

アミンザが片肘で支えて体を起こすと、スィニスターが彼女を見た。禿げ上がって黄ばんだ頭頂に滲み出た、輝く汗の玉が額へと流れ落ちて、彼の病人じみた苦悶の顔を濡らしていた。

しかし、その黄色い双眸《そうぼう》は、以前と変わらず邪悪な輝きをたたえていた。

鉤爪のような手に握りしめた杖からは緑色の光が流れ出し、乱された毛布の痕跡を辿って、中央の隧道《トンネル》に消えていた。アミンザは、スィニスターがこの異界的なエネルギーの糸を介して神を誘導していること、さらには覚醒《めざ》めの世界からやってきた彼女の友人たちを連れ戻すべく、悍《おそ》ましい存在を送り込んだことを悟った。

彼らを連れ戻すか――さもなくば、殺害するために！

「スィニスター・ウッドのもとから、そうやすやすと逃げおおせるとでも思ったかな、娘よ」

ひび割れた唇をほとんど動かさずに彼は囁いた。それほどの激痛に苛まれていたのである。

「見たところ、どうやらそういうことらしい。左様、老いたりとはいえ、スィニスターはまだ死んではおらぬよ。そんなことが起きるはずもあるまい！　お前は裏切りの代償を支払うことになる、期待しておくが良いぞ。お前の友人たちについては――幻夢境最後の朝を迎えることにならねば良いがな。奴らはイブ＝ツトゥルの目を奪いおった。そのことが、彼の逆鱗に触れたのよ。助けようとて助けられぬし――もとよりそのようなつもりもないわ！」

アミンザが立ち上がろうとしたので、彼は「やめよ！」と警告した。「動くでないわ、娘よ。ただちに捕らわれたくはあるまい！」

彼が天井に目をやると、そこには彼女を捕らえた二匹の魔物《ゴーント》が貼り付いていた。

彼女が再び神殿の床に体を沈めるのを見届け、スィニスターは嘲笑《あざわら》った。

「左様、言われた通りにするのが最善よ。魔物《ゴーント》どもは顔を持たぬが、他の点では十分に男らしいのでな。さて、いかがしたものかね、娘よ」

見るからに苦痛に苛まれているにもかかわらず、彼は情け容赦なく甲高い嘲笑《ちょうしょう》を浴びせてから、杖から流れ出す緑色の光が織りなす糸に視線を戻すのだった……。

第6章　冥《くら》き神の襲来！

張り出しの下、洞窟の入り口に辿り着いたところで、ヒーローはいったん足を止めた。首の付け根に生えている短い毛が逆立って、その中で目にしたあらゆるものとはまた別に、幻夢の内と外の両方でおよそ人間の経験したことのない、正気の秩序ある宇宙に決して存在してはならぬ何かがそこにあることを、彼に警告したのである。

隧道《トンネル》の中から押し寄せてきた風は腐臭を孕《はら》んでいて、彼は不快感から鼻をつまんだ。あたかも、幾世紀もの歳月を重ねてから暴かれた、墓穴の縁《へり》に立っているかのようだった。

そして、洞窟の奥深くの暗がりの中、緑がかった光が膨らみ、明るさを増していくのが見え、夢見人《ドリーマー》の足は突然、地面に根を張ったように動かし難くなった。それがいかなるものであれ、彼は大きく目を見開いた。イブ＝ツトゥルの神殿から、何かが降りてきているのである。

ただの人間が敵に回すには荷が勝ちすぎることを、彼はよく理解していた。

今や夜が明け、あたりは急速に明るくなり、西から吹き付ける風は少し弱まってきた。

身動《みじろ》ぎもままならず、冷たくも優しい風を背に感じつつ、ヒーローは目を大きく見開いて、なおも緑色の光が脈動する様を凝視し続けながらも、身を守り、今すぐに走ってそこから離れ、未知なる恐怖と自分との間に距離を空けるよう、心の中で叫び続けていた。

やがて、彼の麻痺が解かれ——

「デイヴィッド！」

聳《そび》え立つ城塞から吹き付ける風が、エルディンの叫び声を運んできた。

「戻ってきて手を貸してくれ、こいつらは俺の手に余る！」

それを耳にするや否や、若き夢見人《ドリーマー》が体を半回転させると、百ヤード〈約九一・四メートル〉も離れていないあたりに彼の相棒がいて、今しも引き返してきて彼の周囲を飛び回っている魔物《ゴーント》どもに押し寄せられ、剣を振り回しているのが見えたのだった。

彼は孤軍奮闘しつつも辛うじて敵を食い止めていたが、ゆっくりと——しかし着実に、洞窟の入り口の方へ追い込まれつつあった。背後の隧道《トンネル》の奥からは、緑色の光の包まれる腐敗臭を放つ何かが、いよいよ近づいてきているようだった。

ヒーローが今一度、暗闇の横たわる山の腸《はらわた》に目をやると、エメラルド色の炎を後光の如く背負って近づいてくるものの輪郭を、今やはっきりと捉えることができた。

彼は足に翼が生えたような勢いでエルディンのもとに駆けつけ、魔物《ゴーント》との戦いに加わった。

「で、どうするんだ、甥っ子」エルディンは喘《あえ》ぎながら声を出した。薄明かりの中に見える彼の顔色は蒼白で、見るからにひどく消耗していた。

「洞窟に引き返すのか？」

「いや」という言葉を絞り出し、ヒーローが串刺しにした魔物《ゴーント》から刀を引き抜くと、死んだ怪物は崖の下に墜落していった。

「俺たちの後を追いかけてきてる奴がいる。思うに、あれはイブ＝ツトゥルの御本尊だ。この忌々しい魔物《ゴーント》どもは、俺たちの足止めをしてやがるんだよ！」

ゴム状の怪物が一匹背中に落ちてきて、危うく足場を失いそうになり、エルディンは怒りの咆吼をあげた。彼は前方に身を乗り出し、ヒーローが目を持たぬ恐怖の頭部を切り落とした。

首なしの怪物の死骸が年嵩《としかさ》の男のこわばった体から滑り落ちるや否や、残りの魔物《ゴーント》どもが一斉に翼を羽ばたかせ、空に飛び上がった。

見開いた目を一瞬だけ交錯させ、夢見人《ドリーマー》たちが張り出しの下の洞窟に目を向けるとそこには、緑がかった光に包まれたイブ＝ツトゥルの巨体が、まだ薄暗い光の中に浮かび上がっていた。

冥《くら》き恐怖の神を一目見ただけで、冒険者たちの忍耐力は底をついてしまった。

エルディンは喘《あえ》ぎながらヒーローの腕を掴み、しゃがれ声で言った。

「崖だ、急げ！　来た道を行くんだ！」

しかし、もう一人の冒険者は「いや」と答えると、飢えを感じた肺に空気を吸い込み、すっかり怖気づいた体に電流を奔《はし》らせた。「無駄だ。壁から叩き落される蝿みたいに、魔物《ゴーント》どもが俺たちを崖で捕まえちまうだろうよ……」

「じゃあ、どうするってんだ？」

「最後の峰だ。あそこなら、魔物と戦えるだけの空間がある。それに、雪崩を起こして――」

「――あの恐ろしい化け物を地獄に叩き込む！　そいつはいい考えだぞ、甥っ子よ。だが、俺が思うに、お前は独力でケリをつけねばならなくなりそうだ！」

そう言うと、エルディンは何かを吐き出して、雪の上に大きな赤い染みを作った。

運良く、雪の積もった最後の峰へと続く斜面に逃げ込めた二人は、自分たちを追いかけてきている者を今一度振り返らせようとする力が、自分たちに働いているのに気づいた。

イブ＝ツトゥル――星間宇宙の空隙《くうげき》よりやって来た忌まわしきもの――その生ける顔容《がんよう》は、以前の石の面貌《めんぼう》に比べると温かみがあり、親しみ深くすら見えるではないか！

緑色の光に照らし出されたイブ＝ツトゥルは、のしかかるように、明確な意志をもって彼らの方によどみなく移動しているようだった。神の足――あるいは、他の器官を用いて前進しているのかもしれないが――は、大きく膨らんだ外套《クローク》に隠れて見えなかった。

その眼――本来は二つあったが、今は一つになっている――は、今や生命を宿して赤く輝き、悍《おぞ》ましい機動力で動き回っていた。それは、果肉めいた魔神の顔の上を素早く滑るように動いているのだが、その動きには明らかに目的が伴っていなかった。

もう片方の眼――今しもヒーローの太ももの上で跳ねている大粒のエメラルド――が嵌《は》まっていた空の眼窩《がんか》もまた同様に、無意味な円を描いて動き回り、垂れ流された黒い膿汁《のうじゅう》が、石の地面に撥ねたところで湯気をあげていた。

だが、イブ＝ツトゥルの悍《おぞ》ましい眼球と眼窩《がんか》の動きが無目的なものであるならば、彼が夢見人《ドリーマー》たちの後を確実に追いかけた手段は、それとは異なるものに違いなかった！

生き残ったわずかな魔物《ゴーント》が巨大な怪物に群がり、不気味にひらめく外套《クローク》の下に消えた。

しかし、質量が増えてもその歩みは遅くならず、膨大な重量にもかかわらず、彼は夢見人《ドリーマー》たちが融雪《ゆうせつ》に残した足跡を踏み消しながら、最後の斜面を悠々と登っていくのだった。

膝のあたりまで埋まるしつこい雪の中を、悪戦苦闘しながら進む二人組は、ほとんど疲労困憊の有様でようやく、イブ＝ツトゥルが今まさに迫りつつある雪の降り積もった尾根の頂《いただき》に辿り着いていたのだが、そこから先には進むことはできなかった。

何しろ彼らの足元には、まるで巨人か何かが強大な剣で雪山を斬り裂きでもしたかのような、数千フィート〈千フィートは約三百メートル〉もの高さを霧深い深みへと落ち込んでいく、岩の断崖絶壁が口を開けていたのである。

眼前には一見底なしの深い割れ目――立ち込めた朝もやが、切り立った岩壁を登ってきているところ――、背後には自身のエメラルドの眼を取り戻そうと重々しく進んでくる、幻夢境の彼方なる未知の次元に属する神……そして、懸案事項は他にもあった。

「スィニスター・ウッドは生きてるぞ！」エルディンがしわがれ声で言った。

「見ろ、あの緑の光は神の背後にぐねぐねと続いていて、奴の神殿の方に伸びている。魔法使いがイブ＝ツトゥルを送り込んだってことだ！」

「誰が送り込んできたにせよ、諦める前にこいつを飛び越えるぞ！」

ヒーローが、声を詰まらせながら宣言した。

そんなやり取りをしていると、彼らの背中に暖かい光が浴びせられた。地球の幻夢境で眠にするのは、これが最後となるかもしれない朝の太陽が、いよいよ昇ってきたのである。

雪の斜面を登ってくる神から漂う、暴かれた墓が吐き出した息吹の如き腐臭が彼らのいるところにも届き、さらなる恐怖を喚び起こした。

冒険者たちは四つん這いになって、必死に湿った雪をかき集めた。そうして大きな雪玉を作ると、それを斜面に押し出して、イブ＝ツトゥルの悍《おぞ》ましい姿めがけて転がした。

雪玉は勢いと大きさを増して転がり続け、大岩の如き衝撃をもって、怪神に激突した。

しかし、重量こそあったが、固さに欠けていた雪玉は、ばらばらになって巨人をそのまま通り抜け、湿った雪の破片となって、城塞のある台地に落ちていった。

イブ＝ツトゥルはといえば、微塵《みじん》も揺るがなかった。

その恐るべき怪物の外套《クローク》が突如、破裂するように広がって残りの魔物どもを解き放った時、追い詰められた夢見人《ドリーマー》たちとの距離は五〇フィート〈約一五・二メートル〉も離れていなかった。

ヒーローとエルディンは、狭くて緩い雪の細道でどうにかバランスをとっていて、お世辞にも怪物どもとの戦いに適した場所とは言えず、自分の身を守るのがせいぜいだった。

そんなことはおかまいなしに、イブ＝ツトゥルの恐ろしい姿がついに現れた。顔面を滑るように動く片目はいよいよ速度を速め、名状しがたい期待を膨らませているかのようで……。

アミンザは、自分にもはや時間が残されていないことを悟った。

スィニスターの顔に浮かぶ表情が、そのことを如実に物語っていたのである。

石筍《せきじゅん》の玉座に背を向けて座っている魔法使いの黄色い双眼は、狂気の喜びを湛《たた》えて大きく見開かれ、口の端は上向きに曲げられて、恐ろしい笑みを形作っていた。

彼女は、何か魔術的な手段で、イブ＝ツトゥルが目にしている光景を彼が「観て」いるのではないかと訝《いぶか》った。おそらくそれは、スィニスターの杖から今も流れ出している、緑色の光が織りなす光の緒《お》を介して送り返されてくるのだろう。だとすれば、夢見人《ドリーマー》の友人たちは、恐ろしい窮地に立たされているに違いない。そして、彼らとアミンザは一蓮托生なのである。

彼女は魔法使いを恐れていた。洞窟の天井に物言わずへばりつく、一組の魔物《ゴーント》も同様に。

しかし、彼女が友誼《ゆうぎ》を結んだ覚醒《めざ》めの世界の野人《やじん》たちこそは、彼女の最後の希望であり、自由を手にする唯一のチャンスなのだった。

猫のように軽やかな、流れるような足運びで、彼女はスィニスターのもとに駆け寄った。

そして、彼の傍らに横たわる重い金棒を持ち上げると、それを頭上で一閃させたのである。

魔物《ゴーント》どもが頭上から落下し、ゴム状の翼を羽ばたかせる音が聞こえてきたが、魔法使いが彼女の方に目を向ける前に一撃を加えようと、彼女は彼の頭部を狙って金棒を振り回した。

年経《としふ》りた頭蓋が陥没し、金棒が柔らかい脳にめりこんだ時、スィニスターは一度だけ——甲高く、ごぼごぼと泡立つような声で——悲鳴をあげた……。

そして、何もかもが混乱した！

緑色に輝く光が輝度を落として明滅し、魔物《ゴーント》の一匹はたちまち石と化し、床に墜落してばらばらに砕けた。もう一匹の方も、翼からチョークのような硬質の音を立てながら、飛んでいた勢いのまま洞窟の壁に激突し、石の状態に戻った。

それから、緑色の光が最後にもう一度明滅し、異界的なエネルギーがパチパチと音を立てた。

スィニスターは杖を落として横向きに倒れた。砕かれた頭蓋骨から脳がこぼれ落ちる中、彼はじっと横たわったまま、見開かれた虚《うつ》ろな目で、アミンザを非難がましく見つめるのだった。

第七章　生きている眼球

　立ち上がったアミンザがスィニスターに駆け寄ったまさにその時、雪の降り積もった尾根では、イブ＝ツトゥルが夢見人《ドリーマー》たちの手の届く距離にまで迫っていた。

　エルディンが魔物どもの最後の一匹の首を剣で貫き、ぐったりした体を凄絶な裂け目に叩き込んだ時、魔神は波打つ外套《クローク》の下から、どうやら腕であるらしくい緑と黒の器官を三本伸ばしてきた。それぞれの先端には、七本の蛆虫めいた指らしきものが生えていた。

　間髪を入れず、ヒーローは忌まわしい器官をクレドの湾刀《わんとう》で斬りつけたが、あっさりと跳ね返された。幻夢境の武器では、この怪物の肉体に傷一つつけることができないのである。

　無傷の〝手〟から伸びた七本の長い〝指〟がヒーローの頭に巻きついて、彼を強引に跪《ひざまず》かせる一方で、他の日本の腕はエルディンに伸ばされた。

　すっかりへとへとになった年嵩《としかさ》の夢見人《ドリーマー》は、イブ＝ツトゥルのぬるついた握撃《あくげき》を奇跡的に避けると、相棒の傍らに膝をついた。それから彼は、ヒーローのベルトにぶら下がる、ハンカチにくるまれた宝石を指で探り当てると、大声で叫びながらその包みを引き裂いた。

「そら、お前の目だ！　この忌々しい目を取りに来たんだろう!?」

ヒーローが、目や口、鼻の穴、耳に入り込もうとする厭《いと》わしい指をひっつかもうと悪戦苦闘しているのをよそに、エルディンは雪に塗《まみ》れた包み引き裂き、その中身を胸に抱え込んだ——ただし、それはほんの一瞬のことだった！　その宝石はもはや宝石ではなく、緑色でも硬い物体でもなかった。ゼリーのように濡れて柔らかく、色も赤く変じていたのである。

それは一個の眼球——生きている眼球だった。今しもイブ＝ツトゥルの悍《おぞ》ましい顔の上であちらこちらに動き回っている、忌まわしい球体の双生児に他ならないのだ！

本能的にか、それとも霊感によるものか、エルディンがその力強い両手で中身をぎゅっと握りしめるや否や、魔神は三本の蠢《うごめ》く擬脚を素早く引っ込めた。その一瞬、イブ＝ツトゥルの全身が脈打ち、膨れ上がったように見えた——怒りと、おそらくは痛みによるものだ——かと思うと、彼の外套《クローク》がぶわっと大きく広がって、その中を垣間見た夢見人《ドリーマー》たちを唖然とさせた……無数の吸入口や擬脚、黒い乳房がぐねぐねと蠢《うごめ》いていたのである！

星々の世界から到来した恐怖が、二人のいるところまで流れ込み、次の瞬間、イブ＝ツトゥルの外套《クローク》が彼らを包みこむ形で閉じ始めた。そして——

「忌々しい目玉を喰らいやがれ！」

エルディンが大声で叫ぶと、最後に残った力を振り絞って、可塑性のある柔らかい物体を、恐怖そのものの存在の顔面に投げつけた。

何かが潰れるような不快な音を立てて、その眼球は空っぽの眼窩《がんか》に嵌《は》まり込んだ。

その瞬間、魔神が全身を震わせたかと思うと、その動きが止まった。

巨体のあらゆる箇所が動かなくなり、外套の不気味なうねりすら静止した。重々しく動いていた巨体は石のような灰色に変化し、しばし失われていた眼球が再び緑色に輝いた！

生きて動いているイブ＝ツトゥルの重さがどれほどのものであれ、石に戻った状態の重量とは比べ物にならない。尾根全体がぐらぐら揺れ始め、エルディンが屈み込んでいる、厚く雪の積もった地面にジグザグの亀裂が走った。裂け目はさらに大きくなり、エルディンはバランスを崩してその中に転がり込むと、うつ伏せになって岩の上に倒れ込んだ。

続いて、岩と雪がなだれ落ちる轟音が聞こえてきて、エルディンは尾根が一掃され、石化した神が急勾配の斜面を転がり落ちながら、粉々に砕け散る様を目撃したのである。

一分も経過しないうちに、あたりはしんと静まり返り、不自然な静けさを打ち破る苦しげな咳の音だけが響いているのだった。ようやく咳が収まると、エルディンはすっかり荒れ果てた光景から城西のある台地へと視線を落とし、円盤のような太陽が昇るのをじっと見つめた。

「デイヴィッド」

何もかもなくなってしまった尾根に目を走らせながら、彼は唸るような声を発した。

それから、眩しい太陽光に目を瞬かせ、すっかり裸になった頂《いただき》や、地崩れの痕も生々しい岩石のない尾根を、どうにも得心が行かない面持ちで、固唾を呑んで見つめていた。

「デイヴィッド！」

エルディンは、喘《あえ》ぎながらも大声で叫んだ。その恐怖と絶望の雄叫びは、反響を繰り返しながら、知られざる地の底深くの窖《あなぐら》へと下っていった。

一瞬の完全なる静寂の後――

「大声で叫ぶな、おっさん《オールド・ラッド》！」

友人のしゃがれ声が、尾根の縁《へり》の向こうから聞こえてきた。

「洞窟に降りて、ロープを取ってきてくれ――くれぐれも急いでくれよ！」

エルディンはそれを聞いてにんまりと笑うと、裂け目の淵まで這って行った。すると、五〇フィート〈約一五・二メートル〉ばかり下方のあたり、中裂《ちゅうれつ》の緑の葉をつけた灌木の、春芽《はるめ》のある枝に寝そべり、真っ青な顔をしたデイヴィッド・ヒーローが、目を大きく見開いてこちらを見上げているのだった。

彼の背後にはどこまでも崖が続き、どれほどの深さとも知れないあたりで雲が広がっていた。

「頑張ってしがみついておけ、甥っ子よ」と、エルディンは叫んだ。

「必ず戻ってくるから怖がったりするんじゃないぞ、それとデイヴィッドよ――」

「何だい？」

「どこにも行くんじゃないぞ！」

実のところ、ヒーローを安全に救い出すために、尾根を登っていったのはアミンザだった。

エルディンがよろめきながら洞窟に向かっているところに遭遇した彼女は、彼を手伝って暖かい隧道《トンネル》の中に迎え入れると、毛布をかけてやり、その喉にワインを流し込んだのだった。

それから彼女はロープを見つけ出し、ヒーローを探しに行ったのである。

一ヶ月が経過しても、高みから崩れ落ちた雪の痕跡がまだ残っていた。そのようなわけで、ヒーローとアミンザは最後の峰のふもとに散らばっている鍾乳石の破片を熱心に探し回ったのだが、イブ＝ツトゥルのエメラルドの目は、そのひとかけらも見つからなかった。

たぶん、それで良かったのだろう。

そして今、体調を整え、十分な休息をとり、出かける準備を終えた三人は――エルディンすらも健康と血色を取り戻し、その痛みを伴う咳は一週間以上治まっていた――生活用品の重みに耐えながら、巨大な城塞の足元に立っていた。

「どうにもわからんな」と、年嵩《としかさ》の夢見人《ドリーマー》は不平を行った。「ここに来た時、俺は瀕死の状態だった――だというのに、今ここにいる俺は馬みたいに強くなってる！」

「スィニスターの薬が効いたのよ」と、アミンザは笑いながら答えた。「もう十回以上は話したじゃない。大きな魔物が初めて私をここに連れてきた時、私も死にかけていたの。夜の冷たい空気の中を飛んできたのだもの。スィニスターは、あなたに飲ませたのと同じ霊薬《エリクシル》を私にくれたんだけど――結果はあなたと同じ。二人とも元気になったのよ！　結局のところ、あの年老いた悪魔、スィニスターが良い結果に繋がることもあったのね」

「全くだな」エルディンは唸ると、肋骨にひびが入りそうなほど強く彼女を抱きしめた。

若い相棒の方に向き直ると、彼は城塞の巨大な壁を見上げ、妙な様子で黙りこくっていた。

「何を考え込んでるんだ、デイヴィッド？」

「ん？　ああ、ちょいとばかり気になってたんだが……」

「何がだ？　この城塞か？」

エルディンは眉を潜めて、相手の腕を取った。

「おいおい、甥っ子よ、まさか――」

しかし、ヒーローはその手を振りほどくと、目に興奮を燃え立たせながら相棒を見やった。

「そのまさかだとも」と、彼は強い口調で言った。「スィニスターは侵入口を見つけたんだぜ、俺たちには無理ってこともないだろう。どんなお宝が見つかるかもわからないしな」

エルディンは少女の方を見ると、肩をすくめた。

「魔法使いが、どこかに大金を隠していると言っていたな、アミンザ。ひょっとすると、城塞に隠しているかもしれないって」

「そう言ったわ」彼女は諦め混じりの答えを返した。「で、私たちはどこに行くのかしら？」

彼女の仲間たちは、互いを見交わしてニヤリと笑った。

「俺たちには、こういう決断の時ならではのやり方があるんだ」

ヒーローはそう言うと、一枚のトンド金貨を取り出し、それをエルディンに手渡した。

「一緒に来るかい、お嬢さん？」

「それって、私に選択の余地はあるの？」

「きみの望みに従おう、アミンザ」と、エルディンは即答した。「少なくとも、俺たちにはあんたにそれだけの借りがある」

「そうだけど、あなたは私を決して許してくれないでしょうね」と、彼女は言い返した。

「だったら——そうね！　コイントスで解決するのがいいわ！」

三人は長いこと、お互いの目を見つめていた。

「オッサーラ人には、返さなきゃいけない借りがあるな」ヒーローは呟いた。

「そうだな」エルディンも同意した。「だが、永久にここにいるってわけでもない。せいぜい二日か三日……」

彼らは聳《そび》え立つ城塞を見上げた。太陽が城塞の背後を通り過ぎ、その影が彼らの上に落ちた。

「表だったらここに残る」と、沈黙を破ってヒーローが告げた。

「それで、裏が出たら」エルディンが言葉を続けた。

「——ティーリスに向かう」と、アミンザが締めくくった。「そして、私はそこからイレク＝ヴァド行きの船に乗るわ」

大きく深呼吸をした後、ヒーローがコインを高く跳ね上げると、三角形のトンド硬貨は足元の地面に落ちる前に、太陽の光を反射してきらきらと輝いて……

第3部

第1章　城塞《キープ》にて

「おおい！」

大声で呼ばわりながら、ヒーローは張り出しの洞窟の入り口に走り込んできた。

「エルディン、アミンザ！　見つけたぞ、城塞の中に入る方法を！　俺は――」

彼は、横滑りしながら足を止め、視界に飛び込んだ光景に目を丸くした。

二人は柔らかい毛皮を積み上げた上に座っていて、《放浪者》エルディンは石の瓶からワインをすすりながら片腕を無造作にアミンザの肩に載せ、薄衣の下の乳房をその手で撫でていた。

少女の方も無骨な巨漢に腕を投げかけ、彼の堅い頬に自身の頬をすり寄せながら、逞しい胸に生えている森のような剛毛を数えていたのだった。

驚いて、一瞬彼の方を見上げてから、エルディンは立ち上がった。

「あー、デイヴィッド。俺たちのささやかな秘密をついに知られてしまったようだが、遅かれ早かれ話さないといかんことではあった。アミンザと俺は結婚するんだ。お前にはもちろん、仲人をお願いしたいいんだが……どうだろう？」

「お、おう」ヒーローは体を揺すって、褐色の上着から埃を落とした。

「ああ、もちろんさ、だけど――」

「動揺しているようだな、甥っ子」

年嵩《としかさ》の男は唸るように言って、父親のような手をヒーローの肩に置いた。エルディンより多少背が高く、それほど若くもないヒーローは、友人が父親ぶった口調で話すのが嫌いだった。

「この可愛らしい尻軽女が、俺と寝たいと思うのは、別段おかしなことでもないだろう」

「あら、あなたの方から誘ってきたのに」と、アミンザが甘やかな声で割り込んだ。

「忘れちゃったの？」

ヒーローは洞窟の外の、高みの台地に堂々と聳《そび》え立っている《原初のものたち《ファースト・ワンズ》》の城塞を、覚束《おぼつか》ない様子で指差した。

「いいか、どっちが先に誘ったとか、そういうのはどうでもいい。俺が言いたいのは……」

「もちろん、彼女を勝ち得るために決闘するのは当然のことだ」

エルディンは傷のある顔を歪めた。

「俺がよく逗留する村の決まりだからな」

「何だって？」

焦った様子で、片足で交互に飛び跳ねながら、ヒーローが大声で言った。

「いいか、彼女が欲しいのはお前であって俺じゃない。婚約のために血を流したいって話なら、一、二度ばかり洞窟の壁にそのでかい頭をぶつけてくれ。それで万事解決だ。それより――」

「俺を失望させたぞ、デイヴィッド」と、エルディンが話を遮った。

「幻夢境の習慣を学んでいないとはな。最高の男たるもの、いつだって——」

「最高の男なんざクソ喰らえだ！」と、ヒーローは咆吼した。そして、「このセックス狂いの道化師め！　俺は——」と言いながら、相手の頭に岩のように硬い拳骨を振りかざした。

エルディンは「それでいい」と呻くと、怒りのこめられた一撃をかわし、ヒーローの顎に会心の一撃を喰らわせた。若い夢見人《ドリーマー》は一インチ〈約二・五センチメートル〉ばかり足を浮かせ、洞窟の入り口に吹っ飛ぶと、後頭部が石にぶつかった。

目を血走らせて素早く立ち上がったヒーローの手に、クレドの湾刀《わんとう》が魔法のように現れた。もう一人は一歩後ずさりし、なだめるように手を動かした。

「落ち着けよ、甥っ子、落ち着くんだ。もう十分だ。儀式に必要なのはこれだけだ。挑戦と答えがあればいいのさ。それ以上はやり過ぎだ」

彼はヒーローから離れ、アミンザを固く抱きしめた。それから「まずは結婚式を挙げてくれる神官を見つけて——」と話し始めたが、すぐに言葉を止めた。

黒い眉毛を眉間に寄せ、エルディンは覚醒《めざ》めの世界から行動を共にする友人を見つめた。

「何て言った？」

ヒーローは洞窟の天井を眺めてから、塵の積もった床に剣をカランと投げ捨てた。

「今さら何だってんだ」

誰に向けたわけでもないぼやきを漏らすと、エルディンに殴られた時に唇を噛んで出血したあたりを、彼は苛立たしげに指でなぞった。

「中に入る道が見つかったのか？」と巨漢は囁き、唸り声をあげた。「どこだ、どこなんだ」

彼はアミンザの手を離して洞窟を横切ると、強い日差しを浴びて黄色く輝いている、聳《そび》え立つ巨大な城塞の方を見やった。

「あそこだ」ヒーローは目を細めて、何の変哲もない遠くの岩肌を指差した。「星々の間」

「何も見えんが――」

エルディンが首を傾げていると、ヒーローは握り拳でその後頭部を殴りつけた。彼は伐採された樫の木のように、うつぶせの状態で塵の中に崩れ落ちた。

「星が見えたか？」

ヒーローはニヤリと笑ったが、もう一人は呻き声をあげて土を吐き出しただけだった。

「男の子ってバカなことをするわよね」とアミンザは言うと、洞窟の入り口を軽やかに横切ってエルディンに手を差し伸べた。

「それで、デイヴィッド、本当に入り口を見つけたの？」

「ああ、見つけたぜ」彼は再びニヤリと笑った。

「お前らがここに戻ってきて、互いに見つめ合ってため息をついている間に、スィニスターのじじいの秘密を改めて発見したってわけだ。大城塞に入り込む道を見つけたんだよ。老いぼれの魔法使いがルートに印をつけていてね、そいつを偶然見つけたのさ。城塞の根本で扉を探すのはとんだ時間の無駄だった。入り口は岩肌の途中にあったのさ」

「なら、ロープが必要だな」

エルディンは呻き声をあげながら、指で後頭部をさすっていた。

「中に何があった？　スィニスターの黄金か？　お宝か？　驚異だの不思議だのの類《たぐ》いか？」

ヒーローは首を横に振って、答えた。「見つかったのは迷宮だ。引き返すのに一時間もかかったよ！」

「迷宮だと？」エルディンは顔をしかめた。「それが一体何の役に立つ。何日もかけて迷宮を探索しろってか？」

「伝説によれば、ティルヒアの《黒き姫君《ブラック・プリンセス》》ヤス＝リーは、広大な砂漠の下に、巨大な地下迷宮を造営したというわ」と、アミンザが考え込みながら言った。「彼女は、銀色に輝く都市のあらゆる宝物をその中心に保管していて、彼女だけが入り口を知っていた。財宝を鑑賞したり、あるいは財宝を増やすために、彼女は時々迷宮の中に入っていったのだけど、そこから戻ってくるたびに担ぎ手を殺させたという話よ。そして、彼女が亡くなった時に、その国も一緒に滅びた――無一文になってね！　誰も迷宮の中心を見つけられなかったのよ」

「その話は、俺も聞いたことがある」と、ヒーローは頷いた。

「つまり、お前の考えでは」エルディンが彼の肩を掴んだ。「《原初のものたち《ファースト・ワンズ》》も同じことをやったと？」

《黒き姫君《ブラック・プリンセス》》が、連中のアイディアをパクった可能性もあるってことさ」と、ヒーローは答えた。「ただし、お宝があるって保証はないがね」

「だが、あるかもしれない？」

ヒーローは肩をすくめた。

「よし、行こう！」

エルディンは手をこすり合わせながら宣言すると、すぐにも出発しようと立ち上がった。

「ロープが先よ」と、アミンザが思い起こさせた。「出口が見つからなくなった時のための食料も。それと、チョークをたくさん持っていかないと……」

「チョーク？」エルディンは困惑したようだった。

「通った道に印《マーク》をつけないといけないだろ」ヒーローはため息をついた。「恋に溺れて、すっかり知恵を奪われちまったようだな、おっさん《オールド・マン》」

「そんなことはないぞ、たとえば――」

ヒーローは彼を無視し、期待に胸を膨らませて手をこすりながら、アミンザに向き直った。

「さて、それじゃあ取りかかろう。さあ働け、働け！　時間はどんどん流れていくし、俺たちも永遠にここにとどまっているわけにはいかん。それから、エルディン――」

「ん、何だ？」

「暖かい服を着込んでおけよ。あそこはクソみたいに寒いからな！」

大岩がごろごろと転がっている、遥か下の広大な台地で、アミンザは城塞の影から顔を出し、根気よく登っていく男たちを見上げた。今朝方にヒーローが散々に苦労した、長い時間と体力を費やすやり方ではなく、彼らはロープを使って素早く安全に登っていった。

そろそろ、午後の後半に差し掛かる頃合いだった。アミンザ・アンズの目には、城塞の岩肌の高みにへばりついた男たちが蜘蛛のように、彼らのロープが蜘蛛の糸のように見えていた。

彼らの方からも、彼女の姿は小さな虫のように見えていた。遥か下方に立つ彼女の姿を視界に収めながら、デイヴィッド・ヒーローは、彼のいかつい相棒を物思わしげな表情で一瞥した。

彼らは狭い岩棚に、自分たちを引っ張り上げて座りこむと、空中で足をぶらぶらさせた。

「ん？　俺なら四七歳だ。どうしてそんなことを聞く？」

「ずいぶんと達者な登りっぷりだ」ヒーローは一瞬考え込んだ後、そう答えた。

「ほんの何週間前までは、息を詰まらせてばかりだったのに」

「顔に出さないようにしてたつもりだったんだがな」と、エルディンは前屈みになった。

「覚醒《めざ》めの世界では、俺は登山家だったのかもしれんぞ」そう言って、彼は友人を見つめた。

「だが、俺の目は誤魔化せんぞ。年齢を聞いたのは、そんなことを聞くためじゃないだろうに。まあいい、乗ってやろうじゃないか。お前の方はどうだったか。三二歳だったかな？」

ヒーローは頷いた。

「ああ、あんたより一五歳下だ。だけど、初めて会った時はまだ二六歳だった」

「《放浪者》エルディンが、どうやってアミンザのような可愛らしい蝶《むすめ》を捕まえたのか、気になるんだな？　違うか？　それも、お前の目と鼻の先で！」

ヒーローは首を振った。

「いや、そんなことじゃない。実際、彼女はどんな男にだって十分に可愛い生き物だからな。でも、俺たちは六年もつるんできたんだ、それで――」

「ああ、なるほどな！」と、エルディンは大声で言った。「この事で、俺たちが袂《たもと》を分かつことになると思ってるわけか」

「まあ、いずれはそうなるんだろうさ、そいつは間違いない――だけどさ」

彼は肩をすくめた。

「それが最善なんだと思うよ、本当の話……」

ヒーローは角釘を引き抜くと、じっと空中を見つめていた。

「何だ？」と、エルディンは睨みつけた。「何だって？　何が言いたいんだ？　最善というのはどういう意味だ？」

「俺が逗留したことのある村に、とある諺《ことわざ》がある」と、ヒーローは答えた。

「実際には詩なんだが」彼は、ここで言葉をいったん止めた。

「だけど、俺たちには当てはまらないかもしれない。結局のところ、俺たちは覚醒《めざ》めの世界からやってきた人間——異邦人だからな」

「異邦人だと？　俺たちはろくでなしの夢見人《ドリーマー》、それで全部だ。俺たちの中に異邦人がいるのだとすれば、そいつはお前のことだ。まだ夢の名前《ドリーム＝ネーム》もないくせに！」

「まあ、そうだな」ヒーローは肩をすくめた。「忘れてくれ」

彼は岩肌に走っている、深い亀裂を指差した。

「そこが」と、彼は言った。「入り口だ」

エルディンの返事を待たずに、若い方の男は不安定な岩棚に立ち上がり、頭上に簡単な手がかりや足がかりを見つけると、ゆっくりと時間をかけて自分の体を引っ張り上げ、断層の中に入り込んでいった。二人は、体をロープで繋いでいた。エルディンはヒーローの姿が見えなくなるのを眺めていたが、やがてロープが腰を引っ張るのを感じ、彼の後に続いた。

ややあって、二人は涼しい日陰に立って、亀裂の平らな地面が城塞の中心部へと入り込んでいく、暗がりを覗き込んでいた。

「続きを」と、エルディンは言った。「話してみろ」

「え、何の話だ？」

ヒーローは無邪気な様子で、足元の石の床を見ながら聞き返した。

そして、「ここを見てみろ」と指差した。

「積もってる塵の中のこの足跡。こいつは俺のだ。だが、他の足跡はスィニスターのものに違いないぜ。ぼやぼやしていないで、先に進もうぜ」

やがて、目が薄暗い城塞の内部に慣れてきたので、二人は歩き始めた。

だが、十数歩と歩かないうちに、「待てよ！」とエルディンが命令した。

ヒーローが目を向けると、エルディンの機嫌が急激に悪化しているのがわかった。

「お前のその、糞ったれの諺《ことわざ》だろうが〝詩〟だろうが、何だっていい。今すぐそいつを教えるんだ。さもなきゃ、お前の忌々しい目玉にかけて、これ以上は一歩も進まんぞ！」

ヒーローはため息をついた。

「あんたは気に入らないと思うよ」と、彼は警告した。「喧嘩したい気分になるだけだ」

「俺が何だって？　喧嘩だと？　くだらない詩のせいで？　いや、そんなはずはない」

エルディンは勢いよく頭を振った。

「馬鹿げた詩のためなんぞに！」

「まあとにかく、俺は話すつもりはない」

ヒーローの声が、暗い岩の通路の中で虚《うつ》ろに響いた。「喧嘩してる暇なんてないしな」

「いいから言え！」と、もう一人の男は声を荒げたのだが、その反響が雷鳴の如き大音声のこだまとなって二人のもとに帰ってきて、彼らは驚きに息を飲み込んだ。

「俺たちの頭の上で城塞が崩れてきても知らんぞ？」と、ヒーローは囁いた。

「わかった、わかったよ！　教えてやるって！」
《男は四〇《しじゅう》の歳までは男だが、
そこを過ぎれば誰だって、
耄碌《もうろく》、粗暴、重ねて粗暴の三重苦
さらには女と見れば――》
「やめろ！」と、エルディンは唸った。「それ以上はもういい！　どうせ、今この場の即興なんだろう。行くぞ、俺の後についてこい」
相棒にぞんざいに押しのけられたんで、ヒーローは「おい、気をつけて進め！」と叫んだ。
「なあに、何てことはない。そこの角を曲がって――」
その瞬間、彼は塵の積もった床に体を投げ出すと、腕や肘、頭、足を全部使って、狭い回廊の壁に全身を突っ張らせた。
「――落とし穴だ！」
その叫び声が耳に入るのと同時に、エルディンの体重がロープにかかって、ヒーローはもう少しで引きずり落とされそうになった。
エルディンが、自分の体を安全な場所に移動させるまでに、一、二分は要した。
ロープが緩むのを感じると、ヒーローは岩床の隅を抜き足差し足で回り込み、友人の傍らに寝そべって黒々とした淵の中を覗き込んだ。

若い夢見人《ドリーマー》は無言のまま、背中の荷物から前もって加工してあった燃えさしを取り出した。彼が火打ち石を叩くと、すぐに灯火《トーチ》が炎を上げた。

二人は、見るからに底なしの落とし穴の、黒々とした孔《あな》をじっと見つめた。

ヒーローは、年嵩《としかさ》の男を横目で窺《うかが》った。仲間の喉が、緊張のあまり幾度も唾を飲み込む音を立てて上下している光景は、一生にそう何度も見れるものではない、なかなかの見物《みもの》だった。

要点をはっきりさせるべく、彼は灯火《トーチ》から火のついた布切れを一枚引っ張り出すと、それを孔に落とした。炎をあげる光の欠片が、たっぷり一分以上をかけて暗闇に飲み込まれるまでの間、計り知れない深さまで落ちていくのが見えた。

「互いの体をロープに繋いでおいて良かったな」と、ヒーローは言った。

「ああ、まったくだ」と、エルディンもすぐに同意した。「なあ、デイヴィッド――」

「あんたの謝罪を受けいれるよ」と、もう一人が先に言った。

「良かった！　それと、チクチクとイヤミを言うのもやめてくれ」

「何かを頑固に言い張るのもな」

「血生臭い詩の話もこれでしまいだ」

「夢の名前《ドリーム＝ネーム》のことを持ち出すのもだ！」

たいまつの灯《あか》りの中で、二人は互いにニヤリと笑い交わした。

「どっちに進む？」ややあって、エルディンが尋ねた。

「壁沿いに岩棚が続いているだろう。狭いが、十分に安全だ」

ヒーローが灯火《トーチ》を高く掲げると、影が押し戻された。

裂け目の幅はおよそ二五フィート〈約七・六メートル〉ほどで、事実、狭苦しい岩の縁《へり》が、一方の壁に沿って奥へと続いていた。

「話した通り、俺がここを進むのは二度目になる。壁に顔を向けておくといい。手がかりがたくさん見つかるんでな。俺についてこい、ただし声は出すなよ。いいかい、スィニスターのじじいは、俺たちにいいことをしてくれた。ここから先に、警告を残してくれてるのさ――たぶん、自分のための備忘なんだろうが――危険な場所に、染料で印がついている。白は安全だが、赤は危険を意味する！」

「そりゃいいんだが――そろそろ、ロープをはずした方が良かないか？　たった今、俺たちの命を救ったばかりだが、次回は命が終わる原因になるかもしれないぞ」

「そうするか」と、ヒーローは言った。

「とにかく慎重にな。いいか、俺は道筋を――少なくともその一部を――知っちゃあいるが、なかなかにクセのある道筋なのさ。そこのところは、俺を信用してくれていい！」

第2章　城塞《キープ》の中心部

三〇分も経つ頃には、彼らはヒーローが到達済みのポイントに辿り着いたのだが、そこに至るまでに半ダースほどの恐ろしい滝——足元の床が滑りやすくなっていて、足を踏み外してしまいそうな場所を迂回せねばならなかった。他にも、幅が六インチ〈約一五・二センチメートル〉にも満たない石の橋の上に走る大きな割れ目を、綱渡りするように渡らねばならなかった。

スィニスターが要所要所に赤い染料を塗りつけてくれていたので、これらの場所の危険性については十分に用心することができていた。しかし、彼らが新たに出くわした障害は、言葉で説明されるまでもなく、ヒーローがこれ以上先に進まなかった理由を雄弁に物語っていた。

隧道《トンネル》の床が突然、およそ八〇フィート〈約二四・四メートル〉ほど垂直に落ち込んでいるのだが、若き夢見人《ドリーマー》を足止めしたのは、その奈落自体ではなかった。

二本目の灯火《トーチ》に火をつけて、一本を深みに投げ込んでから、デイヴィッド・ヒーローは奈落を照らし出した。ごく短い時間だけ落下し、妙に重たげな音を立てて着底した灯火《トーチ》は、ほとんど一瞬で消えてしまったのだが、冒険者たちはその前に、奈落の底の状態を確認できた——白い骨が散乱する上に、絡み合ったロープが落ちていたのである。

「俺が先に進めなかった理由は、御覧の通りさ」

ヒーローは灯火《トーチ》を高く掲げ、天井を照らしてみせた。

「あそこを見ろよ。天井近くを壁から壁へ渡されたぶっとい金属の棒がある。でもって、そこからほつれたロープがぶら下がっている。何が起きたかは見りゃわかるよな」

「フン」エルディンは呻いた。「一目瞭然《いちもくりょうぜん》だな」

彼らは棒にロープをひっかけて、ブランコの要領でここを渡ろうとしたのだが――ロープが切れて、死が待ち受ける奈落の底に落下してしまったのである。

「しかし、それだけなんだろうか」

「ん？　どういう意味だ？」

「ぶっちゃけ、ひ弱なロープを使って、向こうに渡ろうとする冒険者なんていると思うか？」

それを聞いて、ヒーローは首を振った。

「ああ、しまったな。こいつはどうも怪しいぞ。おっと、壁にスィニスターの警告があるぞ」

エルディンがそちらを見ると、確かに魔法使いの残した赤い警告があった。

いかつい夢見人《ドリーマー》は眉をひそめた。

「単に危険だと警告しているだけか」と、彼は呻いた。「これまでにあったのと同じだ」

「だが、意味深だ」と、ヒーローは主張した。「これまでに警告されていた危険は、多かれ少なかれ隠されていたものだったが、ここは明瞭に見えている。スィニスターはひょっとすると、見えない何かについて警告しているんじゃないか？」

「確かめる方法は一つだ」と、エルディン。「お前の掴み鉤《グラップリング＝フック》をひとつくれ」

ヒーローはベルトから鉄製の鉤《フック》を外して、相棒に渡した。エルディンは、細長いけれど非常に頑丈なロープの端をその鉤に結びつけると、ぶんぶん振り回し、手慣れた様子で鉤《フック》を放り投げた。鉄製の鉤《フック》がうまいこと棒の上を越えたので、エルディンはぐいっと引っ張った。

「これでよし」と、彼は満足げに言った。「ブランコの準備はばっちりだ」

「他の連中もそうだったと思うぜ」と、ヒーローは顔をしかめた。「よし、俺にいい考えがある。どうなるか試してみようじゃないか――」

彼はそう言うと、何か大きいものを見つけようと足元の床を探し回り、天井から落ちてきたのだろうギザギザの岩を発見した。そして、岩の端に切断したロープを慎重に結びつけると、重しつきのロープを力いっぱい裂け目に向かって押し出した。

送り出された石は、振り子のようにヒーローの手元に戻ってくるはずだったが――そうはならなかった。道半ばで目に見えない巨人に掴まれ、下から引っ張られたかのように石はまっすぐ落ちていき、音を立てて引きちぎられたロープがその背後に尾を引いたのだった。

石は下方に鋭いカーブを描き、加速して、跳ね返ることもなく散らばる骨に叩きつけられた。

エルディンの眉が不審げに上下した。「真ん中に近づくにつれて、石が――」

「重みを増している！」ヒーローが相棒の言葉を締めくくった。

「なるほど、下にいるあの御同輩たちは」

彼は白い骨の散乱する、暗澹たる深みを指差した。

「ぶら下がって渡ろうとしたが、ロープに耐えられないくらい重くなっちまったわけだ！」

「魔法か！」と、エルディンは唸った。自然の摂理を超越した力への恐怖心が、彼の目つきと剥き出しの歯に、ありありと表れていた。

「どうだろう」と、ヒーロー。「少なくとも、お前が考えているような魔法じゃない。これは、《原初のものたち》《ファースト・ワンズ》の置き土産だ」

「どういう意味だ？」エルディンが尋ねた。

「そうだな、方位磁石がどういう理屈で北を向くのは知ってるだろう？　俺の考えでは、この下に――城塞の心臓部に何かが埋まっていて、そいつが物体を引き寄せているんだ。方位磁石と同じ原理で――ただし、より強い力でな」

「フン！」と、エルディンは呻いた。「クソみたいに強い力と言ってやりたいところだ。なら、スィニスターはどうやってここを渡ったんだ？」

今度はヒーローが顔をしかめる番だった。

「あいつが魔法使いだったことを忘れちゃいないだろう？」

「そうだが、こいつが《原初のものたち》《ファースト・ワンズ》の置き土産なら、その力はあの野郎を上回ってるはずじゃないのか？」

エルディンは時に、驚くべき推理力を発揮することがあった。

ヒーローはしばし頭を掻きながら考え込み、それから指をパチンと鳴らした。

「歩いて渡ったんだよ！」

「あん？　歩いて？　気は確かか、甥っ子よ？」もう一人はため息をついた。

「あいつはロープで下に降りて、歩いて渡ってから反対側を登ったのさ！」

「それじゃ、降りる途中で重くなっちまうんじゃないのか？」

「すぐにわかるさ」

ヒーローはスパイクを床の裂け目に打ち込むと、それに結びつけたロープを投げ入れた。寝そべった状態で灯火《トーチ》を縁のところにかざし、彼は奈落の底を見下ろした。ちらつく灯火《トーチ》の光の中で、ロープが底に達しているのが見てとれた。

「それで何がわかるんだ？」と、エルディンは尋ねた。

「見ろよ」ロープを軽々と引っ張りながら、ヒーローは答えた。「ロープはそれほど重くなっていない。ということは、下に降りる俺たちも重くはならないってことだ。真ん中に向かうにつれて、引力が大きくなるんだろうよ。骨も全部、あの辺に固まっていることだしな」

「しかし、その確証は……」

「ない。とはいえ先に進みたい。灯火《トーチ》を持っててくれ、底に着いたら別のやつに火をつける」

エルディンに灯火《トーチ》を渡すと、彼はロープを掴んで体を乗り出し、視界から消えていった。

しばらくしてロープが緩んだので、エルディンは呼びかけた。

「大丈夫か、デイヴィッド？」

「順調だ！」という応《いら》えが返ってきた。そして、「降りて来いよ！」という声と同時に、下方で灯《あか》りがつけられた。ヒーローが、無事に奈落の底に降り立ったのである。

エルディンは灯火《トーチ》を放り出し、奈落の縁から降り始めた。

一分も経つ頃には、彼は年若い友人の横に立って、中央に散乱する骨を経由し、もう一方の端の断崖絶壁へと到達する長い孔《あな》を、じっくりと眺めていた。

「行こうぜ」ヒーローはそう言うと、反対側の壁に向かって、慎重に足を踏み出した。

エルディンも後に続き、彼らは一歩、また一歩と奈落の中心に近づいていった。やがて、彼らの肩や手足、体の隅々に、目には見えない重量がのしかかってくるのが感じられた。

「むう！」と、エルディン。「三人の男を乗せているみたいだ！」

二歩ばかり先行するヒーローが答えた。

「俺が今いるところは、五人分てところだ！　うわ、見ろよ――！」

エルディンは、友人の持つ灯火《トーチ》の炎が下向きに引き寄せられていくのに危ういところで気づき、灯火《トーチ》の柄に沿ってヒーローの指に伸びていく炎を吹き消した。

「あの炎」ヒーローは呻いた。「いい線行ってやがったな、まったくもって――」

それから、彼はその場に手と膝をついた。

「――どこかの骨が折れちまう前に、這っていくのが良さそうだ！」

エルディンも四つん這いになった。重ね着していた彼の服は、まるで鉛で出来ているかのようで、岩のように重かった。今や夢見人《ドリーマー》たちは鉄のようにガチガチに固まり、硬く感じられる空気を吸い込み、息を喘《あえ》がせていた。彼らは、文字通りの意味で腹をくすぐる塵と骨の中を、十人分の体重を載せた膝と肘に鞭打って、顎を引きずるようにして前進した。

「何がなんでも止まるんじゃないぞ！」と、ヒーローが喉を詰まらせながら言った。「さもなきゃ、永遠にここにいることになっちまう」

静寂の中、彼らの息切れや喘《あえ》ぎ、体をよじり、這いずる音ばかりが響き渡る中、彼らはこの世のものとも思えぬ、この凄まじい磁界から抜け出そうと、ありったけの力を費やした。

何時間もかけて、ようやく四つ足立ちに戻れた。さらに少し経つと、弱々しく二本の足で立てるようになり、ついには足を震わせながら、奈落の奥の側の岩壁に体を預けたのだった。

「一週間は眠って暮らしたいよ」

ヒーローが灯火《トーチ》に火をつけている間、エルディンは溜息を漏らした。

「俺もさ」と、ヒーローも同意した。「――そのためにも、動き出さないとな。壁をよじ登り、飯を食い、水を飲んだらただちに出発だ。ゴールは、それほど遠くないと思う」

「何があるんだろうな」

「保管されていたものが何であれ、スィニスターのじじいを幾星霜もの間、《大荒涼山脈《グレート・ブリーク・マウンテンズ》》

に留《とど》め続けていたものなんだろうさ」

ヒーローはそう答えると、エルディンに灯火《トーチ》を渡し、軽くて強いロープに小さな掴《グラッピング》み鉤《=フック》を取り付けた。それから、それを頭上で振り回し、そそり立つ壁の上に放り投げた。

彼らの足元では、ロープの束が摩擦音を立てながらほどけていった。

しかし、少し経つとロープの張りが緩み、金属音を立てながら鉤《フック》が暗闇の中から落ちてきたので、彼らは腕で頭をかばいながら、大声をあげて飛び跳ねた。

鉤《フック》はエルディンに当たり損ね、ワンバウンドしたところをヒーローがキャッチした。

「なに、最初は失敗しちまったが――」と、宥めるような口調で呟くヒーロー。しかし、エルディンが鉤《フック》を奪い取ると、腹を立てた様子でじろりと睨みつけた。

「ほれ、灯火《トーチ》はお前が持ってろ」と、彼は唸るように言った。

「こんなところで立ち尽くしたまま、ヘタな奴が投げた掴《グラップリング》み鉤《=フック》をぶつけられて死んじまうなんざ、クソくらえだ！」

彼は大きく振りかぶると、鉤《フック》を空中に投げ上げた。今度は一度でうまくいき、彼がロープをぐいと引っ張ると、八〇フィート〈約二四・三メートル〉頭上の通路の床に食い込んだ。

「うっし！」と、彼は満足げに言った。「これで登れるぞ」

「お先にどうぞ」と、ヒーロー。「あんたの方が重い。先行して、ロープを固定してくれ」

「むう。しかし、途中で抜けちまったらどうする？」

ヒーローは肩をすくめた。「あんたが投げたんだし」と、彼は素っ気なく答えた。鼻を鳴らして軽く罵ると、エルディンはもう一度、ロープを引っ張った。それから、呻き声をあげると、彼は壁に足をかけて登り始めるのだった。

そして、二分も経たないうちに年嵩《としかさ》の夢見人《ドリーマー》が彼に呼びかけ、無事に頂上に辿り着いたことを告げるまでの間、ヒーローは称賛の念を抱きながら、相棒の姿を眺めていたのだった……。

ロープを巻き上げた二人組は、冷たい石の床に腰を下ろすと、干し肉と水を少しばかり口にした。エルディンとしてはもう少し休みたいところだったが、年若い仲間が先を促した。

「さあ、行こうぜ」と、ヒーローが行った。「さっさと終わらせちまおう。ロープはもちろん、鉄鉤《フック》も灯火《トーチ》も残り少ないし、食料や水は言うまでもない。ここで足止めされるのは御免だぜ」

「まあ、そうだな」もう一人も不本意そうに同意した。「しかし、この先に何がある?」

二人が見つめている前方の暗闇は、明滅する灯火《トーチ》の明かりに部分的に照らし出されていた。

その明かりが今しも、磨き抜かれた広大な何かの表面に反射したような気がした。

彼らが前進するにつれて輝きは増していき、ついには天井から床、壁から反対側の壁へと伸びる巨大な金属製のプレートが、隧道《トンネル》の行く手を塞いでいるところに辿り着いた。

プレートには、冒険者たちが見たこともない、異質な文字が刻まれていた。とはいうものの、これらの《原初のものたち《ファースト・ワンズ》》の神秘的な銘刻の中に隠しこまれた象形文字には、幻夢境で用いられているあらゆる文字の要素が備わっているように見えた。

エルディンは大胆に歩み寄ると、金属の扉——その巨大なプレートはたぶん、扉なのだろう——を重い拳で殴りつけた。扉から塵の雲が舞い上がり、虚《うつ》ろな金属音が響き渡って、通路の彼方まで長いこと反響を繰り返した。

ヒーローの方は、壁をじっと見つめ、そこに見出した不吉なものについて呟きを漏らした。

「何かあったか、甥っ子よ？」エルディンが低い声で言った。「スィニスターの赤ペンキか？」

「ああ、赤いやつがある」ヒーローは答えた。「それと、反対側の壁には白いやつがある。こちらの方が古いな……魔法使いめ！　こいつをどう読み解けばいい？」

「とにかく、先に進むしかあるまい！」エルディンが叫んだ。「——ただし、慎重にな！」

「それもこれも、見つかればの話だ」若い夢見人《ドリーマー》は呻き声をあげた。「入り口がな」

「見たところ、壁や床、天井に溝が走っているようだが」と、エルディン。「この扉は、通路を塞ぐだけでなく——岩の中まで伸びてるんだな」

「引き戸ってことか？」ヒーローは尋ねた。

「かもしれん。それとも、内開きになっているかだ」と、もう一人が答えた。

「だったら、俺たちがこいつを押し開けられないとしても——」

彼らはそのプレートに、力いっぱい肩を押し付けた。

「——横向きにスライドさせることができるかもしれん」

そうして試してみたのだが、扉はぴくりとも動かなかった。

彼は塵の積もった床の上に座り込み、水を一口飲んだ。そして、エルディンが干し肉を食べている間に、ヒーローが扉を叩いて大声をあげた。

「ここを開けろ！　俺、デイヴィッド・ヒーローが命ずる！」

その瞬間、シュッという高い音に続いて、ゴロゴロと轟く低音が聞こえたかと思うと、二人組を足元に残して巨大な銀色のパネルが瞬く間に天井へと吸い込まれていき、太陽の中心で燃え盛る炎の如き眩いばかりの輝きが、その向こう側からこぼれ落ちてきたのだった。

「よっしゃ！」

その場に屈み込み、眩《まばゆ》い光から目を守りながら、ヒーローは大声で叫んだ。

「ついにやったぞ！　俺たちは城塞の中枢に辿り着いたんだ！」

第3章　管理者《キーパー》

扉が開き、眩い輝きが溢れ出す中に、ヒーローが足を踏み入れようとした時、エルディンはその褐色のジャケットの背中を掴み、相棒の歩みを急停止させた。

「落ち着けよ、甥っ子。中に何があるかもわからんのだぞ――今はまだな！」

「知識だよ、おっさん《オールド・フレンド》」と、ヒーロー。「お宝かもしれない。あんたは、そっちの方がお望みなんだろうがね。まあ、中に何が入っているかどうかはわからないが――それがどういうものであれ、スィニスターのじじいが御執心だった何かさ」

「アミンザの考えでは、あいつが求めていたのは力のみ。《原初のものたち《ファースト・ワンズ》》の力だよ！」

「そうかもしれんし、そうでないかもしれん。ここにいたところで始まらんさ。見ろよ、眩しさが少し薄れてきたぞ。今更何を怖がることがある！」

「怖がるだと？」と、エルディンは硬直した。「俺が怖がってると思ってるのか？」

彼は、ヒーローのジャケットから手を放した。

「この俺が？《原初のものたち《ファースト・ワンズ》》の隠れ家から漏れ出す、眩しい光を怖がってるってのか？

何もかもが光り輝いてるのが、金属の扉が天井にスライドして飲み込まれたのが怖いのかって？　ああ、その通りだよクソったれが！　お前が先に行け！」

そして、彼はヒーローの背中の真ん中を突き飛ばし、若き夢見人《ドリーマー》はよろめくように前に出た。

ヒーローの湾刀《わんとう》が、壁を登りやすいよう背中にくくりつけてあった鞘《さや》から、囁くような音を立てて引き抜かれ、エルディンもまた剣を抜いて、相棒の背後をカバーした。二人が戸口を越えると――その背後でシュッという高い音がしたかと思うと、扉が天井から滑り降りてきた！

扉の動きを感知した二人は、一斉に向きを変えて開口部に飛び込んだ。二人は、まだ振動している金属のプレートに跳ね返されて転倒し、伏せた姿勢で顔を見合わせた。

「サイコーだな！」傷のある額に古革のような皺《しわ》を寄せて、エルディンが唸り声をあげた。

ヒーローは身震いするとまっすぐに立ち上がり、エルディンが立ち上がるのに手を貸して、さりげない感じでドアに寄りかかると、先程と同じようにドアを叩いてこう言った。

「わかったよ、あんたが誰かは知らんが、すぐにここを開けてくれ！」

《拒否する！》震動すら伴った轟音が響き渡り、夢見人《ドリーマー》たちは剣を取り落とすと、破鐘《われがね》の鳴り響く音を耳にした時のように、両手で耳を覆った。

《不遜にも、管理者《キーパー》に命令したのは何者ですか》

耳を聾《ろう》せんばかりの拒絶の余韻を引きずっていた二人は、その質問に呆気にとられた。

前後左右によろけながら、彼らは鼓膜が破裂したかと思える耳をしっかり抑えながら、何の感情の込められていない、耐え難い音声《おんじょう》に悶絶し、息を喘《あえ》がせた。

《**どうしました**》声が再び襲いかかってきた。《**口が利けないのですか**》

「違う！」と、ヒーローが大声で答えた。「俺たちは口が利けないってわけじゃないが、あんたが声を小さくしてくれないと、じきに耳が聞こえなくなっちまう！」

《話しているのは、何者ですか》

何デシベルか落とされた声が、再び問いかけてきた。

「俺だ」と、剣を拾いながらヒーローが言った。「俺、デイヴィッド・ヒーロー、幻夢の冒険者、覚醒《めざ》めの世界の人間、登山家で、剣の使い手——俺が話している！」

彼は湾刀《わんとう》を宙に振り上げて、それを一振りしてみせた。

「俺は誰に話しかけているんだ？」

《私は管理者《キーパー》です。もう一人いる男性は何者ですか》

「自己紹介させてもらおう」と、エルディンは唸るような声で言った。

「俺は《放浪者》エルディン、ここにいる若い友と同じく、夢見人《ドリーマー》の冒険者にして剣士だ——それと、つまらない人間を朝飯代わりに食ってきたところだ！」

《**覚醒めの世界より迷い込んできた**》と、大きな声が告げた。《**——二人連れの放浪者。加えて、一人は人食いを嗜《たしな》もうとは！**》

「こいつは本当に人を食ったりはしない」ヒーローが素早く指摘した。「そいつは単に、その男の強さや腕前を喩《たと》えたもんだ」

未だ姿を見せぬ管理者《キーパー》との短い会話の間に、二人の侵入者たちは、周囲の様子をつぶさに観察していた。その頃になると、彼らの目もその場所の明るさと眩しさにすっかり慣れていた。

彼らはどうやら、見慣れぬ銀色の金属で出来ている、ドアのように開閉する壁に囲まれた、大きな円形の部屋の中に立っていた。床は詰め物をしたような、弾力性のある材質で覆われていて、足の裏まで暖かさを感じることができた。また、高い天井はドーム状になっていた。

内向きに湾曲した壁には巨大な鏡（あるいは、二人の姿を映し出すスクリーン）が設置されていて、そのうちいくつかが彼らの姿を映し出していたのだが、多くの鏡の表面は不透明で、霧のような灰色に包まれていた。

金属やガラスで造られた機械や器具があちらこちらに置かれていて、動いてはいなかったが、明るくきらびやかに輝いていた。もちろん、それらがどのように機能しているのか、さもなくばどのような機能を備えているのか、夢見人《ドリーマー》たちには知る由《よし》もなかったのである。

ふかふかの椅子が十個、小さなスクリーンやレバー、ダイヤル、ボタンで埋め尽くされた、背の高い金属の円丘を中心に、輪を描くようにして並んでいた。当然ながら、この巨大な計器盤も、デイヴィッド・ヒーローと《放浪者》エルディンには全くの謎だった。

とはいえ、彼らは椅子の大きさや風変わりなデザインに驚嘆し、それからこのような空間を考案し、建造することのできる頭脳に畏敬の念を抱いていた。

巨大な制御機構の周囲をぐるりと巡るような格好で、慎重に移動するうちに、二人はその裏側を見ることのできる位置へと、最終的に到達した。そこに並ぶスクリーン上では、小さな色つきの光点が生きているように動き回っていて、管理者《キーパー》が再び話し始めた時、夢見人《ドリーマー》たちは彼の声に合わせて、色つきの光点も動いているらしいことに気がついた。

《あなた、デイヴィッド・ヒーローよ。天球輪《ホイール・オブ・グローブズ》の下方にある、灰色の円盤に立ちなさい》

ヒーローの目はすぐに、床の上に設置されている灰色の金属のエネ版を見つけた。その頭上には、内向きに湾曲した天井から吊り下げられている車輪のようなものがあった。その車輪のスポークの先には、大きな金色の球体があって、守護者の声の反響が途絶えると、光のパターンを多彩に変化させ、キラキラと輝きながら瞬《またた》いた。

ヒーローは不審に感じ、「どういうわけで――」と言い始めた。しかし、彼が口を開いた途端、緑色に燃え上がるビームがどこからともなく発射されて、剥き出しになっていた彼の前腕の体毛を、間近を通り過ぎただけで焦がしたのだった。

《**管理者《キーパー》への質問は許可されていない！**》大音声の警告が飛んだ。《私の言葉に従うのです。その限りにおいて、あなたがたに危害は加えません》

罵倒の言葉を呟くと、首筋の毛を強張らせたまま、若者は灰色の円盤にそろりと踏み込んだ。

《光と、車輪の動きを恐れることはありません。あなたの姿を観察しているだけです》

管理者《キーパー》の声がそう告げると、天球輪《ホイール・オブ・グローブズ》の車輪部が、その円周から銀色のもやを灰色の金属プレートに向かって放出し始めた。続いて急速に回転し始め、やがて光のチューブがヒーローをすっぽりと囲んで、彼の姿がその中で淡い真珠色に輝いて見えた。

　エルディンの目には、彼の相棒が光のチューブの中で凍りついて、動かなくなっているように見えた。それどころか、次の瞬間には、ヒーローが命の危険に晒されているように見えたのだった！　何しろ、ヒーローのシルエットが空気のように希薄になったかと思うと、驚きに見開かれたエルディンの目の前で、彼の骨や内臓がはっきりと透けて見え始めたのである。

　銀色のもやは、管理者《キーパー》自身なのだとエルディンは考えた――そして、このクソ野郎は、ヒーローを生きたまま貪り食らっているのに違いない！

　次の瞬間、年嵩《としかさ》の男は振り上げた剣を一、二回転ばかりさせて勢いをつけると、頭上で回転している天球輪《ホイール・オブ・グローブズ》に真っ直ぐ斬りつけた。剣が当たり――眩《まばゆ》い閃光を放って消滅した！　熱せられた金属の破片があたりに飛び散って、怒った蜂の針のように、エルディンの肌に次々と突き刺さった。哀れにも消滅してしまった剣の成れの果てを振り払おうと、エルディンは慌ただしく体をばたつかせた。

《愚かもの！》と、管理者《キーパー》が大音声で告げた。

《彼に危害に加えないと言ったはずですよ！》

　金色の球体を取り巻く天球輪《ホイール・オブ・グローブズ》の回転が止まり、放出されている銀色の靄《もや》は金属プレートの上に引き込まれた。そこには無傷のヒーローが立っていて、いかついい友人の唖然とした表情を目にすると、困惑気味に眉根を寄せた。

しかし、ヒーローが何かを言う前に、管理者《キーパー》がこう言った。
《さて、次はあなたの番です、《放浪者》エルディンよ――それと、重ねての英雄的行動は控えていただきたいものです！》
剣を失い、裸に剥かれたような心地がしながら、エルディンは気まずげに前に進み出ると、ヒーローと入れ替わる形で灰色の円盤に載った。
今度は、若き夢見人《ドリーマー》の方が同じ光景を目にすることになり、エルディンの内臓が透かして見えた時には同様に警戒したものだったが、彼自身は何事もなく検査を終えたのだから、何をするでもなく終わるのを待っていた。やがて、エルディンが安堵の吐息をつきながら足を踏み出して、金属の円盤から慣れ親しんだ弾力性の床の上に戻ってきた。
《あなたがたが、申告通りの者であると確認しました》と、管理者《キーパー》が告げた。
《覚醒《めざ》めの世界の人間、その驚くべき頑健なるサンプル。あなたがたの種族は、百万年を経てほとんど変化しておりません。頭蓋が大きくなっているのは、より大きな脳を収容するためなのでしょう。金属の鍛造といった、ある種の科学技術を発見しているようですね。他の技術――さらに、文字の使用についてはどうなのでしょうか。ルーンや絵文字《グリフ》の使用方法は？》
「俺たちの頭脳を侮るなよ！」と、エルディンは叫んだ。「俺たちは、何百年もかけて、刀鍛冶を発達させてきた。文字についてもそうだ。俺たちはもちろん、その使い方を知っている。だいたい、俺は覚醒めの世界では、学者か何かだった……たぶんな。それに、幻夢境で使われているルーン文字も知っている」

《では、デイヴィッド・ヒーローよ。あなたもまた、賢き者であると?》

「あっちよりも多少はな」と、間髪を入れずヒーローが答えた。「幻夢境のルーンは——まあ、あらかた覚えたよ」

「こいつは、歌も歌えるし」と、エルディンは少し不機嫌そうに言った。「詩も作る。まったくもって、こいつが学んだことを全部頭蓋骨に詰め込んで、その上で物を考えられるというのが、不思議でたまらんよ!」

《あなたがたは、私に関心があり》と、未だ姿を見せぬ管理者《キーパー》が言った。《私もまた、あなたがたに大いに関心があります。そこの椅子に座って、心身を楽になさい。話をしましょう。ただし、警告があります。あなたがたの目の前にある制御盤の計器には、決して触れてはなりませぬ。あなたがたの命が、危険に晒されることになります!》

少しばかり気後れしながらも、二人は言われた通りに椅子に座った。だが、ほどなくパネル上で変化する光が心を癒やし、椅子のクッションが自分たちの体型に合わせて形を変化させていくのを感じ、だいぶん気が楽になった。

「《原初のものたち《ファースト・ワンズ》》ってのは、随分といい暮らしをしてたみたいだ。なあ、エルディンよ」

「彼らがそうしたんだ、甥っ子よ」唸り声のような返事があった。「そいつが多分、連中が滅んだ理由なんだよ。生活が安楽になり過ぎたのさ」

《滅びてはおりません》と、管理者《キーパー》。《立ち去ったのみです——大部分の者がね》
「だが、全員ではない、か」と、ヒーローは呟いた。「管理者《キーパー》、あんたは《原初のものたち《ファースト・ワンズ》》じゃないのかい？」
《そうではありません。私は彼らのために働いているのです》
「てことは、連中はあんたの御主人様ってわけだ。御主人様たちはまだここにいるのかい？」
《彼らのうち、九人が残っています》
「椅子は一〇脚あるのに、《原初のものたち《ファースト・ワンズ》》は九人なのか？」
ヒーローは、何やら考え込みながら質問した。
《この話はここまでにして、今度はあなたがた二人のことを教えて欲しい。《原初のものたち《ファースト・ワンズ》》の城塞に到達するまでの道程を、最初に足を踏み入れた時から話して聞かせてください。何ひとつ漏らすことなく。私は全てを把握しております。あなたがたの話をどのように判断するかによって、私はあなたがたにとある仕事をお願いしたい》
「仕事だと？」と、エルディンが唸った。「俺たちの剣は安くないぜ、管理者《キーパー》さんよ」
《少なくとも《放浪者》エルディン、あなたは今、売り物にできるような剣をお持ちではありませんね》返事がすぐに返された。
《ともあれ、十分な対価を保証しましょう》
「どんなものを？」と、ヒーローは尋ねた。

《夢にも思わぬほどの富を》という返事があった。《ここには、あなたがたを幻夢境中で最も偉大な存在になさしめる力があるのです。それをもって、あなたがたの心が望む、あらゆるものを提供しようではありませんか！》

二人の冒険者たちは、目を輝かせて互いに見つめ合った。そして——

「俺から、いやお前から話し始めるのが良さそうだ」と、エルディンがヒーローを促した。

ヒーローはごくりと唾を飲み込むと、話し始めた。

「俺たちはティーリスに降りてきて……」

第4章　管理者《キーパー》の物語

「……と、まあ俺たちの物語はこれで全部だ」と言って、エルディンは話を締めくくった。

ヒーローが話し疲れたので、彼が後を引き取ったのである。

沈黙が長く続く間、二人の夢見人《ドリーマー》はじっと座ったまま、管理者《キーパー》が口を開くのを辛抱強く待ち受けていた。管理者《キーパー》の声が、とある制御盤上で動いている光点と連動しているのに気づいたので、彼らはその制御盤を彼と同一視するようになっていた。

彼らが話している間、光点の動きはそれほど活発ではなかったが、今では複雑で意味の捉えがたいパターンを形成しつつ、点滅や移動を繰り返していた。

最後にパッと光が弾《はじ》けたかと思うと、管理者《キーパー》はこのように告げた。

《わかりました、あなたがた二人にならこの仕事をお任せできそうです。ですが、あなたがたがこの試練を受けるかどうか。あなたがたは既に、エブライム・ボラクに雇用されて――》

「まだ、報告を済ませていないだけだ」と、エルディンが唸るように言った。

《――その上で、私の依頼を受け、《大いなるものたち《グレート・ワンズ》》のための仕事をすると?》

「俺たちはオッサーラ人に借りがある」ヒーローがエルディンに反論した。「ティーリスでは、あいつもちで楽しませてもらったし、お陰で一文無しにならずに済んだ」

それから、管理者《キーパー》にこう言った。

「あんたのために働く義務はないよな」

《その通りです。しかし、それは非常に不幸なことです。ええ、実に》

「脅迫かい、管理者《キーパー》さんよ?」と、エルディンが顔をしかめた。

《あなたがたは、城塞の中に入りましたが》管理者《キーパー》が答えた。《再び外に出て良いとは、誰も申し上げておりません》

「間違いなく脅迫だよ」と、ヒーローは溜息をついた。「だが、俺たちを始末して、あんたたちにどんな利益がある?」

《ああ、あなたがたを殺害するつもりはありませんよ》と、管理者《キーパー》。《あなたがたに私が何をしようが、それで死に至ることはありません。何故なら、あらゆる法律に反するからです。私はただ、あなたがたの生命活動を支援しなくなるだけのことです。今この瞬間にも、私があなたがたの存在を無視したなら、あなたがたは外に出られなくなります。扉を開けることもできないのですから!》

ヒーローとエルディンは剣呑な表情を浮かべて、互いに顔を見合わせた。

《何の利益があるのかといえば》と、管理者《キーパー》は続けた。

《全くありません。私自身について言えば、あなたがたが話を漏らすことで、押し寄せてくる

ことになるに違いない、魔法使いや冒険者の群れに悩まされずに済みますね》
「俺たちは何も漏らさない！」と、エルディンが傷ついたような声音で言った。
《あなたが次に酔い潰れるまでの間は、黙っていてくださるかもしれませんね》
管理者《キーパー》は、痛烈な皮肉を言った。
「ぬぐぐ！」年嵩《としかさ》の夢見人《ドリーマー》は低く唸った。
「わかったよ管理者《キーパー》、あんたの方が優勢だ」ヒーローはしぶしぶ認めた。「ともあれ、どんな仕事なのか知らないことには、あんたのために働けない。俺たちの物語を話したからには――今度はあんたたちの物語を聞かせてくれないか？」
管理者《キーパー》が何か考えているのに合わせて、色つきの光点が光った。
そして――
《それは、私の物語ではなく、《原初のものたち《ファースト・ワンズ》》の物語になるはずです。ですが、問題はなさそうですね。もしあなたがたがクエストを受けないのであれば、生きたままここから帰れないのですから！　いいでしょう。では、静粛に。物語を始めましょう……》
《太古の昔、何百万年も前のことです。覚醒《めざ》めの世界にて、始原の大陸であるティームドラが生まれました。その土地や文明の痕跡は遠い昔に消え去って、地球の最も優れた碩学《せきがく》たちは、先史時代の存在の可能性すら認めておりません。しかし、ティームドラは実在しました。その都市には夥しい数の人類種が暮らし、山や森には風変わりな鳥たちや獣たちが棲息していたのです。そこは人類の領域であり――地球最初の人類の領域でもありました――、彼らは二つの人生を送っていたのでした。一つが、いわゆる〝覚醒め〟の世界で、もう一つが幻夢境です。原初の魔物《ゴーント》たちはティームドラに棲息していたのですが、原初の人間たちが夢見たことによって、彼らは幻夢境に持ち込まれたのでした》

《誰が何と言おうとも、幻夢というのは人間の意識世界に横たわっている並行世界であって、そのような並行世界が数多く存在するのです。そしてティームドラに住み着き、最初の夢をそこで見た聡明な人間たちによって、生命体が幻夢境にやって来たのです。そして、初期の人間の中には、強力な夢見人《ドリーマー》が何人も存在したのでした。ティームドラの建設者たちは、今でも幻夢境のいくつかの都邑《まち》で――とりわけ、インガノクで暮らしています。始原の大陸の北方人は冷淡な上に厳格で、彼らの建設した都市も似たようなものだったのですよ。そして、インガノクは夢と同じくらい長い間、続いていくことでしょう……》

《原初のものたち《ファースト・ワンズ》》の種族は、その時点で既に古いものでしたが、最古の種族というわけではありませんでした。彼らは自ら《原初のものたち《ファースト・ワンズ》》と称しました。自分たちこそがそうだと考えていたからです。そして、さらに古い種族を見出してからも――それでも彼らは、古くからの名乗りを保持しました。それは虚栄心だったかもしれませんし、単にその名前で広く知られていたからかもしれません》

《《原初のものたち《ファースト・ワンズ》》は、数多《あまた》の驚異を発見しました。彼らの碩学《せきがく》たちは科学と魔術に精通し、

星々や時代の隙間を埋め、並列する平面毎の存在にまつわる霧に包まれた謎といったものを解明していったのです》
《あらゆる形態の知的生命にまつわる研究は、非常に優れたものでした。そして、彼らは最終的に、現生人類が夜明け前の祖先の中から出現しつつあった、ティームドラに辿り着きました。彼らはその地の、〈大円環山脈《マイティ・サークル・マウンテンズ》〉の中に大規模な城塞をいくつか建設し――ちょうどここ、幻夢境の〈大荒涼山脈《グレート・ブリーク・マウンテンズ》〉に城塞を建設したように――、人間の生態を研究しようと、巧妙に姿を変えてそこから出ていったのです》
《やがて彼らは、人間の神話や伝説の中に言及される、永遠に呪われた魔神たち――地球が生まれて間もない頃に星々の世界から浸入し、明け方の世界の蒸気に烟《けぶ》る湿原に悍《おぞ》ましくも巨大な都市の数々を建設したという、クトゥルーの神話大系を知ることになります。そうした伝説の数々は、《原初のものたち《ファースト・ワンズ》》を魅了しました。何故なら、地球上に生命が誕生するよりも古い時代に遡《さかのぼ》る記録によれば、クトゥルーとその仲間たちは今なお生存していて、秘された場所に閉じ込められながらも人間の心にビジョンを送り込み、夢を悪夢へと変えていたからです。そして、クトゥルー神話にまつわる伝説は、奈落の底から送られた悪夢が旧《ふる》き恐怖の種を育《はぐく》み、クトゥルーの狂った夢がそこかしこを彷徨《さまよ》って、死すべき人間の夢見る心を捕らえようとしている、幻夢境にも広がっていたのです》
《ああ！　《原初のものたち《ファースト・ワンズ》》は古き神話の真実――クトゥルーやその仲間たちが、事実生き延びているのかどうか——を確かめようとして、自分たちが発見したことに恐怖を覚えました。すなわち、伝説は虚偽にあらず！　クトゥルーは生きていて——今なお生きているのですよ！——彼は魔法で鍛えられた鎖から解き放たれ、狂気と破滅と恐怖と混乱を増殖させせえながら、正気で秩序ある世界を再び自由に歩き回るべく、不断の努力を続けているのです！》

《それからというもの、《原初のものたち《ファースト・ワンズ》》はもはやクトゥルーにまつわる伝説を追いかけるのではなく、恐ろしい魔神どもの悠久の牢獄を強化するという仕事に身を投じたのでした。そして、自身の虚栄心を揺るがす事実を、彼らは再び見出しました。クトゥルーとその眷属が囚われているのを認めるということは、彼らを囚えたより強力な存在を認めることにもなるのですから。かくして《原初のものたち《ファースト・ワンズ》》は、エリュシアと呼ばれる領域に棲んでいる、大いなる《旧き神々《エルダー・ゴッズ》》の秘密を知ることとなったのです》

《ここに来て初めて、《原初のものたち《ファースト・ワンズ》》は、特定の場所や時間、平行世界への接触が制限されていることに気がついたのでした。それは大いなる《旧き神々《エルダー・ゴッズ》》の力によるもので、エリュシアを建設した彼らは、それを発見し、訪問し、その存在を推測する権利を持たない者や物によって、発見され、訪問され、その存在を推測されたりすることが決して起きぬよう、厳重に秘匿《ひとく》したのです。このような次第で、《原初のものたち《ファースト・ワンズ》》は賢明にも、《旧き神々《エルダー・ゴッズ》》を見つけ出そうとすることをやめ、クトゥルー神話大系に属する遥か太古に囚われた魔神どもの性質や行状について、手を出すことや見つけ出そうとすること、のみならず好奇心を抱くことすらもや

めて、一切手を引いたのでした》

《恐るべき魔神どもについては、イブ＝ツトゥル――数多《あまた》ある化身の一つに遭遇、対処したことで、あなたがたが多少は知っている神性――が、力の劣る魔神たちの一柱に過ぎないと申し上げれば十分でしょう。他の神々は……あの程度では済まないのです！》

《ともあれ、物語を続けましょう。その後、《原初のものたち《ファースト・ワンズ》》は、この時空世界における、このあたりの領域に存在する初期文明人及び他の生命体についての研究を完了し、新たな未踏の地への移動に備えて、それぞれの城塞に戻ってきたのでした。既に、城塞は数千年にわたり覚醒《めざ》めの世界に存在していて、ティームドラの始原大陸に住む人々はもはや、彼らの来訪について曖昧な伝説の形で記憶しているのみでした。ですから、彼らの退去は――ああ！――さぞかし驚くべき光景に見えたことでしょう。数世紀にもわたり風化した石造の巨大な立方体から解き放たれ、異なる時間の流れ、異なる次元の中へと、世界を越えて飛び立ったのです》

《しかしここ、幻夢境においては……》（この箇所で二人の夢見人《ドリーマー》は、まるで肩をすくめているかのような皮肉っぽい響きを、管理者《キーパー》の声音に感じたのだが、目に見えたものは、色付きの光点の瞬間的なちらつきのみだった）《……何もかもうまくいきませんでした。幻夢境には、三つの城塞がありました。そして、それらを制御していた《原初のものたち《ファースト・ワンズ》》は、ティームドラの同胞たちの離脱後すぐに、人間の幻夢の世界を去ることになっていたのです。ここでは時間の流れが異なるので、幻夢境を発つ刻限は大して重要ではありませんでした。それに、これら三つの城塞は、本隊に同行するのでなく、他の世界に属する幻夢境へと旅立つはずだったのです。残念なことに、そうはなりませんでしたが》

《《原初のものたち《ファースト・ワンズ》》の一人——奸智《かんち》に長けて悪意に満ちた、謎解きの名手にして、比類なき未知の探索者《エクスプローラー》として知られていた者が、評議会の決定を無視して、この幻夢境においてクトゥルーとその同類を密かに探し求めていたのです。そして、その探求を成し遂げた彼が得た報酬は、永続的な狂気でした！　すっかり狂い果てた彼はクトゥルーの手先となり、大いなる魔神のためにいくつかの仕事をしました》

《第一に、彼は城塞の一つ——今まさにあなたと話している、この城塞——から、三本の魔法の杖を盗み出したのです。そのうち一つは最終的にスィニスター・ウッドの手に落ち、今は彼の神殿がある洞窟に眠っています。杖と仲間が欠けてしまったせいで、残りの九名（そう、クトゥルーに狂わされ、姿を消した《原初のもの《ファースト・ワン》》は、十人目の城塞の一員なのです）はあなたがたの幻夢境に取り残されてしまったのです。何しろあれらの杖は、星界を航海する際の動力源となる、より大きな力を制御するためのものなのですから》

《第二に、発狂したその《原初のもの《ファースト・ワン》》——クラレク＝ヤムという名前です——は、他の城塞の住民たちを全て、滅ぼし尽くすような事態を引き起こしたのです。彼は自身の属する城塞にも同じことをしようとしているのだと考えられていましたが、彼の身に何かが起きて、その狂った計画を未然に食い止めたに違いありません。その後、私が仕える残り九人のマスターたちは、もはや地球の幻夢境を離れることができず、かといってここで一生を終えたいと思ってはいなかったので、杖が取り戻される時まで、深い眠りにつくことにしました》
《《原初のものたち《ファースト・ワンズ》》は、非常に長く生きることができますが、不老不死ではありません。それで彼らは、年を取らないよう眠りの中で生命活動を停止し、生き永らえねばなりません。そのようなわけで、彼らはこの城塞の中に隠れ潜み、遅きに失したとはいえ、長いこと待ち望んできた解放の時を夢見ながら、眠り続けているのです……》
「まるで、あんたが俺たちに話してくれた、クトゥルーとその眷属みたいだな」
エルディンが低い声で言うと、ヒーローは「うまいことを言うじゃないか、おっさん《オールド・ラッド》」と、声を出さずに心の中だけで考えた。うまい物言いだったかどうかは別にして、管理者《キーパー》はその言葉に腹を立てたらしかった。
《私の善良で温和なマスターたちを、クトゥルーの穢《けが》らわしい這いずり回る眷屬どもと、おこがましくも対比させているのですか？》
「あんたの善良で温和な、弱虫の御主人様たちをな」
デイヴィッド・ヒーローは、「弱虫」を特に強調して言い放った。
《何ですって？　〝弱虫〟と仰るのですか？》
「まあ、落ち着けよ、落ち着けって」若い夢見人《ドリーマー》が、なだめるように答えた。「だが管理者《キーパー》よ、あんたもわかってるんだろ、そんな風に思われても仕方ないって。どうしてその九人は城塞の外に十人目を探しに行き、杖を全部回収しようとしないで、この地域からの安全な出発にそんなにこだわるんだ？　そもそも、そいつらは眠りにつくことで――それがどれほど長い長い眠りであったとしてもだ――、全ての問題が解決するだなんて、本気で考えていたのかい？」
《しかし、クラレク＝ヤムは魔法の杖を持っているのです！》管理者《キーパー》は強情に言い張った。
《あの杖のような武器に、私のマスターたちが太刀打ちできるとお思いで？》
「まあ、あれだ」と、《放浪者》エルディンは言った。「ヒーローの言う通りだ。九人を叩き起こして、杖を探させちゃどうだ？　だいたい、クラレク＝ヤムは今頃くたばってるはずだ」
《《原初のものたち《ファースト・ワンズ》》が目覚めたいと望むならば、私もそのように致します。彼らはそのような意向を示しておりません。それに、もっと良い方法があるではありませんか》
「要は、俺たちのこと」ヒーローは溜息をついた。「そうだろ？」
《その通りです。第一の杖を用いて、他の二本を探しに行き、城塞に戻していただきたい》
「触ることもできないのに、どうやって使えってんだ！」エルディンが噛み付いた。「そのことについちゃ、もう話しただろうが！」
《落ち着いて、どうか落ち着いて》今度は管理者《キーパー》がなだめる番だった。《すぐにわかりますとも。それではエルディン、かつてあなたの剣であった金属片を集めてください。そしてヒーロー、彼を手伝ってください》
ぶつぶつと文句を言いながらも、夢見人《ドリーマー》たちは彼の命令に従い、ところどころが溶けたエルディンの剣の破片をかき集めて、床に敷いた大きなハンカチの上に載せた。見つかる限りの破片が集まったと見て、管理者《キーパー》はこのように告げた。

《では、溶解した剣の破片を、検査の際にあなたが立った、灰色の金属盤に置きなさい。よろしい！　では、後ろに下がってください》

夢見人《ドリーマー》たちが言う通りにすると、天球輪《ホイール・オブ・グローブズ》の車輪が再び回転し始めた。今回、天井から床へと伸びる靄《もや》のチューブは、部屋全体を黄色い輝きで包み込む黄金色をしていた。

一分も経たぬうちに作業が完了し、再構成されたエルディンの剣が、灰色の金属盤の上に置かれていたのだった。驚きを誤魔化そうと口の中で何やらぶつぶつと呟くと、エルディンは前に進み出て、剣を取り戻した。

「軽くなったみたいだ」

そう言いながら、彼は空中で剣を振り回した。

《いくつかの破片を見逃してしまったに違いありません》管理者《キーパー》が答えた。《でも、請け合って申し上げますが、その剣は以前のものより遥かに強くなったはずです。また、その剣には今、《原初のものたち《ファースト・ワンズ》》の霊気《オーラ》が充塡《じゆうてん》されています。その剣を携えている限りにおいて、スィニスター・ウッドの杖に触れることができ、杖の方もあなたに害を加えないことでしょう》

「むう」エルディンは怪訝そうな表情を浮かべた。

《さて。早速ですが、クエストについて説明します》

「まだやるとは言ってないぞ」と、ヒーローが混ぜっ返した。

《でも、やることになりますよ》管理者《キーパー》の声音は、笑っているようだった。

「どうしてあんたのクエストを引き受けなきゃならんのだ?」エルディンが尋ねた。「それに、解放されたらされたで、俺たちは好きにするかもしれんぞ」

彼は、肋骨のあたりを狙ったヒーローの素早い蹴りを敏捷にかわした。

《見たところ、その可能性は非常に低いようです》と、管理者《キーパー》が答えた。《では、説明しましょう。スィニスターの杖を手に入れ、糸に吊り下げてください。そうすれば、方位磁石のように、二本目の杖への最短ルートを示してくれるのです。第二の杖を手に入れたら、二本の杖がその行く先を示してくれることでしょう》

「それで全部かい?」管理者《キーパー》が話し終えたようなので、ヒーローが確認した。

《そうです。全てが終わったら、魔法の杖を返しに来ることを忘れずに。簡単なことですよ》

彼の声は徐々に小さくなり、照明もゆっくりと暗くなり始めた。

次の瞬間、巨大な銀色の扉がシュッと音を立てて天井に引き込まれたかと思うと、二人の夢見人《ドリーマー》の視線の先に出口が出現した。ここから先は言わずもがなだろう。

照明が完全に消えてしまう前に、彼らは部屋の外に出ると、出口へと歩き始めたのだった。

第4部

第1章　崖下《がけくだ》り

早朝の日差しが高台を覆い、褐色の影が長く伸びていた。

三人の冒険者たちは、死んだスィニスター・ウッドの洞窟の入り口の外で、生活用品類を三つの梱包――かなり大きいものが二つとアミンザのための小さなものが一つ――にまとめた。

《放浪者》エルディンは岩に座って上着の袖《そで》をまくり、つるっとした腕を悼《いた》むように眺めた。

「幻夢境の天地万物にかけて、痛みがあるってわけでもないんだろ？」

デイヴィッド・ヒーローはそんな風に、年嵩《としかさ》の夢見人《ドリーマー》に声をかけた。

「靴底の泥を落とすドアマットでもあるまいし、体毛が少ないからって何てことはないさ」

「体毛が少ないとは、よく言ったもんだ――少ないとはな！」

エルディンは火山の噴火を思わせる、低く轟くような声で言い返した。

「畜生め、いいか甥っ子よ――あの糞ったれなブツは、俺の腕を焦がしちまった！　管理者《キーパー》の野郎、何が〝剣を携えている限り、スィニスター・ウッドの杖に触れることができる〟だ！　何より苛《いら》つくのは――俺がバカ正直にその通りにしたことだ！」

ヒーローは眩しい太陽光に目を細めながら、エルディンの無毛の腕を見てニヤリと笑った。

「まあ、あいつの言った通りになったじゃないか。これで問題はなくなったわけだしな。あんたの剣が、杖の最後の一撃を引き出したわけだが、それはそれだ。こいつを見ろよ！」

　彼は、杖を吊り下げた紐《ひも》を持ち上げてみせた。

「ちゃんと機能しているみたいね」アミンザが言った。「どの方向を示してるのかしら……」

「ああ、ええと、そうだな」ヒーローは言ったが、どこか不満げだった。

「だけど、少しばかりおかしいぞ。何というか、この忌々しい棒っきれは北を向いている！」

　はたして、杖の先端の握り玉は北を指したのみならず上方に傾いて——最後の斜面を登ったところ——エルディンとヒーローが魔神イブ＝ツトゥルと対峙した場所を示していたのである。

「確かに、少しばかりおかしいな！」エルディンは、袖《そで》をおろしながら繰り返した。

「まったくその通りだ。最後の尾根を越えたところには、幻夢境の地下深くにまで続いているみたいな、忌々しい崖がある！　あそこが、次の杖への近道だってか？　なあ、ティーリスに行くことにしないか。エブライム・ボラクが大金を払ってくれることになってるし——アバラを折る羽目になった借りも返してやりたいからな」

「その崖のことなんだけど、本当に降りられないの？」と、アミンザは二人に尋ねた。

「何とも言えん」と、ヒーローは少し考えながら答えた。「ちょいとばかりキツそうに見えたのは確かなんだ。しかし、よく見える角度から眺めたわけでもないんでね。それに、幻夢《ゆめ》の中ではえてして、大抵のことが簡単に思えちまうものだからな」

「そうかもしれん」と、エルディンは唸った。「だが、実際より難しく見えることもある。だが、一つだけ確実なことがある。崖から落ちるより簡単なことはないってこった！」

「フムン」ヒーローは顔をしかめた。彼の目は杖の握り玉が示す、岩がちな尾根に向けられた。彼は一、二度ばかり紐をよじって杖の向きを変えてみもしたのだが、その度に杖は元の位置に戻り、常に尾根を指し示すのだった。

「で」と、アミンザ。「どうするの？　ずっとここにいるつもり？」

「きみは勇敢な女の子だな、アミンザ」と、ヒーローは思いやりをこめて言った。「だがね、エルディンの言う通りだ。俺たち二人だけなら試してみてもいいかもしれん。だが、きみがいるんでね……キツい崖下りになることは確かだぜ」

「じゃあ、ティーリス行きかしら」と、彼女は言った。

「そうなるな」エルディンは唸るように言って立ち上がったが、その声音にはありありと失望の色が表れていた。彼らは荷物をまとめると、南に向かうことにした。

「道筋はもうわかっている」年嵩《としかさ》の夢見人《ドリーマー》が口を開いた。「来た時と同じ道を辿ればいいと思うんだが。ヒーローよ、お前の方はどうだ？」

「え？」心ここにあらずといった様子で、杖を引っ張ろうとした若き夢見人《ドリーマー》は、顔をひきつらせてそれを手放し、驚いた様子で一歩後ろに下がった。

見ると、杖は紐を下にぶら下げた状態で、岩場の上四フィート〈約一・二メートル〉ほどの高さの空中に浮き上がり、北方の急な斜面を登った先の頂《いただき》を頑《かたく》なに指していたのである。

「よし、俺が――」

ヒーローは両手で杖を握ると、歯を食いしばって力を入れた。だが、ありったけの力を振り絞って引っ張ってみたものの、杖はびくともしなかった。そこで、ヒーローが試みに一、二歩斜面をあがってみると、杖はあっさりと従うのだった。

「――こいつぁ、ぶったまげた！」

エルディンが、絶句した友人の代わりに驚きを表明した。

「さてと、素敵なお報《しら》せだ。俺たちは北に行けないし、杖は南に動かせない。どうする？」

「ここに置いて行ったらダメかな……」と、アミンザは提案したが、ヒーローが反駁《はんばく》した。

「だが、それだとエブライム・ボラクからは何も得られない」

「あいつの腕の一本も折ってやる満足感以外はな」と、エルディンも唸った。

「それとも……」少女はそう言って、覚醒《めざ》めの世界の友人たちの返答を待った。

「このまま全くの手ぶらで戻れってか？」ヒーローが、好戦的に顎を突き出した。

「俺たち二人合わせても、何トンドかしか持ってないのにな」と、エルディンが付け加えた。

三人は、斜面を指し示しながら鎖に繋がれた犬のようにひくひくと震えている杖を、三角形に囲んだ。やがて、ヒーローが唇を舐めた。

「管理者《キーパー》は、俺たちの心の願いは全て叶《かな》うと言ってたな」

「そいつと引き換えの冒険の旅ってのも、まあいいもんだ」とエルディンは唸った。

アミンザは小さな足を踏み鳴らし、楽しげに笑うと大声で言った。

「要するに、最初からこうなる運命だったみたいね！」

二人の男は互いに見交わすと、狼のようにニヤリと笑った。

「たまには、順風満帆な人生ってやつを送ってみたいもんだ」と、エルディン。

ヒーローは指を咥えて湿らせ、それをかざして風向きを確認した。

「北風か」

その言葉と共に、二人は斜面へと顔を向けたのだった。


これまで降《くだ》ってきた絶壁は、十分に険しかったとはいえ、そこまで険しいものではなかった。下山者たちは太陽光の熱でからからに乾燥している、風雨に晒された岩肌の手がかりや足がかりをうまく利用できたのである。

頂《いただき》はとうの昔に、霧に包まれた空に消えてしまっていた。絶壁は、場所によっては大きく凹んでいたので、三人は長い間、互いの体をしっかりとロープで繋いでおかねばならなかった。

アミンザが、生まれながらの優れた登山家だったとわかり、当初覚悟していたよりも大分楽だったことは確かだが、ヒーローとエルディンだけならもっと早く進めたかもしれなかった。

彼らは目下、広い岩棚で体を休めていて、エルディンがポットのお茶を淹れていた。

「ああ、疲れた」アミンザはそう言うと、体を伸ばして痛みを和らげた。

「それが登山ってもんさ」と、エルディンが唸るように言った。

「慣れてないと、そうなっちまうんだ」と、ヒーロー。

「どのくらいの深さまで降りてきたんだろうな」エルディンがヒーローに尋ねた。

ヒーローは肩をすくめると、岩棚の縁から顔を出すと、渦を巻いて上下している、灰色の蒸気に満たされた深みを見下ろした。

「見ろよ。とても歩いて降りられるとは思えんね。深くなればなるほど、濃くなっているみたいだ。俺たちがどれくらい深く降りてきたにせよ――もっと深く降りることになるだろうさ」

彼はいかにも不承不承という感じで、つまらなそうに返答した。

「俺たちはたぶん、六、七千フィート〈千フィートは約三〇五メートル〉は降りてきたと思うんだが、もう午後になってるはずだ。てことは、アミンザも疲れ果てているだろうから、こっから先は半分も進めないだろうな。つまり、三時間以内に底に着かないと……」

「私たち、崖の上で夜を過ごすことになっちゃうのね」アミンザが少し震えながら言った。

「みんな私のせいだわ」

「そんなことはないさ、愛しい人」

エルディンは、彼らが宙空に足をぶら下げて座っているその場所で、彼女の両肩に片腕を伸ばすと、低い声で優しげに言った。

「自分を責めないでくれ、お嬢さん。こうなることは、出発の時からわかってたんだ。それに、ヒーローと俺が崖っぷちで夜を迎えるのは別段、初めてじゃない。大丈夫、何とかなる」

「雨が降らないことを祈るさ」と、ヒーロー。「それと、野良魔物《ゴーント》どもが来たりしないことをな。ついでに岩が落ちてこなければ申し分が……」

　言いながら、彼はいかにも何か不吉なことが起きそうな様子で上を見上げた。

　アミンザが声を押し殺し、小さくすすり泣きを始めたので、エルディンは崖に背を預けているヒーローを睨みつけた。ヒーローは天空に目を向けて歯を食いしばり、一瞬だけ、小さく舌打ちすると、アミンザに声をかけた。

「エルディンの言う通りだ。自分を責めるもんじゃないぜ、アミンザ。どんな女の子だって、あんたの半分もうまくやれないよ。今は、お茶でも飲んでゆっくりしてくれよ。三〇分ほどここで休んだら、また下に降りていこう。せめて霧が出ていなけりゃあ、底が見えるかもしれないんだがな。少なくとも、杖は何の疑問も抱いていないようだが。見なよ――」

　彼は紐を結わえ付けた杖をぶら下げて、杖が北の空間を指し、それから少し下に傾いていき、膨れ上がっていく霧の中を指していることを示した。

「この下のどこかで」と、ヒーローは杖が示す方向を顎でしゃくってみせた。「二本目の杖が見つかるんだろうよ――最終的にな」

「むう」と、エルディン。「当面のところは、この崖から降りることができりゃあ、それだけで御の字ってもんだ。じゃあ今のうちに——なあ、デイヴィッド、干し肉を出してくれ。何か嚙めるもんが無性に欲しくてな……」

三〇分後、彼らは再び出発した。

最初のうちは、これまでよりも大分楽に進むことができた。左方向のルートで降《くだ》っていったのだが、手がかりや足がかりがたくさんあったのだ。しかし、一時間も進むと、水が勢いよく流れる音が聞こえるようになり、岩肌も俄《にわか》にぬるつき始めた。

「雪解けの水の終着点か」

崖から突き出した巨大な岩の滑らかな突起を調べながら、エルディンが呻き声をあげた。

彼のすぐ後ろから、ヒーローが返事をした。

「そうだろうな。そいつのせいで、進みにくくなってる上に、霧まで濃くなっていやがる」

それから、彼は背後に振り向いて声をかけた。

「大丈夫かい、お嬢さん？」

アミンザは頷いてみせたが、彼女の顔は汗でてらてらと輝き、岩と同じく湿ってみた。勇気を振り絞って笑顔を作ろうとしたが、なかなかうまくいかなかった。

両腕がまるで鉛のようで、思うように呼吸することもできなかった。

「私は大丈夫」と、彼女は喘《あえ》ぐように言った。

そうこうする間にも、エルディンは行く手を遮る大岩に、全身を使って取り付いていた。

彼は巨大な腕を広げてその岩を抱え込み、ゆっくりと滑らせるように胸を持ち上げて、大岩の向こう側に移動しようと努めていた。そこには、彼らが辿ってきた狭い岩棚が、急な下り勾配で先に続いていたのである。ようやく無事に乗り越えてから、彼は崖の鋭いカーブの向こうを見渡せる位置まで、一、二歩ばかり移動した。

「真面目な話」と、彼は呻き声をあげた。「困ったことになったぞ」

「どうした？」限界まで体を伸ばして大岩に取り付きながら、ヒーローは相棒に声をかけた。

次の瞬間、エルディンの横に現れた彼は、崖のカーブの向こうに待ち受けていたその光景を、呆気にとられた様子で黙りこくったまま見つめていた。

それは、雄大な滝だった。絶壁が文字通りの意味での障壁となって、彼らの耳を守ってくれなくなった今、その奔流の轟きは音の嵐となり、彼らに直接襲いかかった。

眼下では霧が渦を巻いて沸き上がり、垂直に切り立った前方の岩肌はといえば、水飛沫《みずしぶき》に濡れて表面がつるつるに輝き、実に滑りやすそうだった。

そこを踏破することは、全くもって不可能に見えた。

だが、しかし……。

耳を聾《ろう》する轟音に慣れてきたヒーローが、何やらニヤニヤと笑い始めた。

「なあ」流れ落ちる水音に被せるように、彼は大声で呼びかけた。「聞こえないか？」

「聞こえるって、何がだ!」エルディンがわめき返した。

もうそれほど遠くないぞ! 少しばかり引き返して別ルートで降りていけば、数分で辿り着けそうだ。これ以上えっちらおっちらと崖を下る必要はなくなるだろうぜ。たとえば、崖の下が斜面になっているとかな」

二人は顔を合わせてニヤリと笑い交わすと、背後の岩棚を振り返った。

三、四歩ばかり離れたところで、アミンザが行く手を遮る大岩を乗り越えようとした。

しかし彼女の腕には、友人たちのように岩の上を乗り越えるほどの力が備わっていなかった。さらには、二人が見ている目の前で、岩が崖から外側に傾いていくのだった。水が染み込み、支える力が弱まっていたのだろう。大岩はもはやこれ以上、彼女の体重に耐えられなくなった。

「アミンザ!」エルディンが唸り声をあげ——そして一瞬の後、彼女は小さな悲鳴をあげた。

岩の傾きがさらに大きくなり、ついには彼女を空中に投げ出したのである。

一瞬、彼女の体は、ゆっくりと舞い降りるように漂って——ヒーローが落下する彼女の体をがっちりと捕まえ、さらにはエルディンが滑りやすい岩棚から落下した。

あたかも巨大な投石器《ボーラ》のように、ロープで互いに繋がった三人は宙を舞った。

突っ込んでくる彼らの体を霧が飲み込んだかと思うと、丹念に味わった後に、何やら水のような弾性のある表面に吐き出した。

それは水だった! 深く冷たい水を湛《たた》えた、湖に他ならなかった。

彼らは深いところまで沈み込んだ後、弱々しくもがいてどうにか水面に浮かび上がった。

呼吸を荒げ、波間の泡に包まれてコルクのようにゆらゆらと揺れ動きながら彼らが最初に目にしたのは、霧の中へと高く消えていく岩の断崖絶壁——さらには、背の高い羊歯《シダ》を思わせる木々が生い茂る、砂利の多いちっぽけな湾が右手に見えたのだった。

彼らはそこを目指して泳いでいき、数時間とも思われる数分の後に、疲れ切った足の裏が傾斜した水底に触れるのを感じた。互いの体を繋ぐロープをほどきもせず、彼らは砂利で覆われた浜辺に自分たちの体を引っ張り上げた。

それから、彼らはしばらくの間、そこに横たわったままでいた。

湿った空気を深く吸い込み、自分たちが生きていることを、幸運の星々に感謝しながら……。

第2章　大渦巻《ワールプール》！

浜辺から遠く離れた、頭を垂れる木々の只中で、小さな腰巻き以外に何も身に着けていない覚醒《めざ》めの世界の友人たちが、巨大でひょろ長く、中身が虚《うつ》ろな倒木《とうぼく》の幹で、筏《いかだ》を組み上げている様子が、アミンザにも見えていた。

彼女は、洞窟に引き返した。彼らが見つけ出した、雄大な崖に覆い被さられる格好のその場所は、厚く生い茂った群葉のお陰で、湿気から守られていたのである。

焚き火の前で服を乾かしながら、彼女は二人が大汗をかきながら、木の幹をゴムのように丈夫な蔓で縛り上げるのに悪戦苦闘している様子を眺めていた。もう何時間も働き詰めなので、さぞかし疲れ果てているのに違いないのだが、それでも彼らは手を止めなかった。

彼らの衣服はほとんど乾いていたので、全裸になっているアミンザは、男たちが筏《いかだ》を仕上げてしまう前に衣服を身に着けておきたかった。さらにしばらくの間、彼らの働きぶりを見守ってから、彼女は改めて衣服の乾き具合を確認した。

スィニスター・ウッドに着せられていた、肌の透き通る薄い服は、とうの昔——現在進行中のクエストに身を投じる前——に打ち捨てて、仲間と同じような服を纏《まと》うようになっていた。

彼女はそれを、スィニスターの貯蔵庫で見つけた。エブライム・ボラクが山に送り込んだ小柄な冒険者のものだったのだろうが、以前の持ち主の運命についてはあまり考えたくなかった。身なりを整えながら、彼女は手触りの良いレザーのジャケットと短いズボンが、自身の柔らかく丸みを帯びた、女性らしい体のラインを隠してまわないことに満足感を覚えた。すっかり着込んでしまうと、彼女は二人の男たちの蒸《む》れた衣服を、洞窟の壁から壁へと渡されたロープにかけた。そうして、改めて洞窟の入り口から外を覗き込むと、二人が手を止めて腰に手を当て、満足げに頷きながら歯を見せて笑っているのが見えた。

筏《いかだ》が完成したのである。

彼らが力を合わせて浜辺の少し上の方まで船を引きずりあげている間、アミンザはエルディンの小さなやかんを火にかけて、お湯を沸かし始めた。今は労働によって体が温まっていることだろうが、湖を取り巻く空気は冷たく、霧が隅々まで入り込んでいた。

彼らはお茶を淹れ、食事をする準備を整えた。それから、夜の洞窟の暖かさに包まれながら、パチパチと音を立てて壁に影を投げかける炎の前で、のびのびと手足を伸ばすのだった……。

明日《あした》は、今日とは違う全く新しい日になることだろう。アミンザはそんなことを考えながら、エルディンの火打ち石を乾いた皮の切れ端で丁寧に包み、防水ポーチに収めた。

肩を落とし、浜辺へよろよろと歩いていく二人組の姿を眺めながら、彼女はあくびをした。実際、彼らは骨の髄まで疲れ切っていて、彼女もそのことをよく理解していた。

つくづくハードな一日だった。

今や夜の帳《とばり》が降り、やがて霧を見下ろす幻夢境の澄み切った空に、星々が現れることだろう。明日の夜にはここから離れ、スィニスター・ウッドの杖の握り玉に導かれて、その星々の下を筏《いかだ》で旅することになるかもしれないなどと、いったい誰にわかるだろうか。

楽しげに小さな溜め息をつくと、アミンザは焚き火で乾燥させていた、良い匂いのする羊歯《シダ》の葉を、ベッドの形に整え始めるのだった……。


翌朝は、酷使に抗議するかのような、骨や筋肉の疼痛《とうつう》と共にやってきた。痛みで早くから目を覚ましたヒーローは、他の者たちが夢中の夢から覚める頃には、既に三尾の見事な魚を釣り上げて、霧に烟《けぶ》る浜辺から戻ってきていた。

かくして、一時間後に筏《いかだ》を押し始めた時、腹を満たされた彼らは意気揚々たるものだった。

彼らを乗せた筏《いかだ》は、みるみるうちに崖の麓から離れ、霧を抜けて鮮やかな太陽光のもとに現れた。彼らの眼前には、青く澄み切った水を湛《たた》えた、往古の姿をそのままとどめるかに見える巨大な湖が広がっていて、ヒーローは我知らず口走った。

「この素晴らしい光景に幸運にも巡り会えた夢見人《ドリーマー》は、俺たちが最初だとしても驚かないぞ」

しかし、エルディンが残念そうに大きな首を振った。

「それは違うぞ、若き友よ！　実は、この湖のことは前に聞いたことがある。≪大荒涼《グレート・ブレーク》山脈《マウンテンズ》》の彼方に、巨大な青い湖があるってな!」

「それで?」と、ヒーローが先を促した。

「ん?」と、エルディン。「ここがそうだって話だが」

「いや、それで全部なのかって聞いているんだ」

「全部じゃいかんのか?」年嵩《としかさ》の夢見人《ドリーマー》は肩をすくめた。しかし、それから少しの間、顔をしかめて髭を引っ張りながら考え込むと、エルディンは指をパチンと鳴らしてニヤリと笑った。

「おお、そうだ、まだ話があったぞ! その湖は、何でもタラリオンの彼方に広がる、大きな沼地に流れ込んでいるのだそうだ」

「何だって?」ヒーローは叫んだ。「そんなことがありえるのか? タラリオンがあるのは、幻夢境といっても全然別の地域じゃないか。だめだ、さすがに信じられんぞ」

「ひょっとすると、俺の勘違いかもな」エルディンは唸るように言うと、再び肩をすくめた。

少しの間、黙りこくっていたアミンザが、このタイミングで口を開いた。

「ここは確かにおかしな湖だけど」と、彼女は言った。「スィニスターの杖の方が、遥かにおかしいわ。私たちが魚だと思っているのかしら」

彼女が何のことを話しているのか、彼らはよくわかっていた。筏《いかだ》の上にまっすぐ立てられた二本の柱の間に吊り下げられているその杖は、今なお北を向いていた。だが、その下向きの角度は、これまでよりもさらに大きくなっていたのである。

あたかもこの広大な湖の底深くに、第二の杖が横たわっているとでもいうかのように。

「ところで、湖がおかしいというのは？」と、ヒーローはアミンザに尋ねた。

「そうね」彼女は答えた。「何よりも気になるのは、あまりにも静かだってこと――あなたたちは、おかしいと思わないの？」

エルディンは辛抱強く頷いた。

「確かに静かだな。俺もそう思う――だが、お天道様も高いし、何もおかしなことはないよ」

アミンザは、体をぶるっと震わせた。

「違うのよ」と、彼女。「そういうことを言ってるんじゃないの。これは、何だか不健康な静けさだわ。空気が死んでるみたいに静止してる。風が全くないのよ。まるで、嵐の前の凪《なぎ》みたいにね。それに、もう一つおかしなことがあって――」

「フムン？」ヒーローが先を促した。

アミンザは溜め息をついた。「あなたたち、少し前から漕ぐのを止めてるわよね」と、彼女は指摘した。「なのに、まだ結構な速度で前に進んでるのよ」

「ううん？」と、エルディン。「どうしてわかるんだ？」

「さっき、紐を水面に落としたのよ」と、彼女は説明した。「端っこに小枝を結びつけてね。ほら、紐はぴんと伸びきって、小枝は元気に揺れながら私たちを追いかけてきてる」

「流れてるのか？」ヒーローは、首の後ろの毛を逆立てながら呟いた。「だが、流れのある湖なんて聞いたことがないぞ」

「おい見ろ！」エルディンがわめき、震える指を湖に向けた。見ると、急に波立ち始めた水面がにわかに暗さを増していき、ぶつかりあった波紋が泡のような飛沫《しぶき》をあげているのだった。

「それだけじゃないわ！」

アミンザが怒ったように叫ぶと、突風が吹き寄せてきて、三人の髪や服をいたぶった。

「スィニスターの杖を見て！」

そちらを見やった二人は——瞬時に異変が起きたことを見て取った。

杖はもはや北を向いていなかった。今やその握り玉は、ゆらゆらと揺れながら北東の方角を向いており、彼らが見ている間にも、徐々に真東を向き始めたのである。のみならず、その角度もいよいよ大きくなっていき、六〇度の角度で湖の底を指し示したのだった。

握り玉に向けられた三人の目は、次いで数百ヤード〈百ヤードは約九一・四メートル〉ほど離れた、湖の水が紺色に輝き、霧のような水飛沫《みずしぶき》が噴き上がっている円形の領域に向けられた。夢見人《ドリーマー》たちの首筋の毛が逆立った。

「大渦巻だ！」ヒーローが大声で叫んだ。流れはにわかに勢いを増し、筏《いかだ》が少しばかり傾いた。

「大渦巻に捕まったんだ！」

「命が惜しけりゃ荷物にしがみつけ！」エルディンも吼えた。「こっちだ、アミンザ。俺とお前をロープで縛りつけるんだ——その後は、何があろうとしがみついたままでいるんだぞ！」

筏《いかだ》が暗澹たる急流を旋回しながら下降していく中、彼らは慌てふためきながら作業した。デッキに横たわって体を広げ、自分たちとその荷物を、上下に揺れ動くしなやかな木材に、しっかりと縛り付けた。そうこうする間にも、筏《いかだ》はさらに傾いて、速度をどんどん増しながら、漏斗《ろうと》状の渦の周りをひたすらに流されていくのだった。

間もなく、彼ら三人が横たわっているデッキからも、筏《いかだ》が激しくぐるぐると回転している渦の斜面を、その喉の奥深くまで見下ろせるようになってきた。

今や筏《いかだ》の旋回は、彼らに目を回させるほどのものになっていた。そのような状態になっても、スィニスターの杖は未だ紐にぶら下がったままで、握り玉を常に渦の中心に向け、その悪魔的としか言いようのない本能に従って、やはり湖の底に違いない最新最短のルートを示し続けた。

再び筏《いかだ》が大きく傾き、デッキがほとんど垂直になった。エルディンとヒーローは大きな声で、アミンザはやや小さな声で、全員が悲鳴をあげた。それから――最後の揺れと、傾斜があって――筏《いかだ》は渦巻きの中心のガラスのような喉を滑り落ちたのだった。

もはやこれまでと覚悟を決めた三人だったが――驚いたことに、そうはならなかった。

安定性をいくぶん取り戻しはしたのだが、筏《いかだ》は再び傾いていて、水平な姿勢になるまでは今しばらくの間、気違いじみた旋回を続けていた。

じっとりした渦を巻く空気は不気味な光で満たされていて、筏《いかだ》の丸太や、乗員たちの体や顔、荷物……さらには、彼らがその中を恐るべき速度で流されていく、鍾乳石に覆われた隧道《トンネル》の壁や天井の上で、鬼火《イグニス・ファトゥース》めいたものが踊っていた！

そう、彼らは湖の陥穽《シンクホール》に到達し——その中を通り抜けて、湖水を排出する巨大な水域に入り込み——そして今まさに、渦巻が吸い込んだ水がそこに流れ込む、幻夢境地下の未知なる海に向かっていたのである。

ヒーローは、湖の水がタラリオンの彼方のどこかにある大きな沼地へ流れ込んでいるという、エルディンの言葉を思い出した。今となっては、それが正しかったのかもしれない。

幻夢境における空間というものは、多くの場合、時間そのものであるかのように矛盾に満ちていて、通常の距離感など到底あてにできないのだから。

筏《いかだ》の動きに気分を悪くして、三人の冒険者たちは頭を抱え込むようにして横たわり、彼らを待ち受ける死の運命——さもなくばその他の結末がさっさと訪れてくれるよう、ひたすらに祈り続けていた。吐き気のする乗り物の旅が続くよりは、その方がずっと良かったのである。

彼らの視界の中で、短剣のような石の切っ先が並ぶ隧道《トンネル》の天井が、顔からわずか数インチの距離を勢いよく流れ去っていった。さらには、彼らが猛然と突進する、地獄の最深淵の如き水路を照らし出す不愉快かつ不自然な輝きが、彼らの気分をいっそう滅入《めい》らせるのだった。

やがて——前方に、光が見えた。

徐々に弱まりつつある、隧道《トンネル》の青みがかった輝きとは対照的な、昼の太陽の澄んだ光だった。

ぼんやりした白い光が眩しい輝きとなる頃には、隧道《トンネル》は広くなり、筏《いかだ》はやや速度を緩めた。

数分後には、前方に見えていた光の円盤が次第に大きさを増し、最後にそれが怒涛の勢いで拡大したかと思うと、一瞬で彼らの上に襲いかかってきた。

そして、彼らは勢いよく噴き出される水流によって、空中に射ち出された。巨人《タイタン》の子供か何かに回転をつけて放り投げられた石ころの如く、二度、三度と水面を跳ねて――三人はその度《たび》に体をどこかにぶつけて傷だらけになり、体が引き裂かれたかと思うほどだった――、泡立つ深みを飛び越えた。

そうして最後に、背の高い葦《あし》や頭《こうべ》を垂れる藺草《いぐさ》の生い茂る中に沈んでいったのである。

あまりに長いこと世界がぐるぐると回り続けたので、ヒーローは自分の脳が永久に損傷したのではないかと疑った。頭蓋骨の中で揺さぶられ、ボロボロに崩れてしまったのではないかと。

四分の一マイル〈約四百メートル〉ほど先には、高い崖が聳《そび》え立っていて、その麓のあたりから勢いよく水流が噴き出しているのが見えた。それこそが、パチンコで射出される小石のように彼らを吐き出した、地下河川の噴出口だったのである。

わずかながら力が戻ってきたようなので、ヒーローは自分の体を固定していたロープを手早く緩め、むくりと体を起こした。周囲を取り囲む葦や藺草《いぐさ》を見て、彼はげんなりした。

エルディンも意識を取り戻したようで、なかなか拘束を外せずに罵ったり呻いたりしていた。

ヒーローは、ようやく吐き気が収まると彼を手伝いに向かった。そして、彼を解放してから、弱々しくアミンザの方を向いた。彼女の頭には大きな青いこぶができていたが、その胸は安定した、安心感のあるリズムで上下しているようだった。

「さあて、と」

ヒーローは呻き声をあげ、しばらく頭を抑えていた。

「ここがあんたの言っていた、タラリオンの内陸側にある大きな沼地に違いない」

「そうらしいな」体のあちこちについた痣《あざ》をこわごわ確認しながら、年嵩《としかさ》の夢見人《ドリーマー》が答えた。

ゆっくりとではあるが、活力が彼らの中に戻ってくると、二人の探索者《クエスター》たちは、物悲しさの漂う沼地をじっくりと眺めた。大きな水の噴出口のある崖と筏《いかだ》の間には、いくらかは透明な水が溜まっていた。しかし、残りの部分は、枯れて折れ重なった倒木や、葦や雑草や頭を垂れる藺草《いぐさ》、そして陰鬱なパピルスばかりの果てしない沼地が、どこまでも広がっていた。

腐って形崩れした切り株に、異様な蘭の花が咲いていた。いたるところに蔓《つる》が垂れ下がり、どろどろと汚らしい水たまりに細い指を浸していた。この湖には、病的な植物がそこらじゅうに生えているのだが、血肉のある生き物の痕跡はまったく見られなかった。

夢見人《ドリーマー》たちが、アミンザの起きぬけの叫び――妙に小声の咽《むせ》ぶような叫びを聞いて彼女がいる方を見たのは、雑草だらけの風景を眺め、昼の太陽の熱気を頭に感じていた時のことだった。

緑の蔓が筏《いかだ》の縁から這い上がり、少女の喉を締めつけていたのである！

狼狽の叫びと共に、ヒーローはナイフで蔓に斬りつけながら、アミンザの傍らへ飛び込んだ。アミンザを捕らえた蔓を切断し、さらには彼女の体を固定していたロープを切って立ち上がらせると、筏《いかだ》の支柱のひとつに背を預けさせた。

切断した蔓の切れ端を拾い上げてみたのだが、手の中でうねうねと絡み合うように蠢《うごめ》いて、彼はその様子に身震いを覚えた。のみならず、蔓の裏側には緑色の小さな吸盤がずらりと並び、それが開閉を繰り返して、断末魔の苦痛に悍《おぞ》ましくも脈打っていたのである。

エルディンがそいつを彼の手から奪い取り、嫌悪の叫びをあげて泥沼の中に投げ捨てた……次の瞬間、うねうねと蠢《うごめ》く緑色の飢えた怪物が、穢《けが》らわしくも泡立つ水面から爆《は》ぜるように出現し、エルディンは再び叫び声をあげた。

この沼全体が、地を這うような触手じみた蔓を広げる、肉食の植物の巣穴だったのである。

「いったい……」エルディンは絶句した。「どんな気違いが、こんな悪夢を見やがった？」

ヒーローは言葉を無為に費やさず、筏《いかだ》の近くに立っている枯れ木から長い枝を数本折って、一本をいかつい相棒に手渡した。

「こいつで筏《いかだ》を押し出して」彼は怒ったように命令した。「あっちの開けた水域に向かうぞ」

ヒーローとエルディンが枝を使って筏《いかだ》を進めている間にも、アミンザは未だ混乱からさめやらず、顔をこわばらせたまま、ぐらぐらと揺れ動く支柱にしがみついていた。

しかし、彼らの乗り物が動き出すや否や、さらに十数本の吸盤を備えた蔓が、蛇のようにその身をくねらせながら貪欲な様子で追いすがり、筏《いかだ》の端に這い上がってきた。

ヒーローは船上に枝を投げ出し、湾刀《わんとう》を抜き放った。剃刀《かみそり》のように鋭いクレドの剣は、触れた端から次々と蔓を切断した。そして次の瞬間、筏《いかだ》は開けた水域に飛び出したのだった。

「崖に向かうのはナシだ」ヒーローは喘《あえ》ぐように言って、棹《さお》を拾い上げた。「あのでっかい水流で粉々になっちまう。岸が見つかるまで、崖と並行に筏《いかだ》を進めよう」

男たちが必死に浅瀬の水をかき分け、いくらか前進したところで、アミンザが口を開いた。

「少なくとも、正しい方向に進んでるみたい。スィニスター老の杖が示す方向に、ね」

ヒーローは背後に振り返り、彼女の言葉を確認した——吊り下げられている杖の握り玉は、まっすぐ前方を指していたのだ——だが、大変有り難くないものも、同時に見えたのだった。

絡み合った蔓の塊が、藺草《いぐさ》などの植物を巻き込みつつ、彼らの後を追って汚れた水中を蠢《うごめ》きながら猛進し、彼の手首くらいの太さの先細った蛇のような蔓を伸ばしてきていたのである。

「漕《こ》げ、もっと速くだ！」

彼がそう叫ぶや否や、巨大な蔓が水面から飛び出して、エルディンの足に巻き付いた。幸い、そいつは筏《いかだ》の支柱も巻き込んでいたので、年嵩《としかさ》の夢見人《ドリーマー》を沼に引きずり込めはしなかった。

焼けるような日差しのもと、ヒーローの剣が輝いた。彼は再び棹をおろし、友人を助けようと飛び込んだのである。彼とエルディンが同時に刃を振るい、蔓を二箇所で切断した。

長めに切断された二本の蔓が筏《いかだ》上を飛び跳ね、根元側の蔓の切り株はなおも振り回されて、その航跡に汚らしく泡立つ液体を飛び散らせた。

呪詛の言葉を口の中で呟きながら、夢見人《ドリーマー》たちは疲労困憊の体で、今もうねうねと蠢《うごめ》く吸盤の並んだ蔓を筏《いかだ》の外に蹴り出して、再び棹を手に取った。彼らの背後では、生命の宿った密林そのものの如き緑色の塊が、怒りのようなものに駆られてびくびくと脈打っていた。

そのようなわけで、怪我でボロボロになった体を押して無理に戦うこともあるまいと、男たちはいきり立つ沼地の怪物どもとの距離を、できるだけ開けるようにしたのだった。彼らは沼地でしか活動できないようで、前方の水辺は今のところ、穏やかで無害そうに見えていた……。

半時間ばかり過ぎた頃、水の涸れた小川が崖に切れ込みを入れているあたりの草地に筏《いかだ》を寄せた。ここにきてようやく、彼らは長時間にわたる恐ろしい試練から解放されたのである。

ここからなら簡単に崖を登り、改めて旅を続けられそうだった。

水辺から離れたところでエルディンが火を起こし、お茶を淹れている間に、アミンザは荷物を解いて干し肉やイチジクを取り出した。ヒーローはといえば、多少の時間をかけて、筏《いかだ》からまちまちの長さのロープを回収し、今や見る影もないほど損耗した木材を水の中に押しやった。

そのうちのいくつかが、どこかしらに流れ着き、そこに根を張ることもあるやもしれない。

食事を終えた三人の冒険者は、もうこれ以上は耐えきれないほどに、ひどく疲れ切っていた
……とはいえ、いかに疲れ切っていようとも、沼が見える場所で眠る気にはなれなかった。

それで、彼らは荷物を担ぐと、水の涸れた川底をあがっていき、やがて峡谷の両側に低木が生い茂っているあたりを目指して、楽々と登っていった。それは実に安全かつ簡単な山登りで、一時間も経たないうちに頂上に辿り着くことができた。

そこは、背の低い草花や灌木がそこかしこに見られる平原で、なだらかな起伏が南に向かって伸びていき、遥か遠くの背の低い丘陵地帯へと続いていた。彼らは、一本の野生の林檎の樹が作る影の中にいたので、暖かい日向《ひなた》に降りていき、寝床を整えた。それから、亜熱帯を思わせる午後の日差しの中、三人はあっという間に寝入ってしまったのである。


彼らが幻夢の中で見る夢から同時に目を覚ましたのは、密やかに忍び寄る夜が空を蚕食《さんしょく》し、紺色に染め上げげつつある頃だった。お茶をすすり、林檎を一個ずつ食べると、彼らは荷物を担ぎあげ、弾力性があって、隆起や凹みを緩和してくれる柔らかな地面を足の裏に感じながら、月と星々の明かりに照らされる平原をまっすぐに歩き始めた。

杖はといえば、彼らの行く手を常に指し示していた。

「ここがタラリオンだとして」しばらく経ってから、ヒーローが口を開いた。「まあ、その通りだと俺も思うんだが。あんたは何か知ってるのか？」

「まず第一に」と、エルディンは答えた。「俺の知る限り、ここはタラリオンじゃない」

「でも、あんた言ってたじゃないか――」と、ヒーローが文句をつけ始めたのだが、エルディンはそれを遮るように言葉を続けた。

「俺が言ったのは、タラリオンを越えた先に沼地があるって話だ」と、エルディン。「タラリオンは国の名前じゃない――そいつは都邑《まち》の名前なんだ！」

「その都邑《まち》のこと、私も聞いたことがあるわ」アミンザはエルディンの太い腕を強く握りしめ、静かな声で話し始めた。「幽鬼《エイドロン》のラティが、そこの君主だという話よ」

「何なんだ、その……」ヒーローが尋ねた。「エイドロンってのは？」

「想像や幻想、空想の産物」と、エルディンが答えた。「だと、俺は思う」

「幻想ときたか！」ヒーローは侮蔑的に鼻を鳴らし、唇をひん曲げて言い放った。「空想の産物が？　都邑《まち》を支配してるんだって？　馬鹿げているとしか思えんね」

「おっと！　だが、お前は幻夢の中じゃまだひよっ子なのさ、甥っ子よ」

エルディンはそう言うと、月明かりの中で首を横に振った。

「馬鹿げてると思うのは、理解していないか経験していないかのどちらかに過ぎないと、いつになったら学ぶのやら。そいつはお前の無知だ。顔なしの魔物《ゴーント》なんてナンセンスだろうさ――

直接出くわすまではな！　吸盤つきの蔓だってそうさ――そいつが足に巻き付くまでは！」

「タラリオンのこと、他にも聞いたことがあるわ」と、さらに声を落としてアミンザが言った。

「知りたいとも思わんね」と、ヒーロー。「あんたの囁きがきっかけで何かが起きたら、俺はさぞかし不愉快な気分になるだろうよ」

「話してくれよ、お嬢さん」エルディンが言った。「そいつのことは気にするな。予言というのは、前もって知っておくべきだと言うじゃないか……俺も同感だ」

「タラリオンは、悪魔《デーモン》に呪われているのだそうよ」

アミンザがそれを口にすると、ヒーローは足を止めて振り返り、肩を掴んだ。

「ああ、そんな話を前にも聞いたことがある」彼は眉間に皺《しわ》を寄せて、言葉を続けた。「いつ、どこでそいつを聞いたのか、どうにも思い出せないんだが」

アミンザの方も眉間に皺《しわ》を寄せて彼の顔を見つめた。見開かれた瞳に、星々が輝いていた。

「それと」と、彼女は続けた。「幽鬼《エイドロン》のラティは、恐怖の巣穴を支配しているのですって！」

エルディンは彼女を抱きしめると、少しだけ力をこめて、優しくその体を揺さぶった。

「まあ、まあ、まあ」と、彼は唸るように言った。「俺たちはまだ、タラリオンに行くのかどうかもわからないんだぜ――何しろ、その都邑《まち》がどこにあるのかもわからないんだ。俺たちはただ、スィニスターの杖に従っているだけなんだからな」

「タラリオンのことは忘れようぜ、なあ」と、ヒーローが提案した。「見ろよ、実に美しい夜だし、まだ先は長いんだ。朝日が昇るのを見て、鳩の卵で朝食を作り、昼までぐっすりと眠ってから旅を最後まで続けようぜ。どうよ？」

「俺の意見では」前方に目を細めながら、エルディンが答えた。「――あそこの樹を目指して、まっすぐに進むってのはどうだろう。月が頭上に輝いている、あの樹だよ」

前方の低い丘で、一本の樹のてっぺんあたりの枝が、満点の星々が輝く青黒い空に、黒いシルエットを描いていた。ヒーローはじっと見つめてから、不審げに口を開いた。

「俺の目はおかしくなっちまったみたいだ。間違いなく、丘のてっぺんかその向こうにあの樹が突っ立っているんだが、どういうわけか遠近感がおかしいんだ」

「夜のせいじゃないのか？」と、エルディンが言った。

「いいえ」アミンザが首を振った。「デイヴィッドが何を言いたいのかわかるわ。ねえ見て、丘の輪郭はくっきりしているのに、樹のシルエットはぼんやりしていて、遠くに見えるのよ。どうしてなのかしら？」

持ち上がった新たな謎を前に、タラリオンの話題はすっかり忘れ去られてしまった。

三人は、黙りこくったまま丘の斜面を登っていき、間もなくその頂《いただき》に到着した。

「まあ、一つの疑問が氷解したわけだ」

エルディンは呻くように言うと、驚きの口笛を吹いた。

その樹は、一マイル――いや、たぶん二マイル〈一マイルは約一・六キロメートル〉はあるだろう――ばかり先に、遥か遠くの海に向かってなだらかに傾斜する平原に立っていた。

ブランデーグラスを思わせる美しい形状なのだが……夜空に梢《こずえ》を伸ばすその樹は、少なく見積もっても三分の一マイル〈約五三六・五メートル〉ほどの高さに聳《そび》え立っているではないか！

「そういえば、こんな樹があると聞いたことがあるぞ」丘の斜面を降り、平原を目指して歩きながら、エルディンは訳知り顔でこう言った。

「もちろん、聞いたことがあるんだろうさ」ヒーローは、大きなあくびをした。「幻夢境について、あんたが聞いたことがないことなんてあるのかい？」

「経験ってもんを馬鹿にしたものじゃないぞ、甥っ子よ」と、年嵩《としかさ》の夢見人《ドリーマー》が唸った。

「ともあれ、だ。俺は何年か前、ウルタールでとある宴会に参加した。俺の記憶が正しければ、《悪しき日々》が終わろうとしていた頃だ。その宴会は、有力な夢見人《ドリーマー》の二人組に敬意を表したものだった。覚醒《めざ》めの世界――実のところ数多《あまた》の世界に属している男たちでな。その名を、タイタス・クロウ、そしてアンリ＝ローラン・ド・マリニーという」

「おっ、そいつらのことなら、俺も聞いたことがあるぞ！」と、ヒーロー。

「そりゃ良かった。それなら俺の話を少しは信じてくれそうだが、とりあえず最後まで話をさせてくれんか……？　よろしい。酒がどんどん出されて、誰もかれもが陽気になってた。幻夢境の大物たちも大勢、顔を出していたと思ってくれ。スピーチもあらかた終わったところで、あいつらはクロウの奴に、エリュシアへの旅路で何を目にしたかの話をさせていた」

「エリュシア？」と、アミンザ。「《旧き神々《エルダー・ゴッズ》》が棲まうところだという？」

「まさにそれだ」エルディンが答えた。「知ってると思うが、クロウって奴はなかなか特別な男でな。あいつはそこに行きたいと思えばいつでも、エリュシアに行ける立場なのさ」

「フムン」と、ヒーローは独りごちた。「そいつは《原初のものたち《ファースト・ワンズ》》の虚栄心を、さぞかし揺るがすことだろうな。ただの人間の男が、エリュシア行きを許されているとなると！」

「そうかもしれん――だが、俺が言ったとおり、このクロウという野郎は特別な奴なのでな。とにかく、あいつが言ってたんだ。あそこの樹みたいなやつが一本、エリュシアの広大な庭に生えているんだそうだ。その上、その樹には感情が備わっている！　知性があり、愛と美に満ちていたって話だ。さて、どう思うね？」

だが、エルディンの相棒が答える前に、三人の冒険者の足元で緑草地が途切れ、地面は粉状の土ばかりになった。月明かりで見えたのは、半マイルも離れていない平野の向こう、力強い幹と枝を張り出す緑の巨人の足元へと矢のようにまっすぐ伸びる、何とも異様な道だった。

さらに言えば、スィニスターの杖は、正確にその方向を指していたのである。

「で、あの樹なんだが、エリュシアにあるというもう一本の大樹と関係があると思うか？」

砂地の道を辿って、巨人の影の方に歩きながら、ヒーローは質問した。

エルディンは肩をすくめ、「そんなことがありえるかどうか、俺にはわからん」と答えた。

「残念だ」と、ヒーローは言った。「俺たちの冒険の終わりに、少しでも愛と喜びと美しさがあることを祈るよ！」

　間もなく、月は大樹の影に隠れて見えなくなり、夢見人《ドリーマー》たちは星々の光と、時折届いてくる月の光に照らされる中を、いよいよ用心深く歩みを進めた。木の影に入っていくと、沈黙が頭上に垂れ込めたので、彼らは会話をやめて、呼吸音さえも抑えたのだった。

　今や、その樹は彼らの頭上に聳《そび》え立っていた。彼らは足音ひとつ立てず、徐々に歩く間隔を狭めていきながら、最も外側に張り出した枝の下を通過した。

　涼しげに垂れ下がった蔓が、その下を通り過ぎる時に彼らに触れ、なめらかな輪郭を描く葉が、まるで人間のような手付きで彼らの体を撫でた。その暗がりは奇妙な――ほとんど電気的な刺激すら感じるエネルギーに満ちているようで、あたかも想像を絶する巨獣《ベヒモス》が眠りについていて、その胸の上を爪先立ちで歩いているかのようだった。

　アミンザが一本の根に躓《つまず》いて、エルディンの腕の中に倒れ込み、小さな叫びをあげたまさにその時――その樹はにわかに生命を取り戻した！

《そこを行くのは何者だ》

　どこからともなく――四方八方から――脈打つような震動を伴う声が聞こえ、暗闇の中で葉っぱがざわざわと揺れ動き、巻きひげ状の蔓が覚束《おぼつか》なげに手探りした。

《これは、いかなる背信か。ラティめがターマン〈原文では複数形のターメン〉どもを送り込み、夜闇に紛れて我が柔らかな葉を盗み出そうとしているのだろう。どうだ、何とか言うがいい！》

夢見人《ドリーマー》たちは狂おしい目つきで、薄暗い葉叢《はむら》の中を窺《うかが》った。

次の瞬間、強靭な蔓が彼らを探り当て、彼らを糸車のように絡め取ったかと思うと、彼らを高々と持ち上げて、樹の中心部へと運んで行くのだった。

ヒーローは、片腕が自由になっているのに気づくや否や、湾刀《わんとう》をすらりと抜いた。友人の剣が抜き放たれる音が聞こえ、月光の光を反射するのが見えたので、空中を物凄いスピードで移動しているのもお構いなしで、エルディンは大声で叫んだ。

「やめるんだ、甥っ子よ、さもなきゃ俺たちは全員破滅する！　落っこちたら大変なことになるんだぞ！　それに、彼が俺たちに危害を加えることはないはずだ！　少なくとも――」

「俺の方が危害を加えない限りはってか！」

ヒーローは息を切らしながら、エルディンの言葉を締めくくった。

そして次の瞬間、三人の冒険者たちは全員揃って、地上から千フィート〈約三〇五メートル〉の高さに伸ばされた巨大な枝の叉に、無造作に降ろされたのだった……。

第4章　大樹《ザ・ツリー》の物語

ヒーローは、足下に枝の樹皮を感じるや否や、跳ねるように立ち上がった。

「地獄《ちくしょう》の牙め！」

彼は、一声叫んで剣を振りかざした。

「いい加減うんざりだ、エルディン！　渦に吸い込まれ、沼で吐きそうになり――吸血蔓に襲われ、イカれた木の葉に追いかけられて――今度はバカでかい樹に捕まった！　地獄に落ちやがれってんだクソが、一体どこまで続くんだ！」

「今すぐ跳ね回るのをやめろ」エルディンの応えには、妙に実感が籠もっていた。「俺たちが今、どれほど高い場所にいるのかわかってるのか？」

「ええ、座ってちょうだい、デイヴィッド」と、アミンザも不機嫌そうに言った。「そんな風に地団駄を踏まれたら、彼が嫌がるわ！」

「このとっつぁん《オールド・ダファー》の好き嫌いなぞ、知ったことか！」と、ヒーローが叫んだ。「俺は――」

「エルディンのことを言ってるんじゃないの」と、彼女が割り込んで、エルディンも暗闇の中で苦々しげに鼻を鳴らした。

「え？」ヒーローは、にわかに萎縮して尋ねた。「じゃあ、誰のことだ？」

彼は仲間たちの横に腰を下ろし、葉叢《はむら》に囲まれた暗闇の中で、彼らに目を向けた。ようやく目が暗闇に慣れてきて、緑色の細い蔓が彼らを包み込むようにしていて、なめらかな輪郭の大きな葉が、じっと聞き耳を立てているかのように頭上で震えているのが見えた。

「お前が少しの間静かにしていて、刀をしまってくれれば、彼はお前にも話しかけてくれるだろうさ」と、エルディンが言った。「俺だったら、自分の巻きひげ《つる》を切り落とそうとしてる奴とは、話をしようなんて気にはならないからな」

「あんたには、血なまぐさい巻きひげなんぞ一本だって生えてないだろ！」

ヒーローは叫び返しはしたが、ともあれ剣を鞘《さや》に収めた。

剣が収められるとすぐに、何本かの蔓が上から垂れ下がってきて、ためらいがちに彼の両肩に触れた。そして、大きな葉が近くで広がり、彼の顔を撫でるのだった。

触れられた彼がびくっと驚くと、葉や蔓はすぐに引っ込められた。しかし、彼が落ち着きを取り戻すと、それらはすぐにまた近づいてきた。かくして彼は地上で耳にした、脈打ちながらもこの上なく優美な天上の声の源を、ようやく知ることが許されたのだった。

《ああ！》と、声が言った。《お前さんは、個体として怒りを感じている――ということは、ラティの血族ではないということだ。奴らには、感情というものがないのだからな。なるほど、お前さんは仲間と同様に、覚醒《めざ》めの世界の人間だ。放浪する夢見人《ドリーマー》の二人組であり、地球の幻

夢境の冒険者である。そして、その少女は——本物の少女であると！》
ヒーローは、全ての言葉を受け取ってはいたのだが、驚きのあまり当初は返答できなかった。何しろ、大樹の声が心の中に聞こえてくることがわかったのである——そのメッセージは蔓を通して、テレパシーで彼に送られてきたのだ——魔法使いが披露したのであっても、それは驚くべき芸当だった。ましてや相手は樹なのだから、驚かないという方が無理がある。
《おお、某《それがし》は魔法使いではないぞ、デイヴィッド・ヒーローよ。ただの樹に過ぎぬのだ。とはいえ、特別な樹ではあろうがな》
またしても、ヒーローは言葉に詰まった。一体全体、樹を相手に何を話せば良いのだろうか。そんな彼をよそに、アミンザは積極的に質問を浴びせかけていた。
「だけど、あなたは誰なの？」と、彼女は大声で尋ねた。「どうやってここに来たの？　幽鬼《イドロン》のラティが——ターマンどもって言ったわよね——あなたの葉っぱを盗みにやってくるというのは、どういうこと？」
《ゆっくりと話すがいい、我が子よ、ゆっくりとな》
大樹はそう話しかけると、綿毛で覆われた大きな葉で彼女の顔を撫でた。
《人間との話し方を忘れていなかったとは、驚くべきことよ。かの幽鬼《エイドロン》のラティめが南海岸にその都邑《まち》を築き上げてからこの方、何百年もの間、我がもとを訪れる者は絶えて久しかったのでな。かつては——おお、一年に十数人もの放浪者に出会ったものだったよ——そうさな、

覚醒《めざ》めの世界からやってきた者もいくらかはいた――しかし、今となってはそれも遠い昔のことよ》

大樹は、大きな溜め息をつくような仕草で枝々を動かすと、さらに言葉を継いだ。

《悲しいことだ。人間というものは驚異に満ちているのだから。今や――》

(その樹はまるで、悲しげに肩をすくめたように思えた)

《今や、何もかもが変わってしまった》

「何が変わってしまったの？」アミンザが尋ねた。「どうしてそんなに悲しんでいるの？」

《ああ、いや、我が子よ》と、大樹が答えた。《某《それがし》が抱えている問題は到底、解決できるものではないのでな、後回しにするとしよう。まずは、お前さんがたがどうやって、どうしてここに来たのか。さらには、某《それがし》に何か手助けできることがあるか。そういった話をしようではないか。少なくともお前さんがたは、某《それがし》のと同程度に大きな問題を抱えているようだからな》

大樹の提案に応じ、三人は自分たちがここにやってきた経緯を、切れ切れに話したのだった。

彼らが話を終えると、大樹は喝采するかのように枝を鳴らした。

《ブラーヴォ《でかした》！》と、彼は告げた。《よくやった！　なるほど、そのような事情でこんな遠くまではるばるやって来たとはな、スィニスターの杖に指し示された道を辿ったか。実に独創的、実に大胆！　お前さんがたは、驚くべき生き物だよ。なりこそ実にちっぽけだが――その毅然《きぜん》たる前進は巨人の如《ごと》しだ――物事が昔のようであれば、この某《それがし》自ら……》

「おいおい」エルディンがつっけんどんに言って、樹は困ったように黙り込んだ。「請われるままに俺たちのことを話しはしたが、あんたが俺たちを手助けできることはあまりなさそうだ。だから、あんたの方の話をしてくれないか？　俺たちだって、あんたと同じように話を聞くことができる。あんたの手助けができないかどうかなんて、誰にもわからんさ」

「どんな問題を抱えているのか、俺たちに話してくれさえすれば――」

ヒーローも、控えめに申し出た。

そのようなわけで、大樹は自分の物語を話し始めたのである。

《某《それがし》の先祖らは、時間と空間を超えた、遥か遠くにある星で生育した。彼らの世界は広大で、数多くの仲間たちが暮らしていた。実際の話、森をなすほどの数が存在したのだ！　地球上の大樹の中でも、長いこと生き続けてきた最古の樹々などは、彼らに比べれば苗木のようなものでしかない。だがしかし、我々の世界が枯れ始める時がやってきたのだ、あらゆる世界が最期にはそうなるようにな。世界全体に冬が訪れて、空気は冷え、地面は凍りつき、春は二度とやってこなかった。大樹の種族は一本、また一本と枯れ死んでゆき、一面の氷がその惑星全体を縦横に覆い尽くしていったのよ》

《その星の、熱帯に位置するひとつの小さな島――といっても、生命を維持するぶんには十分な広さのある島に、最後に残った三本の樹が立っていた。最上部に繋った枝の中心で、彼らは生命の葉《ライフ＝リーヴズ》の世話をしたり、新しい樹々が生まれてこないことを嘆きながら暮らしていたのだが、

さらなる絶望が訪れた。日に日に太陽の輝きが衰え、寒さがよりいっそう、厳しさを増していったのだ》

《やがて、奇跡的な機会が訪れた。《旧き神々《エルダー・ゴッズ》》の一隻の船が、我が先祖らの星を発見したのだ。その船には、《旧き神々《エルダー・ゴッズ》》に仕える《選ばれしものたち《チョウズン・ワンズ》》の一人である、人類種の男が乗っていた。彼こそは白の魔術師アルダタ・エルで、原初のプ＝タにおける偉大な種族であった自身の民の、最後の一人でもあった。彼はいかなる助けも得ず独力で、エリュシアへの道を見出したが故に、《旧き神々《エルダー・ゴッズ》》は彼を身内に受け入れたのよ。彼は一つ所にとどまっていられない、生まれながらの放浪者だったので、宇宙の諸々の星《せかい》を巡ろうとエリュシアから旅立って、そうして大樹の星に辿り着いたのだ》

《アルダタ・エルはその地で最後の樹々を見出し、三本ともに死に絶えるまでの間、その地に留まっていた。救おうにも、もはや手遅れだったのだ。そして、彼が死にゆく樹々の心の慰めになったので、人類種はいかなる場所であろうと、大樹の中心では大事にもてなされるのよ》

《死を目前にした彼らは、アルダタ・エルにもうひとつ頼み事をした。生命の葉《ライフ＝リーヴズ》を旅先へと携えてゆき、暖かく優しい世界——話し相手となる男たちや女たちのいる世界に植えて欲しいとな。彼はその頼みに同意した。そして、三本の樹々が生命の葉を落とし、穏やかに枯れ死に始めると、黄金色《きんいろ》の生命の葉を集めて船に運んでいった》

《かくしてアルダタ・エルが、燃え尽きた太陽の周囲を巡っている、その凍てついた星を後に

した。大樹の種族の未来の全てを、その身に託されてな》
《やがて彼は、《旧き神々《エルダー・ゴッズ》》の棲まうところ、エリュシアへと帰還した。そして、三つある生命の葉の一枚を山間《やまあい》にあるニマラの園に植えて、やがてその地で最も幸運な樹に成長したという！　断言はできぬが、ともあれそうした噂を数百年にわたり耳にしておるよ。二本目の樹については、一切の消息を聞かないので、話せることは何もない。しかし……アルダタ・ェルは間違いなく、彼もどこかに植えたのだと某《それがし》は思っておるよ。そしてもちろん、この某《それがし》自身が三番目の樹なのだ。白の魔法使いが何千年も前、エリュシアへの帰途にここ、地球の幻夢境に生命の葉を植えたのだよ》
《今しも、某《それがし》は自分の生命の葉を育てておる。望むなら見せてやっても良いぞ。死が目前に迫った時、某《それがし》は幻夢の風に乗って漂うようそれを解き放ち、どこかしらの素敵な土地で生き延び、輝かしい成長を遂げることを期待してな。それに、遺憾なことではあるが——某《それがし》が枯れる日は、そう遠くはないのかもしれぬ……》
大樹は、そこで言葉を止めた。
「なあおい！」と、ヒーローが叫んだ。これほどの壮大な生き物が死にかけていると急に聞かされて、仰天したのである。
「説明してくれ！　この青々とした平原で、あんたに危害を加えようとしているのは、いったいどんな奴なんだ？　そもそも、どうしてあんたに危害を加えようとしてるんだ？」

「本当に」と、アミンザも呟いた。「あなたは、これ以上ないくらい優しい方なのに」
《そう慌てるな、我が子らよ》大樹の枝がざわめいた。《おしまいまで話をさせてくれ……》
《アルダタ・エルが某《それがし》を植えたばかりの頃、この平野は暖かくて緑が多く、そして美しかった。今もそうではあるのだが、それもある一点を例外としてはの話だ。そのことについては、もう少し後で話すこととしよう。某《それがし》らが根を張るのには、たいそう長い時間がかかる。某《それがし》を支える網の目の如き長大な根が構築されるまでに、実に数百年もの時が流れた。だが、その時ですら、某《それがし》は未だ地表に姿を現しておらず、我が生命の葉はとうの昔に塵に戻っていた。それほどに長い間、某《それがし》は――言ってみれば――休眠していたも同然であった》
《というのも、地球の覚醒《めざ》めの世界では北方人種が台頭しておってな、彼らは獰猛な夢見人《ドリーマー》でもあったのよ。彼らは雪や氷、マンモスといったものを、幻夢《ゆめ》の中にもたらしてな。あの頃は、北方の夢見人《ドリーマー》たちが伴ってきた極寒の中で、某《それがし》も枯れ死んだ親樹のように、萎《しな》びて枯れてしまうに違いないと覚悟を決めたものだったよ》
《だが、ようやく覚醒めの世界の暖かい土地から他の夢見人《ドリーマー》たちがやってきてな、幻夢境の気候は徐々に元通りになった。その時になって、某《それがし》は幹を伸ばし、最初の葉をつけて、暑い太陽の日差しと涼しい雨を飲み込み、この地球の幻夢境の目眩《めくる》く夜の中で微睡《まどろ》むことができたのよ。それに、某《それがし》はここでは好かれていたので、速やかに成長した。そして、ゆっくりと長い散歩時間をかけて、歩行を始めたのだ》

「歩くだって？」ヒーローは、信じられないといった様子で息を喘《あえ》がせた。

「あんたみたいなでっかい樹が、こんなにしっかりと根を張っているのにか？」

《その通り》大樹は答えた。《お前さんがたは、某《それがし》が歩いた道を辿ってきたのだ！》

「すっかり乾いてぼろぼろになっていた、あの泥の道か！」エルディンが叫んだ。「北の丘陵地帯から、俺たちが辿ってきた、あの草木の生えていない道だよ」

《左様》と、大樹が葉叢《はむら》を頷かせながら言った。《あれが、某《それがし》の歩いた道だ。大樹族が皆そうしてきたように――ゆっくりとではあるが――歩き続けた。それが、某《それがし》らのような巨人が生き延びる術であったのよ。某《それがし》らはその巨大さ故に、土から栄養を吸い上げると急速に枯渇させてしまうのでな。前進でもせぬことには、滅びてしまうのだ。そして、ひとたび歩き始めたなら、枯れ死ぬまで歩みを止めることはないのだろう。一万年と五〇マイル〈約八〇キロメートル〉の間、某《それがし》は毎日のように一インチ〈約二・五センチメートル〉にも満たぬ距離を歩いてきた。そして、今や某《それがし》の旅も、終わりに近づいているようだ》

「でも、どうして？」と、アミンザ。「年を取ってしまったから？」

《いいや、我が子よ、そうではないのだ》大樹はさざめいたが、悲しげにも見えた。《某《それがし》など、年の数だけ見れば、ほんの若造に過ぎぬ》

「それじゃどうして」と、エルディンは唸った。「あんたの歩みは、ここで終わりなんだ？」

《タラリオンよ！》

大樹の答えには、三人の冒険者たちに隠しようのない、ある種の怨嗟《えんさ》が込められていた。

《だが、あそこにはあまりにも多くの者がいて、某《それがし》は独りきりだ。某《それがし》の生命の方が、彼らの生命よりも価値があるなどと、誰にわかるだろう。それに、某《それがし》は真の意味で死ぬことはないのだ。我が記憶、我が種族の記憶は全て、某《それがし》の生命の葉に封じ込められているのだから》

「で、タラリオンがどうしたんだ？」

質問したのは、ヒーローだった。彼は、大樹の物語にすっかり魅了されていたのである。

「タラリオンの種族の生命が、あんたの生命にどういう強い影響を及ぼすんだ？」

《説明するとしよう》そう言って、大樹は話を続けた。

《某《それがし》の歩行については、既に話した通りよ。その仕組については、具《つぶさ》に話すことでもあるまい。だが、某《それがし》が進むにつれて、某《それがし》が張り出している根も――地中深く、多くの場合は何マイルも遠くまで、有望な草地を探しながら先に進むのだ。むろん、これは長い時間のかかる、緩慢なプロセスなのだ。お前さんがたには、そう見えるに違いない。某《それがし》には蔓も備わっていて、その多くはお前さんがたが想像よりも長く伸びる。某《それがし》はこれらの蔓を地表に送り出し、丘陵地の道や、行く手を流れる川を渡れそうな浅瀬を探らせておるのだ。某《それがし》はこれまで既に、そうした川を越え、丘陵地を通過してきたのだ》

《南方の最後の丘陵地を超えた先の海岸に、タラリオン――幽鬼《エイドロン》ラティの都邑《まち》が聳《そび》え立っている。何年か前、某《それがし》はラティのことも、彼女の都邑《まち》のことも知らずに、枝根《えだね》をそこに送り込んだ。

もちろん、長く伸ばした蔓もな。某《それがし》の枝根はそのあたりの土壌がからからに乾いて死に絶えており、異様な隧道《トンネル》が蜂の巣状に張り巡らされているのを発見した。そして、某《それがし》の伸ばした蔓は、地上に芽吹いた都邑《まち》を見つけた。そして――ああ！　かの都邑《まち》の住民たちも、我が蔓を見つけたのだ！》

《ラティとその血族は、緑の生物しか食さぬのだ。そして、某《それがし》の蔓は緑色で、たいそう柔らかかった。我が蔓が切断されて痛みを感じたので、某《それがし》はそれらを癒やそうと引き戻したのだが、それによって幽鬼ラティに我が存在を知らしめてしまった。そして、その日から今日に至るまで、某《それがし》は平穏というものを知らずにいた。というのも、地球の幻夢境に生育する緑の生物の肉の中でも、ラティと彼女の民はとりわけ、某《それがし》の肉をこそ好むようになってしまったのよ》

「ぞっとするような話だ！」ヒーローは吐き捨て、跳ねるように立ち上がった。「そんなことが許されていいものかよ。ここの平原には、緑がこんなに生い茂っているじゃないか！　だというのに、そいつらはあんたを食おうとしているってのか？」

《その通りだ》大樹は溜め息をついた。《だが、どうか座って欲しい》

ヒーローは腰を下ろしたが、その顔は険《けわ》しく歪められ、彼の興奮――仲間たちも同様だった――は森の薄暗い空気の中で、ほとんど目に見えるほどの気配を放っていた。

《彼らは、毎日のようにやって来る》大樹は話を続けた。《何百人もな。某《それがし》は枝を下げてやり、彼らの方も枯れかけている年経りた葉だけを取っていくのだが、彼らの中に、若い葉や柔らか

い新芽への熱望と渇望が感じられるのよ。その渇望は、日増しに強くなってくるのだ》
「そいつらはいつやって来るんだ？　いったいいつ？」と、これ以上は一瞬たりとも自分を抑えきれなくなって、エルディンが唸り声をあげた。「畜生め、こいつは予期せぬ驚きだぞ！」
《彼らは朝、日の出の後にやって来て、いつも正午前には帰っていく。それが、彼らの収穫なのだ。そして、某《それがし》にはもはや抗議だけの力もない。彼らは、某《それがし》の力を消耗させるのだ。盗まれた古い葉の代わりに、新芽を常に育まねばならないのでな。だが、もしも某《それがし》が枝を下ろしてやらなければ、彼らは手の届くところにあるものを何でも盗んでいくことだろう。そして、某《それがし》はいずれ打ちのめされてしまうのだ……》
「その人たちは、あなたが知的で美しい存在だと知っているの？」
アミンザが、ぞっとしながら質問した。
「あなたに話しかけてくるの？」
《彼らは知っている》と、大樹は答えた。《そして、某《それがし》に話しかけてくる。某《それがし》に命令を与え、彼らに従えと言ってくるのだよ》
「人間がそんなことをすると言ってるのか？」
怒りと不信感を露《あら》わに、ヒーローが叫んだ。
《ああ、そうだ》と、大樹は告げた。《彼らが、ある種の人類種であることは確かだ。だが、本物の人間ではない。彼らは、ラティに仕えるターマンなのだ》

「本物の人間ではない……」アミンザが考え込みながら言った。「あなたはさっき、私が本物の少女だと言ったわね。それ、どういう意味なのかしら」

《お前さんは本物だが、幽鬼ラティに仕える侍女《ハンドメイデン》たちは、そうではないという意味よ》

「そのことは、後で説明してもらう」ヒーローがせっかちに割り込んだ。「だが、その前にあんたがどうして反撃しないのか、教えて欲しいんだ。何といったって、あんたには巨大な枝がいくらでもあるし、俺たちの体重を支えられるでかくてタフな蔓もある。大樹さんよ、あんたは一本きりだが、強力な軍そのものもなんだぜ？」

《そう、某《それがし》は樹なのだ》大樹は悲しげに答えた。《そして、樹は燃えるのだ！》

「火で脅されたのね！」と、アミンザは息を呑んだ。

突然、しばらく黙っていたエルディンが手足を伸ばし、それに合わせて大きなあくびをした。

「クソ疲れちまったよ」彼は、謝罪の意も込めてそう言った。「歩きっぱなしの上に話しっぱなしだったものな。お前ら二人とも、朝から喧嘩するなら、少しは寝ておいたほうがいいぞ」

《いかん！》と、大樹はすぐに抗議した。《某《それがし》のために戦ってはならん。ターマンの数は、あまりにも多いのだ。それに、疲労を感じているのであれば、それは某《それがし》のせいよ。某《それがし》の葉は空気を呼吸しているのだが、彼らが吐き出す空気は——幻夢の塵埃《じんあい》に満たされておるのだよ。大樹の下で眠った人間は、これまでに経験したことがないほど、深い眠りにつくものなのだ！》

エルディンにつられて、アミンザとヒーローも大きなあくびをして、すぐにも目を開けていられないほど強い眠気に襲われた。

「そいつは困るぞ！」

大きな枝の上で伸び上がりながら、ヒーローは抗議した。

「話したいことも、説明して欲しいこともまだまだたくさんあるってのに」

彼は再びあくびをして、閉じかけた目をしばしばと瞬いた。

アミンザは、エルディンの大きな胸の上に頭を乗せて、意味のわからないことを呟いていた。

そして、エルディンの方もいびきをかき始めていた。彼のいびきは、起きている時の話し声のように激しく大きなものだったが、ヒーローの目は既に閉じられ、何も聞こえなかった。

闇の中から、綿毛の生えた大きな葉が降りてきて、幻夢の中の夢に沈み込んでいく三人の、頭を除いた体全体を覆ってやった。もはや、大樹の溜め息を耳にする者はおらず、彼もまた眠りについたのである……。

第５章　幽鬼の都市

ヒーローは体をびくりと震わせて目を覚まし、すぐに立ち上がった。

東から差し込む太陽の光が、大樹の高い枝を通り抜け、葉叢《はむら》のつくる影に射し込んでいた。

仲間たちの姿を見下ろしてみると、彼らは横たわったまま、眠そうに目をこすっていた。

彼は大きく伸びをして、広大な樹上世界をぐるりと——上下左右を見渡した。

いったい、何が彼の目を覚まさせたのだろうか。

《某《それがし》が起こしたのだ》大樹の声が心の中に響いたので、ヒーローは肩に巻きつけられた繊細な蔓に目をやった。《彼らがやって来る。ラティのターマンが近づいてきたのだ！》

「ならば、俺たちを地上に降ろしてもらえんかな」

エルディンが唸るように言って、立ち上がった。

「この場所では、そいつらと戦えん！」

《お前さんたちが戦う必要などない》と、大樹は答えた。《理解してもらえたと思っていたのだがな。お前さんたち一人につき、百人はいるのだぞ》

「私たちに、ただ立ち尽くして、見ていろっていうの？」と、アミンザが尋ねた。

「とても耐えられないわ」

《某《それがし》のことには構わんでくれ》と、大樹が言った。《そして、自分の身は自分で守るがいい。これまでに、数多《あまた》の放浪者たちがタラリオンに入り込んだものだったが、そこから再び出てこれた者はいないのだ。やめておけ。来た道を引き返すか、探索行を続けるにせよ、少なくともあの都邑《まち》を大きく迂回《うかい》するべきなのだ》

「ああ、議論するまでもないようだな」と、エルディン。「すぐに、俺たちを降ろしてくれ」

それ以上の言葉はなく、太い蔓が数本、高いところから降りてきて、荷物をまとめて立っていた冒険者たちにくるりと巻き付いた。そして、今までいた大枝——三人の長身の男の背丈を合わせたほどの幅があった——から持ち上げられると、彼らは目の眩むような速度で、緑の井戸を思わせる空洞を下降していった。

彼らの体は蔓から蔓へと途切れることなく受け渡され、頭上では、褐色の樹皮の壁のような大樹の胴体——樹幹が、みるみるうちに流れていった。

巨大な幹を百フィート〈約三〇・五メートル〉は降りていき、ようやく彼らは大樹の傍らに立った。

《さらばだ》と、大樹は言った。《速やかに発つがいい。幾久しく、息災にな。いつの日にか、某《それがし》の生命の葉に巡り合うことがあったなら、再び話をするとしよう》

「誰が出発するって言った?」

エルディンが唸るように言った。彼はヒーローと顔を見合わせると、二人して狼のような笑みを浮かべ、荷物を地面に降ろして肩をすくめた。そして……囁くような音を鞘《さや》が立て、熱せられた水銀の如く、アドレナリンが夢見人《ドリーマー》たちの静脈に流れ込んだ。

「デイヴィッド、あなたの長いナイフをちょうだい」

アミンザも、息を殺してこんなことを言ってきたのだが——

「あんたの出番はないよ、お嬢ちゃん」と、ヒーローは言った。「大樹さんよ、この娘《こ》を連れて行ってくれ！　今すぐに！」

《お前さんたちはとても勇敢で、とても莫迦だな》大樹は答え、アミンザの足を捕まえた。

《だが、この少女については正しい判断をした。お前さんたちのようにはいかぬからな》

「だけど、私は戦いたいの！　そうしたいのよ！」

アミンザは猛然と抗議したが、何本もの蔓が彼女を枝の作る森の中に引きずりあげた。

「さて」彼女の姿が見えなくなると、エルディンが唸った。「ターマンどもはどこだ？」

「おい、覚えておけよ」と、ヒーロー。「まずは、議論をふっかけるところからだ。連中が、大樹が言ってた通りに大勢いるならなおさらだぜ」と、彼は広大な葉叢《はむら》の園を見上げた。

「大樹さんよ、連中はどこにいる？」

《某《それがし》の幹の反対側だ》蔓が遠ざかるのに合わせて、小さくなっていく声が答えた。《彼らに姿を見られずに逃げられるよう、こちら側に降ろしたのでな》

二人の夢見人《ドリーマー》は顔を見あわせた。

ヒーローは肩をすくめると、ジャケットの中からスィニスターの杖を取り出した。

「彼女《つえ》はまだ南を指しているな」と、彼は呻いた。

《放浪者》エルディンも、それを聞いて頷いた。

「大樹殿に会わなかったとしても、俺たちはどうせタラリオンに向かっていたというわけだ。どうよ、ひとつ幽鬼のターマンってやつを拝んでみるとしようじゃないか」

彼らは、大きな猫のような敏捷な身のこなしで、大樹の周囲を急ぎ足で回り込んだ――しかして、幹の反対側で彼らを手ぐすね引いて待ち受けていたのは、大きな衝撃と驚愕だった。

彼らがいかなる者たちであったとしても、ラティの民というのは、ヒーローとエルディンが予期していたような、浅ましい見かけの堕落した集団ではなかったのである。

それどころか――。

「ああ？　こいつらがラティのターマンだってのか？」

エルディンは口をぽかんと開けて、剣を下ろした。

「全部ってわけじゃなさそうだぜ」ヒーローは答えて、大きく目を見開いた。「他の奴らは、彼女の侍女《ハンドメイデン》だと思う。見るからに、役に立ちそうな《ハンディ＝ルッキング》乙女《メイデン》だもんな！」

彼は低く長い口笛を吹いた。ラティのターマンたちは、背が高くハンサムで、くすんだ黄金のような薄い黄色味を帯びた、黄土色の肌をしていたのである。

そして、彼女の侍女たちの姿ときたら、ヒーローが口笛を吹くのを忘れてしまうほどだった。

ターマンたちは、紙のように薄い腰巻きのみを纏《まと》った姿で、ヒーローとエルディンが立っている方を見たのだが——彼らの存在に気づいた素振りを全く見せなかった！

「くそったれが！」エルディンは、歯を食いしばって唸った。「こうなりゃ、何人いようと構わん。俺を無視させてなるものか」

「無視されてるわけじゃないみたいだぜ、おっさん《オールド・ラッド》」と、ヒーローが言った。「全く気づかれてないこともないらしい。見ろよ」

浅黒の黄色い肌をした、愛らしい姿の十数人の侍女《ハンドメイデン》が、彼らの前に群がってきたのである。全員が笑顔を浮かべ、大きな褐色の双眸《そうぼう》と、揺れる乳房が印象的だった。

彼女たちもまた、腰布ひとつの姿だった。そして、六、七人ばかりがまっすぐにヒーローに向かい、恥ずかしそうな様子もなく近づいてきたのである。

彼女たちは彼の手を取り、腰に手を回し、公然と彼を賞賛しながら、彼を撫で回し、一人が彼の剣を抜き取って草むらに落とした。

「まったく、アミンザに後で何と言われるか」

こちらも同じような扱いを受けながら、エルディンが呻くように言った。

ターマンが後ろに下がっていくのをよそに、顔色ひとつ変えず、豊満の胸を両腕で抱え込んだ官能的な侍女たちは、楽しげに笑いながら二人の夢見人《ドリーマー》たちと踊り、戯れ、彼らを誘《いざな》って円を描くようにぐるぐる走り回ってから、草むらに彼らを転がした。

大樹の幹からある程度の距離を離れた時、エルディンは奇妙なことに気づいた。「デイヴィッド」と、彼は友人に呼びかけた。「大樹殿が言っていた、侍女《ハンドメイデン》たちが本物の少女ではないという言葉の意味が、どうやらわかってきたぞ」

「何だって？」

笑いさざめく五人の妖精《ニンフ》たちに、地面で仰向けに抑え込まれながら、ヒーローは聞き返した。

「俺には、十分に本物に見えるがな」

ヒーローはにやけた目を揺れる乳房に向けて、どれを最初に吟味しようかと迷っていた。

「一応な」エルディンの不機嫌そうな声には、奇妙な響きがあった。「あのハンサムどもも、そう見える――だがな、甥っ子よ。本物のおっぱいには、乳首ってもんがあるんだよ！」

ヒーローは遊び半分でもがくのをやめて、彼の胸にまたがっている少女の裸の胸を見つめた。しばしの間、じっくりと眺めてから、彼はごくりと息を呑みこんだ。

「まやかしだ！」

どうにか両腕を自由にして、彼はその少女の腰布をひったくった――それは、彼の手の中で紙のように破けてしまった。それから、素っ裸になった彼女の、自分の胸に座っているところを凝視して――彼の喘《あえ》ぎは恐怖の引きつけに変化した。

彼は体を揺さぶり、手足をバタバタと振り回して、自由を取り戻そうと必死にもがいた。

「エルディン！」喘《あえ》ぎながらも、彼は友人の名前をどうにか声に出して叫んだ。「ないのは乳首だけじゃないぞ！」

「わかっとる」年嵩《としかさ》の夢見人《ドリーマー》は呻き声をあげながら、こちらも激しくもがいていた。「他の道具も見当たらんのだ！」

今や、侍女《ハンドメイデン》たちは本性を現していた。これまでとは比べ物にならないほどの強さを発揮し、夢見人《ドリーマー》たちをしっかりと押さえつけたのである。参加していない者たちは、二人の服をはだけさせ、引き裂き始めていた。

それまで消極的だったターマンたちも、筋骨たくましい二百人ばかりが、三重の円を描いて周囲を取り巻き始め、内陣にいる者たちは鎌のように鋭く曲がったナイフを取り出した。

既に、侍女《ハンドメイデン》たちの顔からは笑いが消えていて、夢見人《ドリーマー》たちを丸裸にするその視線には、何やら地獄めいたものが感じられた。

鎌を振り上げてターマンたちがにじりより——ヒーローのシャツが引き剥がされた時、スィニスターの杖が草の上に落ちた。女性もどきたちは、杖を目にするや悲痛な叫びをあげて夢見人《ドリーマー》たちから離れ、群がるターマンの隊列の中を逃げていった。

ターマンたちもその杖を見て、表情の浮かんでいない目を見張って、眉をひそめた。

やがて、彼らの一人が進み出てそっと杖を拾うと、捧げもつようにして引き下がった。

彼がただちに早足で南の方に駆け出すと、再び少女たちが進み出てきたのだが、笑顔の失せた彼女たちの黄色い顔は俄《にわか》に、犠牲者たちの目には醜悪なものと映るようになっていた。

彼らはヒーローとエルディンに立ち上がるよう身振りで示し、今や裸で丸腰となった夢見人《ドリーマー》たちは、その命令に従うほかはなかった。そして、群がるターマンたちの監視の目に晒されながら、侍女《ハンドメイデン》たちは二人を縛り始めた。

しかし、その行為もまた身震いするほど悍《おぞ》ましいものだった。侍女《ハンドメイデン》たちはロープを使うのではなく、冒険者たちは指先でぴくぴく動いている小さな孔《あな》から分泌される、粘り気のある繊維状の液体で縛られていたのである！

捕らわれた蠅のように震えながら、捕虜たちは立っていた。そしてあっという間に、彼らは絹糸のように強く鋭利な糸で造られた、頑丈な繭に捕らわれてしまったのである。

繭が完成すると、夢見人《ドリーマー》たちは無造作に横倒しにされて、大樹の影になっているあたりの一番外側に転がされていった。四人のターマンに見張られながら、二人は草むらに転がったまま、その恐るべき収穫の様子を眺めていた。ラティの人間もどきたちが木の葉を刈り取ったり集めたりしている間、二人はあれこれ話し合った。

「もちろん」怒りと苛立ちで息が詰まりそうな声で、歯を食いしばったエルディンが言った。「俺にはわかってたさ。まったく、お前ときたら、かわいこちゃんと見れば手を出さずにはいられんのか？――相手が食屍鬼《グール》だったら違うかもしれんが」

「俺がどうしたって？」ヒーローは憤慨して叫んだ。「俺のせいだってのか？　あの連中の胸がまがい物だと気づいたのは誰だったっけな！　そいつがどうやってそれを知ったか、わざわざ思い出させてやらないといけないのか？」

「観察力ってやつだ」憤然と、エルディン。「いいか、そいつをアミンザに話したら――」

「しっ！」ヒーローが小声で遮《さえぎ》った。「大莫迦者――アミンザのことはまだ知られてない！」

「おっと」エルディンは、低く呻き声をあげた。

「ミスったぜ。だが、俺の見たところ、連中は何事につけ大した興味を抱いていないようだぞ――間違いなく、俺たちのやり取りにもな。あいつらを見ていると、どうにも何かを思い出しそうになるんだが、それが何なのかはよくわからん。たぶん、機械や虫みたいなものなんだ。俺にはもう、奴らが機械としか思えん」

「わかるぜ」と、ヒーローは答えた。「あんたの言う通りだ。あいつらは奇妙な機械のパーツみたいなもんで、それぞれがそれぞれの役割や機能を果たしているのさ。あるいは、でっかい肉食の花だとも考えられる。あの侍女《ハンドメイデン》たちは、昆虫を惹き寄せる内部の鮮やかな色彩で、ターマンどもは噛みしめる残酷な顎《あご》……どうだい？」

「いや」と、エルディンが反対した。「さっきも言ったが、どちらかといえば虫だ」

彼は眉をひそめて、体を強張らせた。それから頭を一、二インチ〈一インチは約二・五センチメートル〉ほど回転させて、ヒーローが横たわっているあたりを覗き込んだのだ。

「ターマン！」彼は鼻を鳴らした。「言ってみりゃ、あいつらは白蟻《ターマイト》なのさ！」

「白蟻だって？」ヒーローも顔をしかめた。「畜生、あんたの言う通りだ！　人間だか半人間だかわからんが、白蟻なんだな。連中の女王が恐怖の巣穴を支配していると聞いたが、じゃああの侍女《ハンドメイデン》はどうなんだ？　未成熟の女王アリなのか？」

「わからん」と、エルディン。「本物の白蟻の巣なら、そういう個体は殺処分されちまうしな。だが、ラティの民とて、虫とそっくり同じというわけでもあるまい。まったく別の種族ではあるんだ。それに、ここは地球の幻夢境で、自然の法則やルールはあてはまらない。とはいえ、俺たちはかなりいい線を行ってると思うぞ」

「ああ、俺も同感だ」と、若い方の夢見人《ドリーマー》が言った。「あいつらが、どんな風に役割分担をしているか、見てみろよ。大樹殿が枝を下ろしているところには、木の葉をむしり取る収集役がいる。あの忌々しい欺瞞《ぎまん》を仕掛ける侍女《ハンドメイデン》もいて、腕を組んで立っているように見えるのは護衛役か兵士だろうな。最後のやつは、もし戦いになったら、かなりの数がいると思うぜ」

「フムン」と、エルディンが呟いた。「ナマケアリに、ハタラキアリ、女王アリ、それとヘイタイアリってわけか。お前の言う通りかどうかは知らんが、クソみたいに愉快な連中だな」

「なあ」ヒーローが何やら考え込みながら言った。「仮称侍女《ハンドメイデン》のアレは確認したが、男どもの方はどうなってるのかね。あのキルトを膨らませたりすることがあるんだろうか——その、ナニでさ」

　エルディンが、繭の中で身震いした。「何もない」と、彼は答えた。「もう、見ちまったんだよ、坊主。お前に言えることはただひとつ、胸がむかつく光景だったってことだけだ」

「なら、連中は一体どうやって――」

「やらないのさ。ともあれ、ここにいる奴らはな。白蟻のことにもっと詳しければ、うまく答えてやれるんだろうがな。思うに、ラティの手元にはナニを備えた種牛がいるはずだ」

「ちょいとばかし運が良けりゃあ」と、ヒーロー。「そいつをこの目で見れるくらい、長生きできるだろうな。実際、俺たちは思ってるよりも幸運かもしれん。ラティの民はベジタリアンだって、大樹が言ってたじゃないか」

「ウルタールにベジタリアンの友人がいるんだが」

エルディンが答えた。

「そいつはあの都邑《まち》一番の肉屋でもある……」

二人は不安そうに黙りこくり、白蟻人《ターマン》たちの作業を見ていた。

そうこうしている間、大樹の外側の枝から垂らされた蔓が数本、蛇のように曲がりくねって、夢見人《ドリーマー》たちが横たわっているあたりに伸びてきた。しかし、彼らを監視していた白蟻人《ターマン》たちが目敏く蔓を見つけ、鎌で威嚇したので、緑色の細い蔓は不本意そうに退いていった。

朝の残り時間があっという間に過ぎていき、今や太陽が高く昇っていた。

白蟻人《ターマン》たちは、小型のシェトランドポニー〈スコットランド産の小型の馬〉に似た獣のチームを何組も連れてきていて、大量の葉っぱの山をトラヴォイに積み込んだ。

ヒーローとエルディンをそうした荷台に乗せると、白蟻人《ターマン》の男女や獣たちの隊列は、速やかに南に向けて出発した。隊列は大樹を背後に置き去りにし、低いドーム状の丘陵地の最後の峠を曲がりくねりながら進んでいき、一時間も経たないうちに南側に抜けた。夢見人《ドリーマー》たちはそのことを、視界に海が現れ、波の音を耳にしたことで知ったのである。

丘陵地と海岸に挟まれた、丘の斜面が灰色の大地に降《くだ》っていくあたりに、病み崩れ、生命の気配が感じられないタラリオンが屹立《きつりつ》していた。

最初のうち、遠方から夢見人《ドリーマー》が垣間見たその都邑《まち》の姿は、トラヴォイの振動でひどくぼやけてしまい、不明瞭なものだった。だが、隊列が都邑《まち》に近づくにつれて、その佇《たたず》まいは、よりくっきりと浮かび上がってきた。

そして今、彼らはタラリオンにまつわる噂話――少なくとも、建造物や意匠にまつわる噂話――がいかなる根から生じたものなのか、それを目の当たりにしたのだった。

なるほど、遠くから――たとえば通りすがった船から――眺めれば、その忌み嫌われた都邑《まち》は、高く聳《そび》え立つ尖塔と、畏怖すべき彫刻の施された小塔が林立しているように見えたことだろう。だが、実際にはその尖塔はほっそりとして、その表面は平坦ではなく、全体的に凹凸が見られた。そして、高く見えるのは、細長い構造のせいでしかなかったのである。

近くから眺めると、塔にはぽつぽつと穴が空いており、そこかしこが崩れていて、全く安全そうには見えなかった。都邑《まち》の下層に広がっている部分は灰色で、ところどころが瘤《こぶ》のように盛り上がり、さまざまな様式が妙に混在していた。

全体的に、人間により設計されたかのような印象を受けるのだが、実際に建造したのは——「白蟻だ！」エルディンが言い、ヒーローも何とか頭を縦に動かして、その意見に同意した。

「とはいえ」と、年嵩《としかさ》の夢見人《ドリーマー》が言葉を継いだ。「そいつは疑問の一つを解消するかもしれないが、どうやら別の疑問に繋がりそうでもある」

「あん？」と、聞き返すヒーローに、エルディンはこう答えた。

「連中は、俺たちをどうしようってんだ？」

ヒーローは一瞬、拘束をふりほどこうと無駄な抵抗をした後に、どうにか肩をすくめた。

「すぐにわかるだろうさ、おっさん《オールド・ラッド》」と、彼は言った。「忌々しいことだが、すぐにな」

やがて、隊列はドーム型のアーチの下を通り、迷路じみた入り組んだ構造の、天井を覆われているタラリオンのかび臭い通りや通路へと入り込んでいった。葉っぱを積み込んだ、ポニーに似た獣たちは別のところに連れて行かれ、侍女《ハンドメイデン》もまた、未知の場所へと通じる、奇怪な彫刻の施された隧道《トンネル》の中に消えていった。

夢見人《ドリーマー》たちの方は、巣穴の中心部へと連行された。

道すがら、ヒーローは都邑《まち》の内部を照らし出している、紙張りのような内装の、ドーム状の天井でちらついている薄暗い青い照明についてコメントした。

「ほら」と、彼は言った。「本物の灯《あか》りじゃない——何かを燃やしてるわけじゃないんだ。真菌類の発光を照明に使っているんだよ。ラティの血族が、火を好まないのは確かだな」

「そうらしいな」と、エルディンが唸るように言った。「畜生、ここは全部紙で造られていやがるんだ！　あそこを見ろ――」

隧道《トンネル》の壁の一箇所に、床から天井まで亀裂が走っていたのだが、専門の白蟻人《ターマン》たちが、肥大化した指先からペーストを噴出しながら補修作業を行っていた。張り子のような要領で、速乾性の分泌物で亀裂を埋めていたのである。

「なるほどな、連中に古き佳《よ》きケツの穴がないのはこういうわけか」と、エルディン。

「ケツの穴だって？」ヒーローは呆気にとられたようだった。

「何だ、言ってなかったか？」エルディンが尋ねた。「あいつらはイタさないばかりか、排泄もしないのさ。ともあれ、俺たちの知ってるようなやり方ではな」

ヒーローは顔をしかめた。

「つまり、あんたはこう言いたいわけか。ここで使われてる建材は――」

「ある意味では、その通り」と、エルディンが遮った。「みなまで言わんでいいぞ。ここの建物は――あー、紙で造られているもんで、連中は火を使えないのさ。だけど、あいつらは火を知っていて、そいつを恐れているから、大樹殿を脅迫するのに使ってるってわけだ」

「このくそったれな場所を、地下まで焼き払ってやろうぜ」

ヒーローの唸り声を聞いて、エルディンは不満げに呻いた。

「おお、そうとも――指から火花を出せるんならな」

ヒーローが言い返す前に、年嵩《としかさ》の夢見人《ドリーマー》が「ああ、ようやくだ！」と告げた。「どこかは知らんが、目的地に到着したらしいぞ」

彼らはトラヴォイから引きずり出され、獣たちはどこかに連れていかれた。それから白蟻人《ターマン》が何人かやって来て、指先を使って夢見人《ドリーマー》の繭を溶かした。

与えられた腰布を喜んで着用すると、さらに四人の白蟻人《ターマン》たち――見かけからして、兵士のようだ――が、アーチ型の通路を通り抜け、真菌類の照明にやけに明るく照らし出されている大きな部屋へと、彼らを連行していった。

アーチになっている部屋の入り口を抜けたところで、白蟻人《ターマン》たちはヒーローとエルディンを勢いよく床に放り出した。それから、彼ら自身も跪《ひざまず》いて床に頭を下げ、恭順の意を示した。

跪《ひざまず》いた姿勢のまま、白蟻人《ターマン》の手にした鎌で頭をかち割られる危険を冒して、夢見人《ドリーマー》たちは室内の様子を窺《うかが》った。侍女《ハンドメイデン》たちが大勢いて、細かい穴の空いた海綿状の広い階段が、遠くの壁に面した高座へと続いていた。

そして、垂れ幕で仕切られた通路に挟まれた高座には、幽鬼のラティその人の姿があって、女王の間を睥睨《へいげい》していたのである。

ラティは、冷たい偶像ではなかった。高い玉座の背もたれの上部から放たれる暖かい光を浴びながら、彼女は夢見人《ドリーマー》たち――とりわけヒーローに長いこと視線を注いでから、口を開いた。

「ようこそいらっしゃいました、異邦の方々。ようこそ、タラリオンへ。さあ、お立ちなさい

──そして、妾《わらわ》のもとにおいでなさい。そなたらのような来訪者は稀なのです……」

彼女の声には人間とはかけ離れた響きがあったが、どれほど異質なものであっても、奇妙な約束事に満ちていて、幻夢境訛《なま》りが濃厚に感じられた。

しかし、彼女の顔といい、肢体《からだ》といい──少なくとも、夢見人《ドリーマー》たちの目に映っていた部分については──若々しく、筆舌に尽くしがたいほどに美しいものだった。

広い階段をあがっていきながら、ヒーローは彼女から目を離すことができず、ついには自分でも意識しないままに、こんな囁きが迸り出た。

「なあ、おっさん《オールド・ラッド》よ、どう思う？　こいつがまやかしだってんなら、俺はこれからは親指を弄り回すだけにしといた方が良さそうだぜ！」

第6章　ヒーローの恐怖

階段をあがりきった夢見人《ドリーマー》たちは、ラティの玉座の前で足を止めた。

ヒーローが、彼女の顔や姿形《すがたかたち》の美しさをじっくりと堪能している一方で、彼の相棒の視線は、他のものに強く向けられていた。彼女が浴びている黄金《きん》色の光の発生源が、彼の関心を引きつけていたのである。

彼はその柔らかくも玄妙なる光を、以前にも見たことがあったのだ――《原初のものたち《ファースト・ワンズ》》の城塞にあった秘密の部屋の中で！

案の定、その輝きの中心にあるのが、ラティの玉座の背もたれにピンのように突き立っている魔法の杖であることを、彼は見て取った。握り玉の部分だけが突き出していて、その妙《たえ》なる黄金色の光を、放出し続けていたのである。

「ああ！」ラティは年嵩《としかさ》の夢見人《ドリーマー》に微笑んでみせた。「そなたはラティの光に気づきましたか。実に不可思議な光です。熱を全く伝えぬというのに、融《と》けた黄金のように燃えているのです。そして、そなたたちはこのラティに、燃えてはいない二本目の杖を贈り物として提供しようというのですね」

彼女はスィニスターの杖を取り出して、小さな手でそれを振った。

「こちらの杖も、間違いなくそのように使用することができますが、妾《わらわ》はその使い方をまだ見出してはおりません。おそらく」と、彼女はヒーローに目を向けた。「そなたは、ラティにこの杖の力を説明したいと思っておいでなのでしょう。いかにしてこれを手に入れたのか、話していただけますね？」

ヒーローが何かを答える前に、エルディンが唸り声をあげた。

「そいつは何も話さんぞ！　それに、その杖は俺たちから奪われたのであって、進んでくれてやったのではないぞ。今すぐ返さないと――」

彼はラティの手から杖を奪おうと手を伸ばしたが、その大きな指が届く前に、大鎌の平たい部分で後頭部をしたたかに打ち据えられた。

エルディンはたちまち蹲《うずくま》り、ヒーローは前屈みになると、今は奪われてしまっている剣へと、反射的に手を伸ばしていた。

「卑劣な犬どもめ！」と、彼は威嚇するように鎌を振り上げた二人の白蟻人《ターマン》を怒鳴りつけた。

「お待ち！」ラティが叫んで、彼らは凍りついたように固まった。彼女の顔は、もはや微笑んではいなかった。

「そのうるさく吼える雄牛を連れて行っておしまい」と、彼女は命令した。「そして、その者が悪さを働けない場所に監禁するのです。そなたの方は……」

彼女はヒーローを見つめ、徐々に笑顔を取り戻していった。

「今しばらくは、妾《わらわ》と共にいることを許します。ですが、おわかりいただけたことでしょうね。妾《わらわ》の白蟻人《ターマン》たちも侍女《ハンドメイデン》たちも、妾《わらわ》が脅かされたなら、一瞬だって行動を躊躇《ためら》うことはないのです。妾《わらわ》は彼らの女王なのですから」

ヒーローはじっとしていたが、気絶したエルディンが持ち上げられて階段を降り、彫刻の施されたアーチ型の入り口を通って部屋の外に運び出されるのを見て、内心では怒り心頭だった。

「さあ、それでは」と、ラティは耳慣れぬ訛《なま》り甘やかな声で、彼に話しかけた。「そなたについて話してください。そなたが誰で、いかなる者で、どうやってここに来たのかを。聞くところによれば、そなたは完全な男性だということですが……」

彼女の双眸《そうぼう》はわずかな間――ヒーローの思うに、多少なりとも熱っぽい眼差しで――彼の腰布のあたりにとどまり、それから再び顔に戻された。

「俺は生まれつき去勢されたりしてないからな」と、ヒーローは唸るように言った。「確かに、あんたのかわいそうな子供たちよりも、やれることが多いだろうさ」

彼は、何人かで集まって立っていたり、床に寝そべったりしている侍女《ハンドメイデン》たちを見下ろして、顔をしかめた。

「とはいえ、それがここで何の役に立つのかは、ちょいとわからんがね！」

ラティは彼のほのめかしを理解して、喉を鳴らして笑った。彼女の笑いが伝染したか、ヒーローは自分の顔がいつの間にやら、ニヤニヤ笑いを浮かべていることに気づいた。

彼は、彼女の体をじっと見つめていた。腰から上は一糸まとわぬ姿だったが、そこから下は、広い玉座の一面に広がっている、折り目があってフリルのついている、たっぷりした薄葉紙《うすようし》製のスカートの中に隠れていて、足元すらも見えなかった。彼女の体の残りの部分が、はたして裸の上半身と一致しているのかどうか、ヒーローは疑わずにはいられなかった。

「ですが、妾《わらわ》の白蟻人《ターマン》たちの全員が全員」

彼女の言葉が、彼を物思いから引き戻した。

「不能なのだとそなたが考えたのであれば、それは思い違いというものです。御覧なさい！」

ラティが小さくてほっそりした手を叩くと、玉座の左側にかかっている、上質な紙のカーテンが引き戻された。巨大な裸の白蟻人《ターマン》たちが四人、そこから進み出てきて、玉座の前を行進し、ラティに低くお辞儀をすると、早足で出てきた場所に戻っていった。そして、彼らの背後でカーテンが閉じられた。

その四人――本物の英雄たちの彫像であるかのように体を作り上げた、そして体の一部については本物以上の者たち――の姿に、ヒーローは目を丸くした。

だが、彼らがヒーローのことを恐れているはずがないのにもかかわらず、その目の中にどこかこそこそした、怯えの光が宿っていることにも気がついていた。彼らがいなくなってしまった今、ヒーローの心には、その印象的な表情ばかりが、強く焼き付いていたのだった。

やがて、「感銘を受けなかったのですか?」とラティが問いかけてきたので、ヒーローはエルディンがよく口にしていた言葉を借用した。

「ウルタールに、むやみに耳のでっかい友人がいるんだが」と、彼は答えた。「残念ながら、そいつは耳が聞こえないのさ!」

ラティの微笑みに、太陽の心のような暖かさが宿った。

「ああ!　そなたは賢いのですね。智慧というものは、我が白蟻人《ターマン》たちの間では、久しく見られなくなっているのです。こちらへ、妾《わらわ》の傍らにおいでなさい」

そう言うと、彼女はその巨大な玉座の、フリルで覆われた座席を軽く叩くのだった。

しばらくの間、彼女に付き合う覚悟を決めて、ヒーローはそこに座った。

彼女の差し出した手を取ると、彼の生まれついての本能が顔を出して、ヒーローは彼女の暖かく、優雅な指を優しく撫でた。ラティは溜め息をついて、一瞬だが目が半分閉じられた。

しかし、彼女はすぐに怒ったように目を見開いた。

「そなたはまだ、そなた自身のことを話してはくれないのですね!」

「俺の名前はヒーローだ」と、彼は答えた。「デイヴィッド・ヒーロー」

彼は声を低くして、魅惑的に響いてくれることに期待した。

「俺は覚醒《めざ》めの世界に属する人間で——地球の幻夢境の冒険者であり——剣の達人、城塞の征服者、さらには魔法使い殺しだ」

「その全てでいらっしゃるだなんて！」

彼女の目が見開かれた。ヒーローは感謝の気持ちと、少しばかり冷やかすような気持ちで、考えを巡らせた。彼は、エルディンがキーパー――ずいぶんと前のことに思える――に話したことを思い出して、付け加えることにした。

「それと、そこそこ知られた歌い手でもある」

「歌を歌われるのですね？」

ラティがたいそう嬉しそうに叫び、彼女の侍女《ハンドメイデン》たちが集まっている台座の足元のあたりからも、期待に満ちたざわめきが聞こえてきた。

ゆっくりとではあるが、意図的な動きで、彼女は横に座っているヒーローの肩に、剥き出しの肩をこすりつけた。彼女の大きな瞳が、彼の姿を食い入るように、熱心に見つめていた。

「妾《わらわ》のために歌ってくれませぬか、デイヴィッド・ヒーロー？　そして、タラリオンのラティにいかに仕えれば良いのか、そのことを話し合おうではありませんか」

エルディンは異議を唱えたが、ヒーローはそこまで馬鹿ではなかった――いやまあ、時折、そうなんじゃないかと感じることもあったのだけれど。今まさに、感じているように。

しかし同時に、この巣穴の女王との間に突然芽生えた「友情」を、うまいこと長引かせて、自由を取り戻せるのではないかと彼は目論んでいたのだ。

女王の間に入ってからというもの、彼の頭はひっきりなしに働き続けていて、無数の小さなパズルのピースが、定位置にうまいこと嵌《は》まり始めていた。

　こういうやり方は、ヒーローの好むところだった。彼は、何事につけ解決策を見つけるには、まずは問題の全容を認識せねばならないのだと、硬く信じていたのである。彼が自由に動ける時間が長くなるほど、問題を解決し、エルディンを救出できる可能性が高くなるのだ。

「俺の歌をお望みかい？」と、彼は言った。

「ええ、その通りです」と、ラティ。「夢見人《ドリーマー》たちの歌は、たいへん物悲しい上に風変わりなものですが、妾《わらわ》たちがそれを耳にすることは滅多にないのですよ」

　彼は再び部屋の中を見回し、横たわる侍女《ハンドメイデン》たちの合間に立っている白蟻人《ターマン》を見た。腕を組んだ彼らの異様な目は、一瞬たりとも彼の上から離れることはないようだ。

「ああ！　だが、俺の歌は誰にでも聞かせるもんじゃないぜ？」

　突然の思いつきで、彼はこう言い放った。

「俺は男のためには歌わないし、人間もどきのためにも歌わないぞ！」

　一瞬、彼は強気に出過ぎたかと考えた。ラティの目が数秒ほど曇り、侍女《ハンドメイデン》たちはといえば、「おお」とか「ああ」とかいった失望の声を発していた。

　やがて、ラティが話し始めた。

「妾《わらわ》が白蟻人《ターマン》たちを追い払ったとして」と、彼女は言った。「そなたが何か――見苦しい、と言うのですか？――愚かしいことをしたなら、侍女たちはそなたをただちに拘束することでしょう。そして、その糸でそなたの胃、喉、さらには口がいっぱいになるまで満たすのです！それはたいそう不愉快な死になりますよ、デイヴィッド・ヒーロー」

彼はごくりと息を飲み込んで、彼女の言葉に同意した。「確かにその通りだ！」

「ならば、妾《わらわ》たちはお互いに理解し合えたようですね。良いでしょう」

彼女が手を叩くと、白蟻人《ターマン》は彫刻の施されたアーチ型の扉から、部屋の外へ出ていった。

そうして、部屋の中にはヒーローとラティ、そして彼女の――女性たち？――だけになった。

ゆっくりと、彼は子守唄を歌い始めた。その歌はかつて、彼が二晩ほど泊まったことのある、ニルの民家のおかみさんから教わったものだった。彼女は七人の子供たちの世話をしていて、彼らを寝つかせるべく、毎晩のように一人一人順番に歌ってやっていた。

それで、彼はこの歌を一四回も聞くことになったのであるが、今、改めて思い出してみると、自分もこの歌を聞いて眠りについたのだった。

彼は歌いながら、彼らがいかに奇妙な種族であったにせよ、それでもなお奇妙に思えたことについて、頭の中で反芻《はんすう》していた。たとえば、そう――若い男女がいないこと。子供の姿が見えないこと。彼は、この大きな巣穴の中で、一人の子供も目にしなかったのだ。

白蟻人《ターマン》は、成長した状態で生まれてくるのだろうか？

彼はその可能性を疑っていた。そして、ラティは明らかに彼の男としての能力に興味を向け、歌以外の方法で彼女に仕えることをほのめかしていた。彼女がひけらかしてみせた、あの見事な種馬たちはどうなのだ？　実際には、種馬のようには役に立たないのではないだろうか？

さらに歌い続けていると、ラティの頭が彼の肩にそっと垂れてきて、彼は意表を突かれ、危うく歌を止めてしまいそうになった。その代わり、彼は頭をそっと回して彼女の方に目を向けて――ラティが速やかに眠ってしまったのを確認したのだった！

信じがたいことではあるが、ヒーローが期待していた以上の効果が得られたのである。

彼は、胸の奥からにわかに沸き上がってきた勝利の歓声を押し留めた。いや、勝利を収めたと考えるには、まだ早すぎる。とはいえ、途方も無い幸運の一撃ではあった。

優しく歌い続けながら、彼は玉座から離れると、武器を探して――できれば、白蟻人《ターマン》たちが使う鋭い鎌が欲しかった――あたりを熱心に探し回った。

しかし、その点については運がなかったので、彼はラティの玉座を囲む垂れ幕に目を向けた。

彼が目にした四人の大柄な白蟻人《ターマン》は武装していなかったので、ここが逃げ道になるかもしれなかった。逃げることにかけて、地球の幻夢境においてデイヴィッド・ヒーローを出し抜けるものなど、滅多にいなかったのである。

歌声を徐々に沈黙へとフェードアウトさせ、彼は音もなく垂れ幕の方に移動して、それを少しだけ開けてみると、息を殺してその先にある部屋を覗き込んだ。

最初のうちは、ほとんど何も見えなかった。カーテンの向こうの光は、玉座の間よりもさらに明るかったのである。

やがて――

青く輝く薄闇に目が慣れてくると、表面が古い革のように光っている大きな円筒形の物体に、二人組の裸の侍女《ハンドメイデン》たちが香り高いオイルをゆっくりと、贅沢に塗りつけているのが見えた。

その円筒は壁から突き出ているらしく、一〇フィート〈約三メートル〉ほどの長さがあった。

一番太いところでは樽のような大きさで、先端は巨大な鑿《のみ》の如き先細りの短針になっていた。

ヒーローが見ている前で、その物体はある種の恍惚に震えているように見えた。

生きている？　そう、その円筒は生きているのだ！

よもや、幻夢境にそのような生き物が存在しているとは！

もう少しよく見えるようになってきたので、彼は一角に集まっている四人の白蟻人《ターマン》たちに注意を向けた。信じがたいことに、彼らはギャンブルに興じているようで――彼らの種族にもそんなところがあるとは思ってもみなかった、リラックスした様子だった――、ヒーローは彼らが白いサイコロを宙に放り投げ、固められた紙の床に落ちるのを見た。

横たわった姿勢のまま、白蟻人《ターマン》は素早く、息を切らさんばかりにサイコロを見つめ、残り三人は四人目の方に頭を回した。

その白蟻人《ターマン》が荒々しく足を跳ね上げたので、勝ったのだろうとヒーローは考えた。しかし、逃げ出そうとする四人目の男を、他の者たちが立ち上がって抑え込んだので、ヒーローはすぐに考えを変えた。三人がかりで押さえつけられている間に、円筒形の物体のところで作業をしていった侍女《ハンドメイデン》の一人が、彼の口を噴き出す糸の網で覆っていった。

それから三人は、彼を病的に膨らんだ円筒の短針のある端の方に引きずっていき、さらに多くの糸を使って足や腕を縛り付けた。こんな風に体を拘束されてしまうと、その白蟻人《ターマン》が仕事のためにそうした機能を備えていたとしても、指で糸に触れて溶かすことはできないだろう。

目下、侍女《ハンドメイデン》たちは、鑿《のみ》のような短針のある側から、円筒全体の三分の一ほどにあたる部分を撫で回し、マッサージし始めていた。

この頃になると、ヒーローの目はかなりはっきりと見えるようになっていた。そして彼は、侍女《ハンドメイデン》が撫でさすっている物体の、波打つような恍惚とした動きに改めて注目した。

自分が見ているものの意味を理解しつつあるという自覚と共に、彼の手は垂れ幕の上でわずかに震え始めた。何か恐ろしいことが起きている——あるいは起ころうとしている——そして、自分はそれが何なのかとうにわかっているはずだと、ヒーローには思えたのだ。

あるいは、それが何なのか知ってしまう前に逃げ出すべきだとも……。

やがて——

彼の目が大きく見開かれ、首の後ろの毛が逆立った。彼の見ている前で、筒状の物体が……開き始めているではないか！　一糸まとわぬ姿の侍女《ハンドメイデン》たちの繊細な、よく訓練された誘導を受けて、その巨大なソーセージ型の革の表面に、長い切れ目が現れたのだ。

そして今しも、その切れ目が脈打ったように見えたかと思うと、怪物的な痙攣を起こし、さらに大きく開いていったのである。三人の男たちがかつての同僚を持ち上げて、空中で水平に掲げ持った時、ヒーローは自分の体がガタガタと震えていることに気がついた。

何てことだ――！　ヒーローは何とか恐怖の喘《あえ》ぎ声を抑え込んだ。不運な男の頭を脈打つ裂け目に挿し込んだ白蟻人《ターマン》たちは、その体を円筒の中に完全に収めようとぐいぐいと押し込んでいて、今や足だけが突き出しているのだった。

二本の足はピクリと動き、ぶるっと震え、再びピクリと動いてから、完全に動かなくなった。そして突然、巨大な円筒が肉を波打たせたかと思うと、名状しがたい痙攣と収縮を繰り返し、やがて緩慢な動悸を思わせる動きに変化していった。

しばらくの間待機していた白蟻人《ターマン》たちが、ぴくりとも動かなくなった元同僚の足を引っ張って、その体――あるいはその残骸――を引き出すと、今や閉じ始めた裂け目を掃除した。

引き出された体は、あたかも長い時間をかけてぼろぼろになったミイラの如く、縮こまって血液の抜けきった、骨の詰まった干からびた皮と化していた！

事ここに及び、ヒーローは、全てを悟ってしまった。彼は頭の中で壁の厚さを測り、その背後に女王の玉座が位置していることに気がついたのである。

もはや、ラティの上半身が艶《あで》やかに見せびらかされている一方で、慎重に隠されていた彼女の下半身について、あれこれ想像を巡らせる必要はなかった。この円柱状の物体――この巨大な革張りの体幹――これこそが、幽鬼ラティの胴体だったのである。

そして今、ヒーローは彼女が「別のやり方」で自分に仕えるよう言ったことの意味を、正確に理解したのである！　彼は、その恐るべき交配の間の入り口からよろめきながら後ずさり、握っていた垂れ幕を引き裂いてしまった。

しかし、彼の低い恐怖の呻きは、どうやら自身の激情によって目を覚まし、彼の欺瞞《ぎまん》を目の当たりにしたラティの金切り声によって、すっかりかき消されてしまった。

階段の上で、破れた垂れ幕を手にして立っている彼の姿を見たラティは、猛烈な勢いで手を叩き始めた。次の瞬間、彫刻の施されたアーチの向こう側から、叫び声や走る音などの混ざりあった大騒動が聞こえてきたのだが、これだけではまだ十分ではないとでも言わんばかりに、新たな出来事が発生した。巣穴の住民にとっても、ヒーローにとっても驚いたことに、あたかも巨人が大股で歩いているかのような、ドシン、ドシンと連続する地面を揺さぶる巨大な音が、地中にまで聞こえてきたのだった。

しかし、彼にはその振動について考えている暇《いとま》はなく、差し迫った問題に気を取られていた。

十数人の白蟻人《ターマン》が、入り口のアーチを抜けて、台座の階段を駆け上がってきたのである！

第7章　タラリオンに至る運命

三人の白蟻人《ターマン》の肩に担がれ、ラティの玉座の間から運び出された時、エルディンは意識を失っていなかった。後頭部に激しく疼《うず》く痛みを感じたのは確かだが、それは一時的なものに過ぎず、抱え上げられてからすぐに正常な感覚を取り戻したのである。

目下、彼が特に注意を払っていたのは、自分の体を担いだ者たちが紙造りの迷路を抜けて進んでいく、その道筋だった――いったいどこに向かっているのだろうか。

処分されるだけなのか、それとも大仰なことが待ち構えているのか。どちらにせよ、平穏無事というわけにはいかないはずだ。

ともあれ、今はじっと横になって、玉座の間と冒険者仲間のデイヴィッド・ヒーローへと続く曲がりくねった道筋を、しっかりと心の目に焼き付けておくのを最優先した。

「ヒーローか――ハン！」エルディンは相棒のことを思い浮かべ、鼻を鳴らしそうになった。

甘美なる小さなスモモ――幽鬼ラティは、あの莫迦な若造をじっと見つめていた。今頃は、奴の方も彼女をじっと見返しているに違いない！

エルディンが、ヒーローと巣穴の女王の現状を描くエロティックな映像をいくつか思い浮かべる間もあらばこそ、彼は造り込まれた深くて黒い穴に、不意に放り込まれたのだった。二〇フィート〈約六・一メートル〉ばかり落下して底に到達し――幸い、穴の底はスポンジのように柔らかかったが、硬い何かが散らばっていた――、彼は呼吸を取り戻すまでじっとしていた。

その場所は、上部の隧道《トンネル》と同じような青色の光で照らし出されていたが、別の光源がその明るさを増強していた――朽ち果てた死体が、腐敗によって発光していたのである！

エルディンは、悪臭ふんぷんの死体や雑多な骨の山から素早く離れたのだが、やがて好奇心に駆られてそちらに引き返した。悪臭はひどいもので、落下による怪我はなかったとはいえ、この臭気の中にいるだけでもほどなく健康を害することだろう。

彼は裸の足でそっと骨をひっくり返し、睨みつけてくる頭蓋骨を蹴飛ばした。

この場所は、まさしく納骨堂であり、墓場であり、タラリオンの白蟻人《ターマン》たちが訪問者を好まないことを如実に示していた。何しろ、幻夢境に生きている、ありとあらゆる種類、種族の者たちの骨や死体が積み上がっていたのである。

クレドの小柄な褐色の民族の頭蓋骨とぼろぼろの腰布があった。クレド人よりも大きくて太い骨が露出している、四肢が長く痩せ細ったインガノク住民の死体もあった。

直近のものでは、パルグの黒人男性――南方海のガレー船からの脱走奴隷に違いない――の、柔らかな丸みを帯びた遺体があり、さらには禁断の地であるレン高原からやって来る、ずんぐりした体格で口幅の広い、邪悪な住民の頭蓋骨までもがあった。

彼らがどうやって、どうしてこの都邑《まち》にやって来たのか――いかなる推測を巡らせたところで、迎えた結末が同じであったことは、一目瞭然だった。

そして今、《放浪者》エルディンも、似たような運命を辿ることになったのである。

とはいうものの、彼はまだそう簡単に諦めるつもりはなかったので、まずは壁を登ろうと試みた。しかし、壁の材質は彼の体重を支えられるようなものではなかった。彼が手をかける度にぽろりと剥がれ落ち、このまま続けると自分自身を埋葬することになりそうだった。

改めて脱出方法を考えようと手を止めた時、その場所の、紙で造られた脆い基礎に、大きな震えが走るのを感じた。立ったままじっと待ち受けていると、再び地下が揺れ動いた。

小さな地震――それも、群発的な地震だろうか。

あるいは、タラリオンの尖塔が朽ち果てて、都邑《まち》に落下してきたのだろうか。

できればその通りであって欲しい、数多くの白蟻人《ターマン》が押し潰され、窒息してしまえばいいと、エルディンは祈ったのだが、そううまくいくはずがないとも思っていた。

彼がその謎に思いを巡らせていると、やがて戦いの物音と――もう二度と聞くことはないと思っていた声が、高いところから響いてきた。反抗の叫び、嗚咽、そして悲鳴を同時にあげながら、何者かを手ひどく煩《わずら》わせているのは、間違いなくアミンザだった。

大騒ぎしながら近づいてきたアミンザは、反抗の金切り声を最後にあげると同時に、穴の中に突き落とされた。エルディンはちょうど真下にいたので、彼女の腕を掴んで、落下の勢いを多少和らげることはできたが、それでも二人は穴の底に激しくぶつかった。

アミンザは閃光の素早さで彼の肋骨に肘を打ち付けると、壁に背を向けて立ち上がった。

青く輝く暗闇の中、彼女は爛々と目を輝かせて、誰とも知れぬ相手に叫んだ。

「かかってらっしゃい！　あんたが誰だろうが、何だろうが、目玉を掻きむしってやる！」

彼女は両手を前方に差し上げ、指を曲げて攻撃の構えをとった。

「畜生め……俺だよ、お嬢ちゃん」

エルディンは、砕けた頭蓋骨の上に喘《あえ》ぎ喘《あえ》ぎ座り込んで、呼吸を整えた。

「お前さんと本当に結婚していいのか、わからなくなっちまったよ！」

「エルディン？」彼女は息を呑んだ。「エルディンなの？」

「ああ、マジで俺だ」

彼が疲れ果てた様子で立ち上がろうとした時、三度目の揺れが都邑《まち》全体を震撼させた。

「だが、いったい何が起きてるんだ？　お嬢ちゃん。お前さんが何かやらかして、こんなにグラグラ揺れているのか？」

「私じゃないわ！」彼女は一声叫ぶと、彼の腕の中にその身を投げ入れた。「私にもよくわからないんだけど――でも、この都邑《まち》全体が崩れ落ちるような気がするわ」

「そうか、とりあえず俺たちは、その時が来たら一緒にいることにしよう」と、彼は答えた。

「今は、どうやってここに来たのか教えてくれ」

彼女は幾度か息を切らしながら、大樹の高みから夢見人《ドリーマー》たちが捕らえられたのを見たこと、大樹から離れてタラリオンへと向かう白蟻人《ターマン》の隊列を追いかけたことについて説明した。丘の上から、彼らが都邑《まち》に入るのを見ていた彼女は、こっそりと近づき中に忍びこんだのである。何の武器もなかったし、何かしらの行動計画が頭の中にあったわけでもなかった。ただひたすら、友人たちを助けねばならないと――うまくいかなかったとしても、せめて彼らと運命を共にしようと、そのことだけを考えていたのである。

彼女はただちに白蟻人《ターマン》の集団に捕まってしまったのだが、彼らは幽鬼ラティのもとに捕虜を連れていかない方が賢明だと判断した。女王は、巣穴の中に別のメスを引き入れることを厳禁していたのである。このような経緯から、彼女は穴の底で飢え死にし、これまでに同じ扱いを受けた者たちの骨に仲間入りするよう、ここに放り込まれたのである。

「勇敢だが、莫迦だ」薄闇の中で彼女を抱きしめながら、エルディンは唸るように言った。「あの老木は、俺たちのことを正しく見抜いていたってわけだ」

彼女はこくりと頷くと、彼の胸に頭を当てて、震える唇から小さな嗚咽を漏らした。

「ああ、エルディン！」彼女は囁いた。

「そう怖がらないことだ、お嬢ちゃん」彼はぼんやりと彼女を撫でた。

「事態は好転するさ――たぶんな」

彼女は穴の中を見回した。暗闇に慣れてきた目を懸命に凝らしてから、改めてエルディンの胸に顔をうずめた。

「せめて、こんなに暗くなければいいのに」彼女はすすり泣いて——突然、「エルディン！」と大声で叫ぶと、彼女はエルディンから離れて、にわかに湧き上がった興奮の熱に駆り立てられるままに、その場で踊り始めた。

「おい、どうしたんだ？」と、彼は叫んだ。「何かあったのか？」

「あなたのポーチよ！」彼女は答えた。「あなたのポーチを持ってきたの。ここに——」

彼女はシャツの中に手を突っ込んで、エルディンの防水ポーチを取り出した。エルディンはそれを受け取ると、外袋の中にあるものを指でつまみながら、ゆっくりと首を横に振った。

「お前さんが何を思いついたのかはわかるよ、お嬢ちゃん。だが、忘れてくれ。こんな腐敗ガスが渦巻いているところで火なんてつけようものなら——ボン！——それこそ火薬みたいに燃え上がるだろうさ。俺たちを中に閉じ込めたままな。やめておこう、もっといい死に方があるはずだ。ほら、ポーチをしまってくれ」

彼女にポーチを返すと、再び地面が大きく揺れたのだが、今回はこれまでと事情が違った。山積みされた骨やミイラが文字通り破裂して、腐敗した瓦礫の雲を噴き上げたのだ。そして、床から手探りするようにあがってきた何かが、青みがかった光の中で揺れ動き、二人が壁際でしゃがみこんでいるあたりに垂れ下がったのである。

「何が起きたんだ、クソったれ——」

唸り声をあげるエルディンだったが、すぐに安堵の溜め息をついて緊張を解いた。心の中に、こんな声が聞こえてきたのである。

《見つけたぞ——ようやくな！》

「大樹さん！」震えている木の根元に手を置いて、アミンザが叫んだ。

「少なくとも、彼の一部だな」エルディンはそう言うと、大樹に話しかけた。

「この都邑《まち》を揺らしているのは、あんたなのか？」

《その通り。某《それがし》の根が既にタラリオンに到達し、都邑《まち》の下の土壌が乾ききり、枯れ果てているのを発見したと、お前さんにも話していただろう？　なに、抵抗はほとんどない。後は、務めを果たせるだけの力が、某《それがし》にまだ残っていることを祈るのみ——悪魔《デーモン》に呪われたタラリオンを、更地《さらち》にしてやれるだけの力がな！》

「それ以上のことをやってやろうじゃないか、老いた友よ！」エルディンが大声で叫んだ。

「だが、まずは——俺たちをこの穴から出してくれんか！」

《待っておれ》

頭の中が彼に答え、根が引っ込められた。

次の瞬間、竪穴の最上部あたりの壁を突き破って、根が再び現れた。そして、エルディンとアミンザが捕まることができるよう、下の方にうねうねと伸びてきたのである。

《登れ、登るのだ！》

二人の頭の中で、大樹の声が叫んだ。

「お前が先だ、愛しい人」彼女の背中を押しながら、エルディンが言った。「登っていけ」

それから、今度は大樹にこう言った。

「どの程度のダメージを与えられそうなんだ？」

エルディンが登り始めると、大樹が答えた。

《タラリオンを破壊することはできよう——だが、それが某《それがし》の最期となるであろう。生き残る者がいるであろうし、その者たちが某《それがし》に何をするかはわかりきっている。少なくとも、某《それがし》は輝かしき栄光に包まれて逝くことであろうよ！》

「あんたはとても勇敢で、とても莫迦だ」

アミンザのすぐ後ろに続いて穴を登りながら、エルディンは獰猛な笑いを浮かべた。

「大樹殿、あんたはどうしてこんなことを？」

《お前さんとヒーローは、某《それがし》のために命を投げ出してくれた。それに、お前さんのためなら死も厭《いと》わぬとアミンザが思っていたからだ。故に——》

「それで、俺たちにチャンスを与えるためなら、焼かれてもいいと思ったわけか。だが、もしもタラリオンに生存者がいなければ？」

《そのようなことがありえるのか？》

「あんたは自分の務めを果たしてくれ、老いた小枝殿」エルディンはニヤリと笑ってみせた。

「後のことは、俺に任せておけ！」

《他に何かできることは？》大樹が尋ねた。

「ヒーローを探して、あんたの手助けが――いや、根助けが必要かどうか見てくれないか」

顔に傷のある夢見人《ドリーマー》は、そんな応《いら》えを返した。

「さて、あんたはすぐに行った方がいい。そうすれば、俺の方も始められる。ところで、あんたは何人――あー、どのくらいの分量が、この都邑《まち》の下部に入り込んでるんだ？」

《某《それがし》の大部分が》と、大樹は答えた。《では、今はさらばだ》

根は瞬時に引っ込められ、穴の縁《ふち》に立っているのは、彼ら二人だけになっていた……ごく短い間のことだったが。より強力で、長めの震動が再開したタイミングで、近くの通路から二人組の白蟻人《ターマン》が走り出てきたのである。彼らは一瞬だけ、素通りする素振りを見せたのだが、穴の縁にいるエルディンとアミンザに気がつくと、手にした鎌を振り上げて二人に突進してきた。

エルディンはアミンザを乱暴に脇に押しのけると、最初に襲いかかってきた白蟻人《ターマン》の、大鎌を持った手を捕まえて、引っ張り、かわし、持ち上げる動作を流れるような一挙動で行って、相手を逞しい背中に担ぎ上げた。彼らは戦い慣れていないらしかった。エルディンは、レスリングの要領で獲物の肩を掴んで振り回し、飛びかかってきた第二の攻撃者に叩きつけた。

それから、フラフラになった生き物を穴に放り捨てると、立ち上がろうとしているもう一人の喉に蹴りを入れた。気管を潰されたような不快な声をあげて、白蟻人《ターマン》は背後に倒れた。

エルディンは落ちていた大鎌を拾い上げ、そいつに飛びかかって一撃で仕留めた。

「こいつを」彼は呻くように言い、アミンザに向き直った。「こいつを持っとけ、愛しい人」

三日月型の刃物を慎重に受け取った彼女は、薄い黄色をした白蟻人《ターマン》の血液がこびりついているのを見て、口元を歪ませた。

「今頃になって、吐きそうだとか言い出さないでくれよ、アミンザ」と、エルディン。「やらなきゃいかん荒事が、いくらでもある。間違いなく、お前の力も必要だ。とりあえずは、俺のポーチを返してくれ。こいつで、このあたりを少しばかり明るくしてやろう」

そう言って、彼は壁から紙の一塊を引きちぎり、火打石でそれに火を付けて即席のたいまつを作ると、それを背後の穴の中に投げ込んだ。

次の瞬間、轟音と衝撃が彼らを横倒しにしたかと思うと、巨大な炎の柱が穴の中から噴出し、炎の川となって高い天井を駆け抜けた。

「どうだ、凄《ホット》いことに《な》なるって言っただろう？」

エルディンは叫んで、少女の手を取った。

「よっしゃ、行くぞ！」

彼がわずかに先行して、二人は玉座の間へと続く通路を走り出した。彼らが進んでいくと、背後で燃え盛っている炎の輝きが前方の道を照らして、今や絶え間なく続いている基部の震動に足を取られていた三人の白蟻人《ターマン》をひどく狼狽させた。

間髪を入れず、エルディンは一人から大鎌を奪い取って殺害すると、二人目を切り伏せて、三人目を殴り倒した。それから再びアミンザの手を掴み、あらん限りの速度で走り続けた。

エルディンが壁に火を放つため、彼らは通路の分岐点にやって来るたびに、数秒だけ足を止めた。そうこうするうちに、いよいよ玉座の間が近づいてきた。

ラティの間を取り巻く、迷路のように入り組んだ通路や回廊、隧道《トンネル》の中を今、大勢の白蟻人《ターマン》や侍女《ハンドメイデン》が慌てふためいた様子で駆け回っていた。エルディンとアミンザは、痛めた親指のように悪目立ちしていたのだが、周囲からすっかり無視されていることに気がついた——だが、顔に傷のある夢見人《ドリーマー》が、そう長いこと無視されたままでいるはずもないのだった。

彼は唸り声をあげて最後の分岐点に火を放つと、アミンザを引きずったままラティの玉座の間の入り口である、彫刻の施された高いアーチの中に猛然と走り込んだ。

彼らはそこで足を止めると、部屋の中で目にした光景に息を呑んだ。白蟻人《ターマン》や侍女《ハンドメイデン》が群がる中、階段の上に立っているヒーローが、大鎌を振り回す白蟻人《ターマン》どもを相手に、猫のような敏捷さと強靭な膂力《りょりょく》で、必死で持ちこたえていたのである。

「ヒーロー、受け取れ！」

エルディンが唸り声をあげるや、大鎌が宙を舞った。

若き夢見人《ドリーマー》がそれがしっかり受け止めた後、混乱は混沌に変化した。

アーチが炎をあげて燃え上がり、目が眩んで足元が覚束ない様子のラティの手下どもの間を、エルディンとアミンザは戦いながらヒーローのいる方に走った。

彼らが台座の足元に辿り着く頃には、階段は殺害された白蟻人《ターマン》の黄色い血に染まっていた。

そして、階段の上では、覚醒《めざ》めの世界における先祖――ヴァイキングの如き狂戦士と化したヒーローが、返り血に酔い痴れて、白蟻人《ターマン》の死体の山に傲然と立ちはだかっていたのである。

階段にこびりついたものや、今や狂おしいほどになった床の振動で、相当に苦労したのだが、ともあれアミンザとエルディンはヒーローの傍らに辿り着き、ようやく三人は合流した。

その最中にも、床から飛び出してきた樹の根がのたくり、蠢《うごめ》いて混乱に拍車をかけ、ラティの版図の土台をずたずたに切り裂いて、紙くずをそこらじゅうに撒き散らしていた。

エルディンは、近くの壁から飛び出してきた根を慎重に掴むと、すぐに大樹と交信した。

「大樹殿」と、彼は大声で叫んだ。「俺たちの方は片付いた。どうやって外に出ればいい？」

《某《それがし》の蔓を使え》と、大樹が一斉に応答した。お前さんがたの前上に、二本ばかり生えておる。

さて、この都邑《まち》に最後の一振りをくれてやろう――そうら！》

玉座の間は大きな揺れに見舞われ、三人は互いの体にしがみついて支え合った。

次の瞬間、床に大きなギザギザの亀裂が走り、壁を伝って広がっていった。続いて、天井の大部分が陥没し始め、太陽の光が一時《いちどき》に射し込んできた。

上から降りてきた緑色の頑丈な蔓が何本か、エルディンとアミンザにぐるりと巻き付いて、二人を持ち上げた。一秒後、再び戻ってきた蔓が今度はヒーローを捕まえると、傾き、崩れ落ちつつある都邑《まち》の屋根に運び上げた。

ヒーローは、片手に二本の杖を持っていて、そのうち一本は黄金色の光を放っていた。

そして、ぐらつく屋根に降り立ったヒーローの背後で、幻夢境の昼下がりの空に、巨大な炎が噴き上がったかと思うと、マッシュルームのような雲を形作ったのである。

「大樹さんよ」何本かの蔓に抱え上げられながら、ヒーローが叫んだ。「そろそろ逃げ時だ。あんたとエルディン、それにアミンザが何をやらかしたかは知らんが、このままここにいると丸焦げになっちまうってことだけはわかるぜ！」

《某《それがし》はまだ手伝えそうだ》と、大樹が答えた。《三人とも某《それがし》の蔓に掴まって、全力で走るのだ。お前さんがたが走り、某《それがし》が引っ張る。運が良ければ都邑《まち》が倒壊する前に逃げ出せるはずよ》

二言を言わせる間もなく、彼らは大樹の頑丈な蔓に引きずられ、時折吐き気を催しながらも、ガタガタと揺れ続ける、崩れ行くタラリオンの屋根を横切った。周囲では尖塔が崩れ落ちて、細切れになった紙片や粉塵の雲を吐き出していた。

十数箇所から噴き上がった炎が屋根の上を走り抜け、粉々に崩れる紙の建物が沈下し、崩壊する中を、跳んだりよろけたりして通り抜けていく三人の体を、時折舐めていくのだった。

そしてついに、彼らは都邑《まち》の外郭のドームを滑り降りると、枯れて乾ききった土の上をこけつまろびつしながら、丘陵地を目指してひた走るのだった。冥《くら》さを増す空に死の苦悶を轟かせ、凄絶に荒れ狂う地獄と化していくタラリオンを後にして……。

第5部

第1章　生命《いのち》の葉、空へ

「這うもの《クリーパー》、というよりも」〈クリーパーは、匍匐植物を指す言葉でもある〉

丘の上に三人で並び、その強大な主人のもとへと、無数の蔓が速やかに北へと引き上げられていくのを眺めながら、エルディンは笑いながらひとりごちた。

「走るもの《ランナー》と呼んでやりたいところだ！」

「黒焦げの腰布一枚で、随分と楽しそうだな」

ヒーローは肩をすくめて突っ込みながらも、内心ではエルディンに同意していた。

彼はタラリオンの方角に目をやって、遥か遠くに見える炎に手を伸ばした。

「ちっぽけだが、楽しそうな焚き火じゃないか、ええ？」

「エルディン、凄かったわ！」

アミンザはそう言うと、爪先立ちで年嵩《としかさ》の夢見人《ドリーマー》にキスをした。

「フン」エルディンは、同意の唸り声をあげた。

「《放浪者》エルディンにちょっかいをかけたらどうなるか、いい教訓になっただろうよ」

「デイヴィッド・ヒーローについては、言うまでもないな」

ヒーローは、少しばかりムッとしながら言い放った。

「誰がデイヴィッド・ヒーローの話をしてる?」と、エルディンが聞き返した。「凄いことのひとつでもやったのか、お前?」

すっかり垢じみてしまった爪を眺めながら、ヒーローは大きなあくびをして。

それから、彼は無造作に、いかにもどうでもいいという感じで、杖を取り出して調べ始めた。

「あのてんやわんやの最中に、自分の首を危険に晒しながら、スィニスターの杖を奪い返すだけでなく、ラティの杖もいただいてきたのは、どこのどちらさんでしたかね。俺たちの目的って、要するにこいつだったはずなんだがな――まあ、他にも色々とあったがね」

「個人的な意見だけど」と、アミンザ。「大樹さんのしてくれたことは、私たち三人がやったこと全部を合わせても及びもつかないくらい、感謝に値すると思うわ」

その点については、二人の夢見人《ドリーマー》たちも同意見だった。

彼らはタラリオンが炎上し、やがて都邑《まち》が白い灰になり、夜風に吹き散らされていくのを見つめていた。幽鬼のラティの都市は、もはや存在しなかった。白蟻人《ターマン》や侍女《ハンドメイデン》、そして彼らの怪物的な女王の脅威は、地球の幻夢境から永遠に取り除かれたのである。

「どうして〝幽鬼《エイドロン》〟って呼ばれてたのかしら?」

幻夢境の星空の下、疲れ果てた体を引きずって大樹のところに引き返す道すがら、アミンザはかねて不思議に思っていた疑問を口にした。

エルディンは顔をしかめると、わからないというように首を振った。

代わりに、ヒーローが答えた。

「幽鬼《エイドロン》ってのはひとつの表象《ひょうしょう》であって、本物ではないものを指す言葉だ。ラティも本物ではなかった――まあ、そういうことなんだろうさ」

玉座の間の背後にあった、あの恐るべき交配の間で目にしたことを思い出し、ヒーローはぶるっと体を震わせて、そのまま黙り込んだ。


朝のうちに、彼らは小川を見つけて水浴びをし、溜まっていたひどい疲れや痛みを文字通り洗い流した。その後、彼らは持ち物をまとめて、アミンザは男たちの衣服を繕《つくろ》った。

午後の前半いっぱいを使って、彼らは大樹と談笑し、冗談を言い合った。

脅威が去ったからには、彼は東へ向かって、再び〝歩行〟を始めるつもりだった。そうして速やかに体力を回復し、その身が熟する高齢まで生きることになるのだろう。

日がな一日、冒険者たちは葉叢《はむら》や大きな枝の間でかくれんぼをしたり、小川で捕れた魚をご馳走になったりして過ごした。

しかし、午後も遅くになる頃、堂々たるホストは、彼らがそわそわしていることを感じて、大きな驚きを覚えた。それで、客人たちが彼の最も太い枝のひとつに横並びになり、自分の腕を枕代わりにして寝そべっている時、彼はひとつの提案を持ちかけたのである。

ヒーローは、すぐに立ち上がった。

「今何て言った、大樹さんよ？　俺の耳は確かなのか？」

《左様《さよう》。某《それがし》は、タラリオンを攻撃する前に、生命の葉を用意していたのだ。もしもお前さんたちを救えなくば……よしんば成功したにせよ、ラティに滅ぼされると思っていたのでな。某《それがし》は自分が破壊され、焼き尽くされると覚悟していた。故に、いささか早過ぎるのだが、某《それがし》は生命の葉を用意したのだ。異なる生を始めるのに必要な、特別な樹液をひとたび与えたなら、その生成を止めることはできないのでな。朝がやってくる前のほんの数時間の間に、生命の葉は自身を切り離して、自由に飛び立っていく。彼は完全に自立した生命となり、新たな樹が育つ生命力となるのだよ》

「クローンだ」エルディンが唸った。

「クローン？　何のことだ？」と、ヒーローが尋ねた。

エルディンはわずかに顔をしかめてから、言葉を続けた。

「わからん。だが、以前に知っていた言葉だ——たぶんな」

ヒーローとアミンザは同時に鼻を鳴らして、大樹に注意を戻した。

「だけど、生命の葉が私たちを旅先に運べるだなんて、本気で言っているの？」と、アミンザ。

《なぜ、出来ないと思うのだね？　彼は、某《それがし》がこれまでに生やした中でも特に大きく、愛らしい形の葉であり、比類なき飛行能力を備えているのだ。通常であれば、彼は自分の育つべき場所を探し求めることになる。暖かい日差し、穏やかな雨、肥沃な土壌といった条件を備えた土地を。だが、この度はきみたちに、その役割を託したい。きみたちの行く先とこの場所の間のどこかに、そうした場所があるに違いない。生命の葉はそこで根を張り、大樹に育つのだ》

「それにしても、安全に乗っていけるものなのか？」エルディンが不安げに尋ねた。

《保証しよう。生命の葉は、若さという自然の喜びに満ちているのだと、言っておくべきなのだろうな。それに、空の旅というのも——なかなかに爽快なものだと思わぬかな？》

「そいつを聞いて」ヒーローは乗り気だった。「ますます気に入った。幻夢境の夜空を、生命の葉でひとっ飛び！　一生に一度のチャンスだぞ。これまでに誰もやったことのない——」

《そして、今後二度と行われぬものであろうさ》と、大樹が言葉を引き取った。

「爽快、ねえ」エルディンは多少心配そうに、その言葉を繰り返した。

「宙返りとかせんだろうな」

《お前さんたち三人が乗っているなら、そんなことはせんよ》

「その子は、私たちが行きたい方に飛んでくれるの？」と、アミンザが質問した。

《無論。それが、彼に与える我が最後の命令となる》

「おったまげたな！」と、エルディン。「よもや、木の代父母〈キリスト教の洗礼式に立ち会い、神に対する契約の証人となる人間のこと〉になるとはね！」

《大樹の、と言って欲しいな》

「うん？　ああ！　もちろんそうだ」

大樹に念押しされて、年嵩《としかさ》の夢見人《ドリーマー》は申し訳無さそうにもぐもぐと言った。

「大樹さんよ」と、ヒーローが言った。「この前、あんたは生命の葉を見せてくれるって言ってたな。今こそ、あの約束を履行《りこう》していただきたいんだが？」

「私も」と、アミンザが言った。

「俺もだ」と、エルディンが付け加えた。

《そろそろ日が暮れる》と、大樹は答えた。《お前さんたちはほどなく、某《それがし》の花粉の効果で、眠りに落ちることになるだろう》

「時間はたっぷりあるし」と、ヒーロー。「明かりの方も十分にある」

そう言いながら、彼はシャツの中からラティの杖を取り出した。

その杖は、蛍《ほたる》の光を思わせる黄金色《きん》の輝きを放ち、薄闇を照らし出した。それを見た大樹はすぐに彼らを持ち上げて、生命の葉が生育されている秘密の中心部へと連れて行ってくれた。

そして、大樹の最上部――数多《あまた》の枝が籠のように組み合わさり、護っている場所にそっと降ろされた時、彼らは行儀よく沈黙した。親樹の巨大な幹から吐き出された浮力のあるガスで満たされたその場所では、生命の葉がその巨大で柔らかな葉身をのびのびと広げ、網目のように伸びていく葉脈が、特別な樹液によって目を覚まし、生き生きと脈打っていた。

その生命の葉の大きさたるや、大きな絨毯さながらで――大きいだけでなく美しく、しかも生きていた！——、力や知識の種、先祖の遺産といったものを大樹から受け継いで、喜びの鼓動にはちきれんばかりになり、夜のうちには目に見えて誇り高い雰囲気を纏《まと》い始めていた。

三人は物言わずそこに立ち尽くし、ラティの杖が放つ輝きが醸し出す魔法じみた雰囲気に包まれながら、長いことその光景を見つめていた。

ようやく口を開いた時、三人はまるで一人の人間になったようだった。この瞬間を壊したくなかったので、エルディンすらも囁くように話したのである。

「なあ、大樹殿」と、年嵩《としかさ》の夢見人《ドリーマー》が言った。「もうそろそろ寝る時間だな」

「そうね」アミンザも同意した。「少し眠っても良さそう」

「何しろ」ヒーローは、満足げに最後の言葉を口にした。「明日からは空の旅だものな！」

大樹が彼らを起こしたのは、夜が明ける二時間前のことだった。その時が来たのである。

彼は三人と荷物を持ち上げて、最も高いところにある秘密の場所に再び連れて行き、生命の葉の上に乗るよう促した。

最初は躊躇《ためら》いを覚えたものの、その巨大なホストへの信頼から、彼らは一人ずつ、肋骨めいた葉脈が走っている幅広の葉身に足を踏み入れ、全体を覆う長い柔毛の絨毯の中に腰を降ろした。葉っぱの表面が、優しいクッションとなって彼らの体重を支え、気嚢《きのう》が彼らの体型に合わせて形を整え、柔毛の生えた縁は少し丸まって、底の浅い船のような形に変化した。

ヒーローは、〝舳先《へさき》〟のところに座っていた。スィニスターの杖を軽く握ると、その握り玉は……西を指した！　南方海の海岸に沿って、西へ向かうのだ。

アミンザが膝上に載せていたラティの杖が、熱を持たない素晴らしい灯明《トーチ》となって、三人の顔を黄金《きん》色に輝かせた。彼らは体を強張らせ、少しばかり恐怖も抱いていた。お互い、何かを話したそうにしているのだが、誰も口を開かなかった。

やがて――

《時が来た！》と、大樹が告げた。

彼が近くの枝を何本か、幹から下に下げて傾斜路を作ると、そこらじゅうの葉が大きくざわめいた。その巨大な親樹から生命の葉が伸びているあたりから、柔らかく裂けるような音が聞こえ始めると、彼らはごくりと唾《つば》を飲み込んだ。

裂ける音が再び響いたかと思うと、生命の葉はぶるっと震え、ゆっくりと下方に傾いた。

《ああ！》と、大樹の声がした。《さらばだ、我が友よ、さらばだ！》

後々になって、三人は自分たちが彼に返事をしたかどうか、議論を交わすことになるのだが、誰一人として確かなことはわからなかった。

彼らは動き始め、生命の葉が枝の作る斜面を滑り降りる中、空気の流れを顔に感じ、滑走の抵抗を和らげるために敷き詰められていた葉っぱが、さらさらと音を立てるのを耳にした。

生ける絨毯は急激に傾きを増し、前方へ、下方へと加速し、わずかな衝撃が走って――

彼らは空中にいたのだった！

一瞬、宙に浮いていた三人だが、生命の葉がただちに質量を移動させて驚くほど効率的な翼を形成し、空中でバランスを取って、彼らの体の下に滑り込んだ。

夜明けを迎える軽快な風が、海を吹き抜けてきた。生命の葉はその風にうまく乗って高く舞い上がり、ほどなく丘や谷、川は遥か下方に取り残された。

生命の葉は、大きな螺旋を描きながら上昇し、座った姿勢のまま、髪の毛を風に吹かれるに任せていた乗客たちは、地球の幻夢《ゆめ》の広大で現実離れした陸地の全てを、ぞくぞくしながら大きく見開いた目で見下ろしたのだった。遥か遠くの南方海には、漁船などの船舶が孤独な灯り《あか》を点しているのが見え、東の方に目を向ければ、明け方の太陽の光がラティの杖に負けぬ輝きを放ち、幻夢境の果てを照らし出していた。

陸地が弧を描く西の方では、遥か遠くの暗がりに一瞬だけ都邑《まち》の灯りが見え、北方ではゆらゆらと蠢《うごめ》くオーロラが、幽霊じみたダンスを披露していた。

しかし、生命の葉は今しも、これ以上は上昇することのできない、大気圏の最上限界に達しようとしていた。さらに上昇すれば、蕃神《アザー・ゴッズ》どもの形も名前もない、怪物的な幼生の跳梁《ちょうりょう》する領域に入り込んでしまうのだ。

そのようなわけで、生命の葉はいったん高度を保って巡航し、〝舳先《へさき》〟を次第に西へ向けた。

然《しか》る後に、スィニスターの杖が指し示す方向へ三人の冒険者を運んでいくべく、生命の葉は長く緩やかな下降を開始したのである。

今はまだ高度があったので、眩い光の刃のような太陽が地平線上で輝いていて、その太陽の光が幻夢境の大河や小川を、銀色に染め上げていくのが見えていた。

彼らの飛行速度は凄まじく、大小の街や山脈が、測り知れぬ速度で眼下を通り過ぎていった。明るさも方向も覚束《おぼつか》なかったので、冒険者たちは自分たちが通過した土地をはっきり特定できなかったが、南方海沿岸の湾や港には、少なからず見覚えのあるところもあった。

以前の旅で訪れたことのある場所を特定できるようになり始めたのは、高度がより低くなり、山脈が見えてきてからのことだった。

やがて朝焼けの中で、覚醒《めざ》めの世界の男たちは、どうやらトロス川であると思《おぼ》しい、蛇行する川面の輝きと、その河口の近くに位置する霧深きティーリスの都邑《まち》を目にしたのだった。

そう、まさにこの地、ティーリスこそが、全ての始まりの地なのだった……！

気嚢から浮力ガスを放出しながら、生命の葉は漂うように降下していった。そして、あたかも葉っぱの下降に合わせるかのように——それとも、誘導するかのように、ヒーローが手にした杖の握り玉も、下向きにどんどん沈んでいくのだった。

ティーリスの外れに建っている城の小塔の上空を、二巡りほど旋回した後、彼らは背の低い城壁に囲まれたその城の広大な庭園へと急降下した。

冒険者たちは、生命の葉が樹々や背の高い低木の間をすり抜けていくのをひたすらに耐え、失速して横滑りするのを歯を食いしばって持ちこたえた。そうして、地面になだれ込むようにしてようやく軟着陸した時には、一斉に溜め息をついたのだった。

着地した葉っぱから震えながら這い出ると、その柄《え》のところから、長く白いミミズを思わせる細長い蔓が落ちてきたかと思うと、地中深くに潜り込み、ただちにそこに根を張った。

「地球の幻夢境で、一番日当たりがいい場所ってわけじゃないんだが」

草の上で萎《しお》れ始めた生命の葉をじっと見つめながら、ヒーローは独りごちた。

「まあ、こいつも承知の上なんだろうな」

「彼のことは、それほど心配せんでもいいと思うぞ、甥っ子よ」

そう言いながら、エルディンの唸るような声には警戒の響きがあった。

「少なくとも、今はまだ。何しろ、一つか二つばかり、問題が発生しているんでな。お前の杖が指している先に――」

ヒーローはそちらに目を向け――その手が本能的に動き、剣の柄を掴んだ。

スィニスターの杖の握り玉は、聳《そび》え立つ城の巨大な門をまっすぐに指していた。

そして、その高い内壁の上に、神秘文字《ルーン》の紋様をあしらった外衣《ガウン》と、円錐形の帽子を身に着けた人物が立っていたのである。

魔法使いの双眸《そうぼう》は来訪者を見据え、その唇には奇妙に影のある笑みが浮かんでいた……。

第2章　ティーリスのナイラスの物語

魔法使いは神秘文字《ルーン》を纏《まと》った腕で手招きし、このように呼びかけた。

「ようこそ参られた、ティーリスのナイラスの居城に。歓迎するぞ、御三方。大樹の生命の葉に乗って来た者を迎えられるとは、何たる光栄であろうか。さあ、恐れずに中に入りたまえ。魔導師ナイラスの屋敷で、諸君が危害を加えられるようなことは決してない――いかなることがあろうとも、儂の側にはそのようなつもりがない」

年齢を重ねた者に特有の、か細い声ではあったが、その歓迎は心底からのものに思われた。

三人は用心深く城を取り巻く堀に歩み寄ると、オーク材の跳ね橋を渡り、分厚い石で造られたアーチをくぐって、石畳敷きの中庭に入っていった。

ナイラスの方も、石段をゆっくりと降りて、彼らが待ち受けるところにやってきた。

彼の髪の毛と口髭は雪のように白く、顎髭は腰のあたりまで長々と伸びていた。

今しも、夜明けの光の中で見る魔法使いはかなりの年寄りで、皺《しわ》だらけだが人懐っこい顔に、どこか疲れの感じられる微笑みを浮かべていたので、彼らの不安はすぐに消えてしまった。

「それにしても、何と優秀な冒険者たちであることか！」

ヒーローとアミンザが手にした杖を見て、彼はリウマチ患者のような湿っぽい目つきをした。

「そなたがその杖を持っているということは――」彼は震える指をヒーローの杖に向けた。

「我が従兄弟スィニスターめは、もはやこの世にはおらぬのだろうな」

続いて、アミンザの方に向き直り、彼女の持つ杖を指差した。

「そなたがその杖を持っているということは――ラティめも同様と信じねばなるまい！」

「あんたの言う通りだ、御老体」と、エルディンが唸るように言った。「スィニスター・ウッドもラティも死んだ。そいつは、あんたにとっては喜ばしいニュースだったのかね？」

「喜ばしい？」魔法使いはすぐに答えた。「いや、儂にとっては悲しむべきことだ。それは、地球の幻夢境から、ささやかな魔法と神秘が喪《うしな》われてしまったことを意味するのでな。避け得ぬことであったことは認めよう……おお、それにしても……二人とも死んだか、諸君の手で」

彼は三人を順番に眺めた。

「ほうほう！　いつか、セレファイスやウルタールでこの勲《いさお》しが歌われることになろうぞ！」

「魔法使いさんよ」ヒーローが口火を切った。「俺たちは長い道程《みちのり》を経て、数多くの恐怖に直面してきた。俺たちは探索者《クエスター》だ。そして、俺たちが勝ち取ったこの杖を見知っているということは……三本目を探しにやってきたってことはわかるよな？」

「ああ、十分に承知しておるよ」と、ナイラスは答えた。「だが、残念ながら力にはなれぬ」

「何だと？」エルディンが睨みつけた。「だが、杖がここにあることはわかってるぞ！」

ナイラスは頷いてみせた。

「確かにその通り――だが諸君に渡すわけにはいかぬと、そう申しておるのだよ」

「ご忠告いたしますわ、お爺さま」

にわかに緊迫した空気に包まれる仲間と魔法使いの間に、アミンザが素早く入り込んだ。

「この人たちは、頭に血がのぼると見境がなくなるんです。杖をお持ちでいらっしゃるなら、お渡しいただいた方が身のためですよ」

「儂は、杖を持っておる」彼はそう答えると彼女の手を取り、優しげに撫でた。「そしてまた、儂は杖を持っておらん。その意味は、すぐに理解していただけるだろうて、お嬢ちゃん。さて、日がな一日ここにおっても埒《らち》が明くまい。共に朝食をとろうではないか。それから、諸君の話を聞かせてもらおう。その上で、諸君が望むのであれば、儂の事情を話そう――そうすれば、三本目の杖を渡さぬ理由が分かってもらえよう。さ、きみたちも来るといい」

数瞬、ヒーローとエルディンは顔を見合わせてから肩をすくめ、アミンザの腕に多少よりかかりながら、オーク材の大扉から城の中にゆっくりと入っていく魔法使いの後に続いた。

アーチ型の大窓から陽光が射し込んでいる、東側の小塔の高い部屋で、彼らはキクラン産のお茶に浸したハニートーストを朝食に供された。シンプルだが、満足のいく食事だった。

食事をとりながら冒険者たちがこれまでの話をするのに、ナイラスは時折頷きながら耳を傾けた。そして、客人よりも早めに食事を済ませると、唇を軽く拭ってからこう切り出した。

「諸君らが話してくれたことは概ね、儂が推測していた通りであった。実のところ、儂は諸君が生命の葉で飛行する様子を、遠見の石で追跡しておったのだよ。なに、諸君を見つけたのはほんの偶然でな、誓って言うが、スパイしていたわけではないのだとも。儂は儂で問題を抱えておってえな、最近は魔法を研鑽する時間もろくに取れぬ有様なのだ」

魔法使いは小さく笑ったのだが、三人はその笑いに悲しみが込められているように感じた。

「大変結構」と、ややあってから彼は続けた。「諸君が話してくれたように、儂の方も話をするとしよう——きみたちの話と同じくらい、面白く思ってくれれば良いのだが」

「どれ、少し考えさせておくれ……ああ、そうだ。やはり、そもそもの最初——今現在の地球の幻夢境で暮らしている、あるいは夢見ている者たちには夢にも思い及ばぬ、古い時代に遡り、話し始めるのが一番良いだろうて。さて、城塞の管理者《キーパー》が諸君に話したという、一〇人目の《原初のもの《ファースト・ワン》》のことを思い出すがよい。狂を発して三本の魔法の杖を奪い、城塞から逃亡したという者のことを。人々の紡《つむ》ぐ幻夢《ゆめ》が未だ幼く、幻夢境に始原の魔法が満ちていた時代から、儂の物語を説き起こすこととしよう！」

「発狂した一〇人目の《原初のもの《ファースト・ワン》》——名を、クラレク＝ヤムという——が、杖を盗み出して持ち去ったわけであるが、その杖というのは《原初のものたち《ファースト・ワンズ》》の道具だった——鍵と呼んでも良いだろうな。《原初のものたち《ファースト・ワンズ》》が意のままに出入りする、いくつかある時空の大門の鍵であったのよ。そして、鍵が盗まれたことにより……門は永遠に閉ざされてしまったのだ」

「クトゥルーに狂わされたクラレク＝ヤムは、全ての杖を持ったままでいることはできないことを知っておった。他の《原初のものたち《ファースト・ワンズ》》が操る装置によって、三本を同時に携えていれば、たちまち居場所をつきとめられてしまうのでな。そのような次第で、かの狂った男は第一の杖を、幾星霜を経たある日にスィニスターが見出した、山脈の底深き洞窟に隠したのだ。そして第二の杖は大荒涼山脈の背後にある大きな湖に投げ込まれて、そこからタラリオンへと流れていき、最終的に幽鬼ラティの手に渡ることとなった。しかして、第三の杖については、彼の者が自分のために携えたままであったのだ」

「あれらの杖そのものについて、説明をしておこう。諸君は、スィニスターの杖が道を指し示してくれたのだと言っておった。左様、その杖には他にも様々な機能が備わってはいるのだが、実のところ、道を指し示すことこそがその主要な機能なのだ。それこそは、星間宇宙や時の流れの中で、《原初のものたち《ファースト・ワンズ》》の強大な船を導いた装置に他ならぬのだ！　そして、ラティの杖は……あれが冷えたままで、黄金《きん》色の、決して消えることのない輝きを放っているのを、諸君らも目にしたことがあろう。それは、《原初のものたち《ファースト・ワンズ》》の船を推進する《窮極の力》の精髄なのだよ。そして、第三の杖だが――」

「おお、それは三本の中で最も奇妙な杖なのだ！　第三の杖を用いることで、《原初のものたち《ファースト・ワンズ》》はこの存在平面や、他の存在平面へと、意のままに出入りすることができるのだ――それを盗み出される以前、彼らがそうしていたように。その杖は、まるで最初から存在していなかったかのように、時間と空間を完全に抹消し、自身に都合良く再構築する。というよりも、その所持者《マスター》に都合良く再構築するのだよ。今この瞬間、クラレク＝ヤムその人こそが、第三の杖の唯一の所持者なのだ。その彼にして、第三にして最後の杖を決して使用することのできないある場所に、クラレク＝ヤムは幽閉されておる」

ここで、ナイラスは指を一本立てて、三人を沈黙させた。

「この事についても、儂の口から説明しておくべきであろう」

少し考えた後、彼はその物語を続けた。

「この幻夢《ゆめ》における始原の時代、トロス川の畔《ほとり》に建っておったこの城こそは、我が先祖にあたる《七中の七》《セブンス・オブ・セブンス》スーマスの居城であった。その名と称号の意味する通り、彼は幻夢境最初の魔法使いの、七番目の息子の七番目の息子にあたり、他のいかなる者よりも魔法の術《わざ》に長けていた。彼がそのつもりになれば、幻夢境を完全に我がものとすることも容易《たやす》いことであった。しかしながら、ごくわずかな例外を除いてその裔《すえ》に連なる者たちが皆そうであったように、彼は善き者だったのだ」〈七番目の息子の七番目の息子が、魔術師や吸血鬼などになるというヨーロッパの民間伝承がある〉

「その例外ってのが、スィニスター・ウッドだってわけだ」

少しばかり皮肉を込めて、エルディンが口を挟んだ。

「ふむ、ああ、そういうことになる」ナイラスも同意して、すぐに言葉を続けた。

「そのスーマスだが、城の居室に幻夢境の最古の時代に遡《さかのぼ》る、深遠なる奥義を記した書物を何冊か保管しておった。まともな人間がその題名を口にすることとてない、禍々しい大冊をな。そうした書物をいくつか受け継いでおる儂自身、敢えて諸君に打ち明けるが、その全てに目を通す勇気を持てずにおるのだ！　スーマス自らが重要な箇所に線を引いたコスの印にまつわる解説や、『ナコト写本』を解読するための神秘文字《ルーン》の手がかり、マガブの《万の配下》を呼び出すための呪文の数々、その他にも用途を挙げることすら憚《はばか》られる、恐るべき魔法の数々が記されていた――それだけ伝えれば十分であろうよ」

「狂える《原初のもの《ファースト・ワン》》は、スーマスの名と、彼が強力な魔術師であることを聞き知った。それで、クラレク＝ヤムは彼を探し出し、この上なく冥《くら》き儀式の手助けを求めることに決めた。その儀式とは、それが実行に移されたなら、地球の幻夢境を――ひいては、その他の時間や空間をも、完全に滅ぼし尽くすことになりかねないものであった！」

「要するに、彼の者はクトゥルーと《大いなる古きものども《グレート・オールド・ワンズ》》を、永遠の牢獄から解き放とうと目論んでおったのよ――ここだけでなく、覚醒《めざ》めの世界においても！　これ以上の説明は必要あるまい」

「かくして、彼は第三の杖と冒瀆的な提案を携えて、スーマスのもとにやってきた。諸君も察しているだろうが、杖の力によって、彼奴《きやつ》は既にクトゥルーとその同族を探し出す術《すべ》を手にしておったのよ。彼がさらに必要としていたのは、牢獄の鍵であった――それさえあれば、旧世界《エルド》の大いなる神々の御業《みわざ》を、一瞬で灰燼《かいじん》に帰すことができるとな。無論、スーマスとクラレク＝ヤム自身には、危害が加えられることは決してない。何しろ、クトゥルーを崇め奉る全ての人間の神官や奉公人たちの中にあって、最高の寵愛を受けることになるのだから。そして、不死なる彼らは未来永劫、驚異と栄光の中を歩むことになるであろう！」

ナイラスは、小さく乾いた笑い声をあげた。

「だが、どこの誰が喜んで不死の狂人になりたがるものか。我が先祖、《七中の七《セブンス・オブ・セブンス》》スーマスも、当然ながらそのようなことは望まなかった。それで彼は、狂人の狂った提案について検討する時間を求めた。そして、彼は検討する代わりに、かの月に打たれた《原初のもの《ファースト・ワン》》の如き狡猾なる者に相応しい、強力な呪文と罠を用意したのよ。我々皆が感謝すべきことに、哀れな狂人は見事、スーマスの罠にかかった。そして、スーマスは彼とその杖を丸ごと圧縮して、せいぜい遠見の石くらいの大きさの、ガラスの球体に閉じ込めたのだ。彼の者は今日に至るまでそのままになっているのだが――いつまでその状態が続くかというと、それについては何とも言えぬ……」

「今日に至るまで？」と、ヒーローが繰り返した。「生きてるのか？」

「左様。我が先祖は、《原初のもの《ファースト・ワン》》の命まで奪うつもりはなかったのでな。知っての通り、《原初のものたち《ファースト・ワンズ》》は長命なので、スーマスの呪文と相俟《あいま》って、クラレク＝ヤムは不死に近い状態となった」

「三本目の杖は、そいつと一緒に石の中に閉じ込められているってことか？」

　エルディンが質問した。

「その通り。そして、スーマスが圧縮した部屋の中にあった、数多《あまた》の魔術書もまた然り。彼は、大きな屋敷と同じくらいの数の部屋を、丸ごと圧縮したのだよ。狂える《原初のもの《ファースト・ワン》》の幽閉の苦しみを、多少なりとも和らげようとな」

　三人は顔を見合わせてから、ナイラスに向き直った。

「そいつは確かに奇妙な話だ」と、エルディンはうめいた。「あんたのもてなしには感謝しているし、恩知らずとは思われたくない。だがね――」

「いずれにせよ、到底信じられぬというわけかな？」

　魔法使いは、悲しげな笑みを浮かべた。

「大変結構。ならば、自分の目で確かめるといい」

　立ち上がって手招きをすると、彼は小塔の螺旋階段を降りて中庭を横切り、鉄の錠前で固く閉ざされている、年経《としふ》りて黒ずんだオーク材の扉へと向かった。彼らは足を止め、長衣《ローブ》から取り出した大きな鍵で、魔法使いが巨大な扉の錠前を開けるのを待っていた。

「ナイラスさんよ、あんたは遠見の石ってやつをたいそう大切にしてるようだが」

　地面の底深くへと続く湿った階段を降りながら、ヒーローが尋ねた。

「俺たちは、つまり――そいつを見に向かっているってことか？」

「その二つの質問のいずれにも、儂は肯定をもって答えよう」

ナイラスが応《いら》えを返した。

「儂はあれを大切にしていて、諸君はそれを見に向かっておる。まあ、いかに大切にしようと、クラレク＝ヤムが逃げ出したなら——」彼は肩をすくめた。「見納めになるであろうがな」

続いて、アミンザが質問した。「逃げてしまう可能性が高いというの？」

「そうではないかと恐れておる」と、ナイラスは頷いた。

「だけど、あなたのご先祖様のスーマスという方が、何百年も前に閉じ込めたのなら」

問い詰めるような口調で、彼女は言葉を続けた。

「あなたも同じことをすれば良いのでは？」

「スーマスは、彼奴の不意をついたのだよ。全てが起きてから、数百年どころか、永劫を重ねた歳月が流れ去ったのだ、愛《めぐ》し子よ。彼の者がそうやすやすと同じ罠に嵌《は》まってくれるなどと、本気で信じているわけではあるまい？」

アミンザは答えなかった。次の瞬間、にわかに通路が暗くなったので、彼女はラティの杖を掲げてそこを明るく照らし出した。

階段は途切れること無く続き、あたりの空気が急速に冷えこんでいった。こびりついた硝石が壁に病み崩れたような外観を与え、一行の立てる足音だけが大きく響き渡った。

エルディンが、今しも思いついたことを質問した。

「発狂した《原初のもの《ファースト・ワン》》が逃げ出すって話だが、どうやって逃げ出すのかは聞いていないな。誰かが、奴を解放しようとでもしてるのかい？」

「スーマスに封印されてからずっと、彼は自由を取り戻そうと試みてきたのだ」と、ナイラス。

「あんたの話を聞いて、妙だと思ったのはその点だ」

エルディンが、唸るような声を返した。

「このイカれたクラレク＝ヤムとやらが事実、第三の杖を持ったまま金魚鉢の世界にいるんだとして、なぜそいつはその中にとどまったままなんだ？　その杖は、異なる次元、時間や場所に通じている鍵なんだろうに」

「その通りだ」

ナイラスは白い頭で頷くと、石段の底に着いたところで足を止めるように告げた。

「確かにその通り――だが、杖の力はその大きさに合わせて小さくなったのだよ！」

「おいおい！」と、エルディンが叫んだ。「俺たちを莫迦にしてるんじゃないだろうな？」

ナイラスは、階段の最上部にあったものと同じくらい、頑丈な造りの扉の前で足を止めると、エルディンの方を向いて渋面を作った。

「夢見人《ドリーマー》よ」と、彼は言った。「きみは、儂の言葉を疑いたくて仕方がないようだ！　きみにとっては幸いなことに、私は人間というものを愛している。愛らしくない者が相手でも、その思いは変わらない……そうさな、儂がきみを殴ったとして、どうするね？」

「あん？」エルディンは面食らった。「ええと、俺の気性からして、殴り返すだろうな！」

「では、きみの身長が一インチしかなかったら？」

「一インチだと？」エルディンはさらに面食らった。「ううむ、俺は――俺は――」

「そして、きみが砂粒以下の大きさだったら？」と、ナイラスは問い詰めた。「つまりはそういうことだ。狂える《原初のもの》《ファースト・ワン》が小さくなったので、その力も小さくなったのだ。杖の力もまた同じだったということよ」

ヒーローは何事かを深く考え込んでいるらしく、そのことがひどく険しい表情に表れていた。

「ナイラスさんよ」と、彼は言った。「クラレク＝ヤムには、オッサーラ人の仲間がいたはずだよな。エブライム・ボラクのことだ。あんたにも話した通り、そもそもの最初に、スィニスターの杖の持ち帰らせようと、俺たちをあの山脈にある《原初のものたち》《ファースト・ワンズ》の領域に送り込んだのが、そのボラクだった。あいつが、《原初のもの》《ファースト・ワン》を解放しようと企んでるってことはないのか？」

「おお、それはないぞ！」と、ナイラス。「きみがそう考えるのも当然であろう。だが、違うのだ。第一の杖を取り戻すべく、彼の助力を請うたのは、他ならぬこの私だ。あの杖があれば、狂える《原初のもの》《ファースト・ワン》の確実な逃亡を防げると考えたのだ。しかし、あのオッサーラ人を代行者として選んだのは誤りだった。あの男は狡猾に過ぎ、信用に値しなかったのだ。後になって儂は気づいた――諸君らも知ったということだが、よもやあの男が、スィニスター・ウッドその人と手を組んでおったとはな！」

「そうだった」エルディンは呻くように言った。「ボラクとの決着もつけてやらんとな」

「もはや、その必要はない」ナイラスは物憂げに笑った。「あやつがティーリスの法を犯し、罪に問われた時に、全ての決着がついたのだ。あの男は助けを求めて儂のところにやってきたのだが、匿ってやろうとすると儂を害しようとしおった。自分が次なるティーリスの大魔法使いになりおおせるつもりだったのよ。確かに、儂の書物や護符、呪文、さらには魔道具の数々を駆使すれば、まんまとやりおおせたかもしれぬ」

「奴を殺しちまったのか？」エルディンは、落胆したようだった。

「いや、それは儂のやり方ではない」

「確かに、あんたの流儀には反するだろうな、ナイラスさんよ」

ヒーローがせっかちに割り込んだ。

「さておき、俺たちはあんたのように慈悲深くはないんだ。ボラクの奴はどこにいる？」

「来たまえ」と、年経《としふ》りた魔術師は答えた。

「その答え――全ての答えが、この扉の向こうの部屋にある。その目でしかと見れば、理解と納得が得られるであろう。十人目の《原初のもの《ファースト・ワン》》の狂気、その恐ろしさについてもな！」

第三章　十人目の《原初のもの《ファースト・ワン》》

硝石がこびりついた、冷え切った石の階段を一番下まで降りると、ナイラスは探索者《クエスター》たちを、明るく照らし出された豪華な地下の区画に案内した。遥か上方の城にある、魔法使いの暮らしている区画に匹敵する、壮麗な空間だった。

城の地下に、このような場所が存在するなどと、想像だにしていなかった。それぞれの部屋が綺麗に整頓されていることから、誰かがここを借りて、住み着いていたのは明らかだった。

しかし、いったい誰が住み着いていたのだろうか。手入れの行き届いた部屋のひとつひとつに彼らを案内しているナイラスに、ヒーローはその疑問をぶつけた。

「わからないとは意外なことだ。これらの部屋に手を加えたのはもちろん、儂の忠実なしもべ、エブライム・ボラクだよ。ここは、儂の所有している特に貴重な書物や道具——魔法使いにつきものの、あらゆる品々——を保管している場所なのだ。儂はいささか年を取りすぎて、もはやここを自分の手で管理することができぬ。それで、エブライムに代わりにやってもらっているのだ。法と秩序の勢力から、安全に匿ってやる代償としてな」

「魔法使い殿」と、エルディンは唸った。「俺をここに連れてきたのは大きな間違いだ。ボラクの野郎を見つけたら——」

「きみは何もせんだろうよ、大柄な友よ」

ナイラスは平然としたものだった。

「さて、無駄なおしゃべりはこのくらいにしておこうではないか。きみにも、すぐにわかるだろうて。ここにいるエブライム・ボラクが、きみを骨折り損の探求に送り出した男とはもはや、別人と化していることがな」

エルディンが魔法使いに反論しようとした瞬間、扉が開いて緑色の衣服に身を包んだ男が中に入ってきて、彼ら四人の姿を見て笑顔を浮かべると、深々とお辞儀した。そして、一言も口にすることなく、男はその部屋のいくつかの壁の壁龕《へきがん》にたくさん並べられている、ランプの油壷にせっせと補充し始めたのだった。

作業中、彼はずっと鼻歌を歌っていて、実に満足げな様子で微笑みを浮かべていた。探索者《クエスター》たちは、忙しそうに働いているその男を、長いこと見つめ続けていた。やがて、エルディンが一歩前に出ると、彼の体に手をかけて、自分の方に振り向かせた。

「ボラク！」顔に傷のある夢見人《ドリーマー》は、怒りの形相も露わに、相手の名前を吐き出した。

「エブライム・ボラク！」

だが、オッサーラ人の顔に浮かんだ笑顔は、一瞬たりとも消えなかった。

エルディンが睨みつけても、ボラクはただ微笑むばかり。そのうちに、この男が以前、《鼠通り》にあるハイマット・ゾラティンの宿酒場で出会った男ではないということが、エルディンにもわかってきた。

顔も体も同じだが、精神は別物だった。会話のできるような心を喪《うしな》っていたのである！

ボラクの笑顔は、彼の双眸《そうぼう》と同じく空っぽで、表情には認識の気配が感じられなかった。

このオッサーラ人は、エルディンのことを知っているのかもしれないが、あたかも月の人間を相手にしているかのように、全く気に留めていないのだ。いかつい夢見人《ドリーマー》が、緩慢な動作でボラクの体を解放すると、彼はすぐさま自分の仕事を再開し、ランプの油を満たし始めた。

愕然としたエルディンは、にわかに青ざめた顔をナイラスに向けた。

魔法使いは、悲しげに笑いながら、こう言った。

「満足したかね？《放浪者》エルディンよ。それとも、きみが与えようとしていた罰は、儂のものよりもさらに大きいものだったのかね？」

エルディンはもちろん、他の者たちも口をつぐんでいた。それを見て、ナイラスは頷いた。

「大変結構……では、最後の間に案内するとしよう。そこで、狂える《原初のもの《ファースト・ワン》》を閉じ込めた、遠見の石の牢獄を見せようではないか」

最後の部屋には、他の部屋のような豪華さはなかった。そこは、魔法使いの仕事場であり、それ以外のものは必要なかったのである。四方を囲むひんやりした石壁の、二つの面の壁際にベンチが置かれていて、複雑な器具が乱雑に散らばっていた。

床の敷石には飾り気がなく、天井は得体のしれない炎によってところどころ黒く焦がされており、いくつかある支柱は奇妙な色のしみや飛沫《しぶき》で汚れていた。

壁の一面には、サインやシンボルが描きこまれていた。また、別の一面には、その青銅のフレームに後ろ足で立つクラーケンの意匠をあしらった、大きな鏡が吊り下げられていた。

しかし、部屋の中心――ボルトで床に固定されている石のテーブルの上――には、魔法使いが話していた遠見の石が立っていた。ナイラスは、前置きなしに来客たちをそこに案内した。

そのガラスの球体はくすんだ青色で、大型の頭蓋骨ほどの大きさで、完全な球体であり――完全に不透明だった！

「どういうことだ？」

エルディンは呻きながら、帳《とばり》のかかったような球体の中心部を覗き込んでみたが、何も見えなかった。

「こいつが、十人目の《原初のもの》《ファースト・ワン》の棲家だってのか？」

エルディンに覗かせておきながら、ナイラスはヒーローとアミンザの方を向いた。

「諸君の友人を納得させるのは、なかなか難しい」と、彼は苦笑した。「とはいえ、彼が失望するのも理解できる。ここまでやってきて、最後の最後で壁にぶつかるというのは、さぞかし辛いことであろうから」

彼は改めてエルディンに向き直り、こう尋ねた。

「きみは本気で、クラレク＝ヤムの姿を盗み見したいと考えておるのだな？」

「おお、そのつもりよ」と、エルディン。「そこにいることだけでも、確認できりゃいい！」

「大変結構。ならば、そうすることにしよう。遥かな昔になるが、儂はクラレク＝ヤムの状態を確認するための術《わざ》を考案したのだ。最近は使っておらぬのだがな。率直に言って、彼の者が脱出方法を発見してしまったことを知ることになりはしまいかと、それを恐れておったのだ。だが、きみの好奇心がそれを要求するのであれば――」

彼はベンチのひとつに赴《おもむ》くと、形といい大きさといい、冒険者たちが本物の魔法使いの杖と聞いてまさしく思い浮かべる、神聖文字《ルーン》の彫りつけられた細長い木の棒を手に取って、壁にかかった大きな鏡の方を向いた。

「この鏡は、狂える《原初のもの《ファースト・ワン》》の小さな世界を覗く窓なのだ」と、彼は説明した。

それから、彼は杖の先で、クラーケンの装飾が施されたガラスを優しく叩いた。

まるで銀の箭《や》のように硬質な細い光条《ビーム》が、遠見の石から鏡へと放たれたかと思うと、それはもはや鏡ではなくなった。あたかも、ナイラスと彼の客人たちが、その先に広がる光景へと足を踏み入れるための入り口となったかのような、驚くべき映像が出現したのである。

最初のうち、くらくらしていた冒険者たちの感覚が戻ってくると、そこに映し出されているのが、ベンチや書物、化学薬品や錬金術の道具、さらには文字通りの意味で、およそありとあらゆる秘教的な絵文字やシンボルで覆われた壁といったものだとわかった。

　しかし、その部屋には誰もおらず、動くものひとつ見当たらなかった。

「ふむ」ややあって、エルディンが口を開いたが、その声は普段より抑えめだった。「それで、クラレク・ヤムはどこにいるんだ？」

「アーチ型の戸口が見えておるだろう」と、ナイラスが答えた。「クラレク＝ヤムはその向こうにある、数多くの部屋のひとつにおる。焦らないことだ、彼の者が実験の手を休めることは、滅多にないのだから。クラレク＝ヤムの望みはただひとつ――遠見の石から脱出し、彼奴の狂気の仕事に再び手をつけることのみなのだ。そのために、彼の者は自分自身を解放する術《すべ》を見つけ出すべく、間断なく試行錯誤を続けておるのだよ。あそこに、大いなる書物の数々が見えるであろう。あれこそが、スーマスの唯一の失策よ。魔法の典籍の数々を、クラレク＝ヤムどもども、球体に封じ込めてしまったのだ」

　ナイラスが話し終えると、右手の扉の影で何かが動くのが見えて、冒険者たちは額を集めた。修道会のカソックを思わせるフードつきの長衣《ローブ》に身を包んだ、人間の男性のような体型の人物が映像の中に入ってきて、ベンチの方を向いたのである。ベンチには黒い装丁の本が置かれていて、その開かれたページには、光り輝くシンボルが並んでいた。

　鏡に近づいたエルディンは、こちら側のベンチに置かれていた小さなガラスのフラスコを、誤って床に落としてしまった。フラスコは大きな音を立てて粉々になり、ナイラスの客人はその場で凍りついたのだが、魔法使いは特に動じていないようだった。

「彼には、きみの立てる音は聞こえないのだ」と、ナイラスが説明した。「ただし、同じやり方で彼がこちらを向けば、話は別なのだが。御覧の通り、彼も鏡を持っておる。だから、こちら側の部屋は、彼の部屋と同じように、あちら側から見えてしまうのだよ」

「人間そっくりに見える。こいつが、クラレク＝ヤムなのか」

《原初のもの《ファースト・ワン》》には聞こえないとナイラスが保証したにもかかわらず、ヒーローの声は囁き声のように小さかった。

「《原初のもの《ファースト・ワン》》ってやつが、こんなにも……人間じみた姿をしてるとは思わなかったぜ」

「いいや、そんなことはない！」そう言うと、ナイラスは体を震わせた。

「彼が長衣《ローブ》を纏《まと》っていることに感謝するといい。その下に、怪物じみた姿を隠していることを――少なくとも、人間の目にはそのように映るだろう。そしてまた、この者を唯一の例外として、その見かけが悪しかろうとも、《原初のものたち《ファースト・ワンズ》》が善性の種族であることにもな！」

ナイラスの言葉と同時に、鏡の中の空間に見える灰色の長衣《ローブ》姿の人物が振り返り、四人が立っている方へまっすぐに目を向けた。

エルディンの猪首《いくび》に、アミンザが腕を回して小さな悲鳴をあげたので、彼は慌てたように後ろに下がった。ヒーローの目は大きく見開かれ、腕や背中に筋肉が盛り上がった。

ナイラスだけが動じることなく、鏡の向こうからこちらを見つめる怪物に、慣れた様子で挨拶を返し、頷いてみせた。クラレク＝ヤムの方も、フードを被った頭をほとんどわからないほどに小さく頷き返し、こちらをじっと見つめ続けていた。

彼らが見たのは、《原初のもの》《ファースト・ワン》の目だけだったが、それで十分だった。

頭蓋骨にぽっかり開いた巨大な眼窩《がんか》を思わせるその双眸《そうぼう》は——まるで地獄の黄色い窖《あなぐら》のように燃え上がり、火花を噴き出さんばかりに輝いていた。そして、その力強い眼差しは、彼を見返している冒険者たちの、魂そのものを侵食するように思えた。

ややあって、ナイラスが「さて」と口にして沈黙を打ち砕き、客人たちをはっとさせた。

「我々の実験を試みようではないか。わざわざこんなところにやって来たのは、何も諸君らの好奇心を満たすためだけではないのだとも、若き友人たちよ」

「どういうことだ、ナイラスさんよ？」

ヒーローは質問したが、口の中に溜まった唾のせいで、その口調はいささかぎこちなかった。

「諸君らが携えてきた杖は、スーマスがクラレク＝ヤムを閉じ込めた障壁の強化に必要なものであったのだよ。諸君の許しを得られるなら——近い内にそれを使いたいところなのだが？」

ヒーローとアミンザは、同時にシャツの中に手を伸ばして、ただちに杖を取り出した。

ナイラスの申し出に反射的に体が動いてしまったのだが、鏡の中にいる《原初のもの》《ファースト・ワン》——クラレク＝ヤムに注意を向けていたナイラスは、同行者たちの行動を見ていなかった。だから、鏡の向こうの怪物の表情が変化して初めて、彼はその致命的なミスに気づいたのである。

「今ではない！」

ヒーローとアミンザの手に握られた杖を目にした彼は、クラーケンの意匠をあしらった鏡からよろめく足取りで距離をおき、大声で叫んだのだが——時既に遅しだった。

いつの時代も、スーマスの末裔が代替わりをしながらクラレク＝ヤムの番人を務めていた。

それで、狂える《原初のもの《ファースト・ワン》》は、覚醒《めざ》めの世界は言うに及ばず、この幻夢境に生きる全ての人類種に対する復讐を誓っていたのである。

測りしれぬ永劫の歳月を重ね、彼はこの瞬間が訪れるのを何千回となく夢見てきたのだ。

三本全ての魔法の杖を媒介にして、彼が永遠に勝ち得た暗黒の知識のありったけを行使できる瞬間が、ついに訪れたのである！

ナイラスが叫ぶよりも早く、クラレク＝ヤムは第三の杖を長衣《ローブ》から引き出して、遠見の石の中に封じ込まれた部屋の鏡にかざしてみせた——そして、彼の命令が発せられるや、急速かつ不可逆的な一連の現象が始まったのだった。

彼の杖から発せられた銀色の光条《ビーム》が、鏡を貫いて二人の冒険者が手にする杖へと飛来した。

ヒーローとアミンザは、後ろ向きに部屋の反対側に吹き飛ばされ、二本の杖は抵抗を許さぬ大きな力で彼らの手からもぎ取られた。そして、再び銀色の光条《ビーム》が鏡に飛んでいくと同時に、杖も一緒に消え失せたのである。

今や、クラレク＝ヤムは三本の杖を再び所有し、目論見通りに力を行使できるようになった。

ラティの杖は、彼を取り囲む時空の障壁を溶かすための魔力を、彼自身の杖に供給する。然《しか》る後に、スィニスターの杖の導きで時空の歪みを通り抜け、地球の幻夢境へと至るのだ。

狂気の《原初のもの《ファースト・ワン》》の姿は、恐るべき力に満たされて、みるみるうちに膨れ上がった。

長衣《ローブ》を脱ぎ捨て、勝利を誇示するように杖を振り上げた彼は、鏡が粉々の破片に砕け散る直前の狂乱の一瞬に、その正体を完全に曝《さら》け出した――それは、皮膚を波打たせ、腕代わりの触手を備えた、灰色の直立した蛞蝓《なめくじ》だった！

同時に、ナイラスの遠見の石もまた部屋を揺るがす轟音と共に崩壊し、魔法使いと夢見人《ドリーマー》たちは、ボロ人形の如く壁に吹き飛ばされた。

そして、その大爆発の余韻が消えた時……

テーブルの上には、かつて牢獄の水晶玉が置かれていたあたりで砕け散っている石の破片の中に、ついに自由を取り戻したクラレク＝ヤムが立ち尽くしていたのである。

その触手を名状しがたい様子で蠢《うごめ》かせながら、蛞蝓《なめくじ》もどきの頭部で炎のように燃え盛っている双眸《そうぼう》で、彼は今なお燻《くすぶ》っている部屋をぐるりと睥睨《へいげい》した。次の瞬間、彼の視線は、乱雑に物が散らばっている部屋の隅の床でもがいている、魔法使いナイラスの姿に向けられた。

「ナイラス！」

彼の発したその声は、蟇《ひきがえる》の鳴き声を思わせる、大音声のしわがれ声だった。

「スーマスの落とし子め！　今こそ、クラレク＝ヤムの怒りを味わうがいい！　今すぐに送り込んでやるわ！　誰も赴《おもむ》いたことがなく、二度と再び誰かが赴《おもむ》くこともない場所へな！」

忌まわしき異形の怪物は、三本の触手に握りしめた杖を、半ば麻痺したような状態で足をよろめかせている魔法使いへと向けた――まさにその瞬間、緑色の服を着た人物が部屋に入ってきて、その光景を目にするや否や、狂気の《原初のもの》《ファースト・ワン》と無力な主人の間に飛び込んだ。

一瞬たりとも微笑みを絶やすことなく、エブライム・ボラクはクラレク＝ヤムが今しも放出している、この世のものとは思えぬエネルギーの奔流を受け止めた。一瞬だけ、オッサーラ人の形をした光が明滅し――空っぽになった緑色の長衣《ローブ》だけが、床にぱさりと崩れ落ちた！

その頃になると、恐怖が貼り付いたような表情を浮かべたヒーローとエルディンが剣を抜いて立ち上がり、よろめく足取りでクラレク＝ヤムに向かっていった。

しかし、未だにショックが抜けきっていない状態の彼らが、《原初のもの》《ファースト・ワン》にとって何ら脅威となりえないことを、彼はよく理解していた。

彼は二人を無視し、改めて三本の杖をナイラスに向け――

クラレク＝ヤムが一回だけ、驚いたようなくぐもった叫び声をあげると、その杖を握る手はみるみるうちに、煙をあげながら萎《しぼ》んで黒ずんでいき、ぼろぼろの灰になった。

他の部位についても同様で、ゴムじみた頭部にある円形の口から二度目の叫びが発せられる前に、信じがたい勢いで腐敗が進行して、彼の頭部は色のついた灰の塊と化してしまった。

やがて、偏執狂の《原初のもの》《ファースト・ワン》が立っていた場所には、ひどい悪臭を漂わせている煙の柱が、いつまでもゆらゆらと立ち昇るばかりとなった。

クラレク＝ヤムの全身の——分解——はほんの一瞬の出来事だったので、全てが終わった時、落ちてきた杖が床に転がって、未だ反響音を響かせていたのだった……。

「スーマスが、我々を救ってくれたのだ」

城の高いところにある広々とした空間に戻った後で、ナイラスは彼らにそんな話をした。

「儂は、先祖のことを見くびっておったわ。彼は、クラレク＝ヤムの逃亡を予見していていて、それに備えた予防策を講じておったのよ。きわめてシンプルな手段のな。クラレク＝ヤムが遠見の石の牢獄に留まっている間は不死も同然の状態なのだが、もしも彼が外に出れば——」

「測り知れない歳月が、奴の身に追いついてくるってところか？」と、ヒーローは推測した。

「その通り。狂える《原初のもの》《ファースト・ワン》は古代に属する存在であり、二億五千万年前には塵と化していただろうからな……」

「でも、そういうことなら残りの《原初のものたち》《ファースト・ワンズ》は？」と、アミンザが尋ねた。

「あの山脈の大きな城塞で眠っている九人は？　彼らも朽ち果てて塵になってしまうの？」

「いいや娘よ、そうはならぬのだ」

ナイラスは年老いた頭を振った。

「彼らを拘束している魔法は、科学の魔法なのだ。我が祖先スーマスの魔法というのは——」

彼は、そこで肩をすくめた。

「ただの——魔法だからの！」

「なるほど、つまり」と、エルディンが口を挟んだ。「クラレク＝ヤムの瓶詰めの世界は本物ではなく、ミニチュアの理想郷《シャングリ＝ラ》に過ぎなかったってわけだ」

「シャングリ＝ラ？」と、ヒーローは顔をしかめた。

「ああ、ええと」

エルディンはいかにも物知りという感じの顔を作ったつもりだったのだが、その表情はヒーローのしかめっ面にそっくりだった。

「そいつは、あー、南方の縞瑪瑙《オニキス》の柱の先にある谷のことで――」

「「今考えたんだろ（でしょ）！」」

ヒーローとアミンザが同時に叫び、彼らは皆、声をあげて笑ったのだった。

第4章　夢《ね》睡《む》れる者たちが覚《め》醒《ざ》める時

彼らは朝日を浴びながら、その城で一番高い小塔の屋上に立っていた。

三人とすっかり身綺麗になって、ナイラスの賓客《ひんきやく》として昼と夜が四回巡る間、のんびりと暮らしているうちに、十分な休息をとっていた。

魔法使いは、喜んで彼らをもてなした。何故なら、彼自身の言葉を借りれば、冒険者たちはナイラスに「新しい人生」というやつをもたらしたのである。

実際の話、彼らは地球の幻夢境そのものに、新しい命を与えたのだ。少なくとも、今現在の命を、無期限に延長したのである。

幻夢境――覚醒めの世界――つまり、宇宙そのものが彼らに借りを作ったのだ。決して認められることはないだろうし、返済されることもないのだろうが。

ナイラスにできることといえば、彼らをもてなすことくらいだったが、三人はそれを快く受け入れて、実に牧歌的な四日間を過ごしたのだった。

霧深い季節が過ぎ去り、春の温かい日差しが降り注ぐ中、広々とした城の庭園では、柔らかい芝が青々と生い茂っていた。彼らの居室には行き届いた設備が整っていて、出される食事といえば、ナイラスが提供することのできる最高のものばかりだった。

実のところ、それらの食べ物や飲み物は、魔法の産物なのだろうと彼らは考えていた。何しろ、旅の中で訪れたことのある数多くの都邑《まち》で、これほど素晴らしい肉や果物、ワインといったものを味わったことはなかったのである。

さて、腹を満たし、元気を取り戻した彼らは、荷物を背負って出発する準備をしていた。最後の旅路における移動手段なのだが、これまで以上に奇妙なものとなるはずだった。沼地の樹で拵《こしら》えた筏《いかだ》に乗っての悪夢めいた急流下りや、大樹の生命の葉に乗っての飛行など、それに比べれば何ということもないだろう。

今回はナイラスの助力――魔法の力を借りての旅となる。それも、魔法使いや妖術師の魔法ではなく、〝科学の魔法〟――《原初のものたち《ファースト・ワンズ》》の科学に頼るのである。

かいつまんで言えば、三本の魔法の杖を使って、山脈の巨大な城塞へと戻るのだ！

ナイラスは、この方法を用いた旅は怪我はもちろん、いかなるトラブルに見舞われることもなく、瞬時に実行可能なのだと、冒険者たちに請け合った。

今この瞬間、彼らは高い小塔の屋上にいるのだが、次の瞬間には……

ヒーローとエルディンに求められたのは、目を閉じて心を開き、城塞の奥深くにある秘密の部屋のことを考えることだけだった。もちろん、ナイラスも多少は手伝ってくれるが（「調整に努《つと》める」と彼は言った）、後のことは杖が勝手にやってくれるというのである。

三人はナイラスに別れを告げ（科学的、秘教的に関係なく、魔法に対して多少なりとも厳しく懐疑的な態度を、常日頃から示すエルディンも含めて）、三角形を描くように並んだ。彼らは手を繋ぎ、それぞれ杖をしっかり握りしめ、最後に老魔術師の姿を見てから目を閉じた。男たちは城塞の奥の部屋に集中し、アミンザは彼らと一緒にいることに意識を集中し、ナイラスが力を統一した。

三人の冒険者たちは一瞬、目眩を感じた。そして、少しばかりよろめいてから目を開けて——

——そして、今度は先程よりも激しくよろめくことになった！

《不遜にも、禁断の城塞に入り込んだのは何者ですか》

管理者《キーパー》の大音声が響き渡り、制御盤の光は赤く染まって、怒りに満ちた激しい動きを見せた。

「ええい、またお前か！」エルディンが、同じくらいの大声で怒鳴り返した。

「神の御名にかけて、頼むから落ち着いてくれ、管理者《キーパー》さんよ！」

耳鳴りに苛まれながら、ヒーローが叫んだ。

「俺たちだけだよ！　あっと、アミンザもいるか」

一瞬、唖然としたように静まり返り、音声制御盤上の光点の色が、可視領域のカラースペクトルの端から端まで変化した。やがて——

《デイヴィッド・ヒーローと《放浪者》エルディンではありませんか》

管理者《キーパー》が、機械じみた驚きの声を発した。

《そして、あなたがたが話していた少女、アミンザ・アンズなのですね。あなたがたは扉を介さずに帰還を果たした。ということはつまり――》
管理者《キーパー》の声のトーンがあがり、甲高い金属音のように変化した。
《――ということはつまり――!》
アミンザは目を大きく見開いて、心配そうな顔つきであたりを見回した。
「壊れてしまうわよ!」
彼女は感情を昂ぶらせて、叫び声をあげた。
「あなたが誰だろうと……」
《壊れるですって!》
管理者《キーパー》が色めき立って叫んだ。
《私が自分自身を傷つける!》
「そうなってしまうわ!」
彼女は頷いて、さらに主張した。
《そのようなことは、大した問題ではありません》
管理者《キーパー》は答えた。
《問題なのは、あなたがたが杖を持っているかどうかで……それ以外はどうでもよろしい》
「ああ、杖を全部持ってきたぞ」と、ヒーローが言った。

急に圧縮空気の音が聞こえたかと思うと、部屋の中央の制御盤にある小さな扉が開いた。その開口部の中でえは、小さな稲妻を思わせる電光が、星間宇宙のような深い闇の中で、絶え間なくパチパチとはじけるような音を立てていた。そして、扉のすぐ内側の、金属で造られた部分が終わって、異様な暗闇が始まっているところに、空っぽのソケットが見えた。その穴の先は内部の虚空と融合して……どこにも繋がっていないように見えた。

《杖を》

制御盤上で黄金《きん》色と緑色の光点を輝かせながら、管理者《キーパー》の声が促した。

《ソケットの左から順に、杖を一本ずつ挿し込むのです。最初はスィニスターの杖で――》

まるで、杖の方が自らの意志をもって、ヒーローを動かしたような感覚だった。スィニスターの杖はその穴に滑り込むと、瞬時にがっちりと固定された。

ヒーローは握り玉を離して背後に飛び退き、底なしの暗闇と、装置の内部でパチパチと音を立てている稲妻から離れたところに立った。間もなく、それまでは無目的にはじけているばかりだった小さな稲妻に、何かしらの明確な意図が宿ったように見えた。

《今度は、根源《ソース》の杖を！》

紫色の光点を脈動させながら、管理者《キーパー》が叫んだ。

《黄金《きん》色の光を放つ杖のことです》

アミンザが一歩前に出ると、手を震わせながらラティの杖の端をソケットに挿し込んだ。

彼女は、少しよろけ気味に後ろに下がったので、ヒーローが彼女の体を捕まえた。

《最後に》

鈍い赤色と黄色の光点を、囁きのように小さく蠢《うごめ》かしながら、キーパーが告げた。

《転移《ワープ》の杖を！》

「いや」と、エルディエンは答えると、クラレク＝ヤムの杖を握ったまま、後ろに下がった。

「こいつはおあずけだ、管理者殿《キーパー》」

《今すぐ実行するのです――ただちに！》

怒りによるものか、制御盤を白く煌々と輝かせて、管理者《キーパー》が唸るように命令した。

「お前さんの約束はどうした？」エルディンは叫んだ。「俺たちの報酬はどうなる？　もっと重要なことがあるぞ。この最後の杖をソケットに挿し込むと、何が起きるんだ？」

《夢睡《ねむ》れる者たちが覚醒《めざ》めるのです》と、管理者《キーパー》は告げた。

《あなたがたの報酬については――あなたがたは、間違いなくそれを得られるでしょう。恐れることはありません。さあ――杖を》

エルディンはヒーローの方を見て、二人はさらに少女の方を向いた。

「私たち、このために来たんだから」と、彼女は言った。

ヒーローとエルディンは、またしても互いの反応を探るような視線を交わしたが、最終的に年嵩《としかさ》の夢見人《ドリーマー》が前に進み出ると、開いた扉に近づいて、三本目の杖を取り出した。

異様なエネルギーは今や生きているかのようで、何らかの意図を宿していた。

究極の暗闇に満たされた洞穴の中で、パチパチとはじける音を立てながら踊っている奇妙な稲妻が、クラレク＝ヤムの杖をスロットに誘導するように動き、エルディンの指からそれを奪い取ろうとするかに見えた。

三本目の杖がスロットに挿し込まれるや否や、制御盤の扉がありえない速度でバタンと閉じ、反射的に飛び退いたエルディンは、バランスを崩した体を仲間たちに支えられた。

奇妙な金属の装置の中からは今や、とてつもなく大きな音が鳴り響いていて、彼らの足元では柔らかい材質の床がビリビリと震えていた。

シュッという音が聞こえたかと思うと、部屋の壁に大きな入口が現れ、夢見人《ドリーマー》たちは以前のことを思い出して鼻を鳴らした。そして今、管理者《キーパー》が彼らを送り出した時と同じように、その扉は大きく開かれていたのである。

《行きなさい》と、管理者《キーパー》が告げた。《すぐに城塞から出るのです》

「何だと？」

激情が理性を圧倒し、エルディンが怒鳴り声をあげた。

「約束はどうなったんだ！」

《質問には応じません――**ただ従うのです！**》

力強く、はっきりした声で、管理者《キーパー》は命令を下した。

「管理者《キーパー》め、地獄に落ちやがれ！」

ヒーローが叫び声をあげ、アミンザはエルディンを無理やり開口部に引きずり込んだ。

「俺たちを騙して、まんまと一杯食わせやがって！」

《莫迦者！》と、キーパーが答えた。《我が主人達が起きようとしているのです。彼らが覚醒《めざ》めた時に、あなたがたはここにいたいのですか？》

夢見人《ドリーマー》たちの顔からは怒りが一瞬でかき消えて、恐怖の表情が貼り付いた。

《原初のものたち《ファースト・ワンズ》》が覚醒めた時に、ここにいたいかだって？

外に出てくる姿を見たいかだって？

彼らは善良だというが――そんなことを誰が保証できるだろうか。

管理者《キーパー》の言葉？　それとも、ティーリスの老魔法使いの言葉？　そして、彼らの無限の力、全《まった》き異質さのこともある……。

《行くのです！》管理者《キーパー》が再び大音声を発した。

そして、彼らが敷居を越えるや否や、しゅっと音が鳴って、彼らの背後で扉が閉められた。外の隧道《トンネル》の中では、彼の最後の命令がなおも響き続けていて、ぶんぶんと唸るような音と震動と混ざり合って徐々に強められ、彼らが震えている暗闇の中で、幾度も反響を繰り返した。

「お前ら二人とも、じっとしていろよ」

怒りの冷めたエルディンが、呻くように言った。彼は荷物を解いて火打ち石を見つけ出すと、彼のまっすぐな剣の刀身に結びつけたボロ布で灯明《トーチ》を拵《こしら》えた。

エルディンが作った間に合わせの灯《あか》りで道を照らし出し、三人は城塞の外を目指した。

道筋を心得ていたことと――城塞全体を震わせるような音、さらには今しも城塞の中で覚醒め始めているのだろう《原初のものたち《ファースト・ワンズ》》の事が頭にあったので、彼らは落とし穴や罠に塗《まみ》れた迷宮を、軽々と進んでいった。

彼らは進めば進むほどに、さらに速く進まなければという焦燥感に駆られていた。

例の重力孔が、恐るべき引力をすっかり喪《うしな》っていたので、以前はひどく筋肉を酷使することとなった谷間を一気に横断することができたのは僥倖《ぎょうこう》だった。

反対側の壁に到達した時には、エルディンお得意の鉤投げが前回以上に冴え渡った。

迷宮をさらに進むにあたり、彼らは二本目の灯明《トーチ》に火をつけて、さらに多くの落とし穴や回転する敷石、音の反響する岩を切り出した隧道《トンネル》などを突破していった。

その頃になると、ゴロゴロと何かの転がるような音は、途方も無い轟音になっていて、三人の心に中には、視覚――あるいは魂そのもの――の器官である黄色い孔を備えた、皺《しわ》だらけの灰色の生物が直立している姿が、ありありと浮かんでいた。

そして、冒険者たちはようやく、目眩を起こさせる恵みの光が台地に降り注ぐ場所にたどり着いたのだった。彼らは急ぎながらも、足を踏み外すこと無く大岩を登り終え、張り出しの下にある洞窟を目指して、つまずきながら走っていった。かつて彼らが、スィニスター・ウッドと彼が崇める怪物的な生ける像と戦った、あの洞窟である。

　走りながら、ヒーローが三人全員が考えていることを吐き出した。

「俺たちは莫迦だ、大莫迦野郎だ！　何もわかっちゃいなかった。十人目の《原初のもの》《ファースト・ワン》は狂ってた。実際、そうなんだろうさ――だが、確かなことは何もわかっちゃいない。そもそも、《原初のものたち》《ファースト・ワンズ》が狂うってことが、どういうことなのかもな」

「お前の言う通りだ、甥っ子よ」と、エルディンは呻いた。「事によると、クラレク＝ヤムこそが唯一、正気を保っていたのかもしれんのだからな！」

「狂っていようがいまいが、九人がクラレク＝ヤムのことをどう思っていたかなんて、私たちにはわかりっこないんだわ」アミンザは息を呑んだ。「つまり、私が言いたいのは……」

「お前さんの言いたいことはわかるよ、アミンザ」と、ヒーロー。「俺たちは、あいつを殺したんだ――少なくとも、それに関与した」

　崖の張り出しが頭上に被さっているところで、彼らは走るのをやめて、《原初のものたち》《ファースト・ワンズ》の城塞を振り返った。遠く離れた今も、そこから轟く音が聞こえ、台地を形成する岩の地面を伝わって、僅かな震動すらも冒険者のもとに届いていた。

　城塞の表面からはみ出した大きな岩石が、小石のようにぼろぼろと岩棚に落ちて、大きな音を立てていた。空気そのものが揺れているようで、そこかしこで悪魔を思わせる形をした砂塵が舞い上がり、くるくると舞い踊るような奇怪な動きを見せていた。

「見て！」

ややあって、アミンザが息を飲み込んだが、仲間たちは既にそれを目にしていた――

――彼らは頭の毛が逆立つほどの恐怖を感じていた。イブ＝ツトゥルとの戦いの終わりに彼らがこの場所で目にした、そして二度と目にすることはないと思っていたものが、城塞から蛇のようにぐねぐねとうねりながら流れ出していたのである。

それは、輝く光の粒子で織り上げられた、緑色の光の帯で、蛇のような流れる動きで広大な岩棚の上を移動していた。その不気味な流れは、城塞から逃げ出した冒険者たちが通った道に差し掛かったところで急停止し、その〝頭部〟を頷くように上下させた。それから、あたかも血痕を辿る猟犬の如く、緑色の輝きを放つ蛇は、彼らの移動した後を追うようにして台地を移動し始め、スピードを上げながらこちらに向かってきたのである。

次の瞬間、蛇は冒険者たちにのしかかる位置にやってくると、いったん速度を落として――彼らをぐるりと取り巻いた！

《あなたがたは、恐れているようですね》

どこからともなく聞こえてきたその声は、クラレク＝ヤムの声がじ辛辣で邪悪だったのと対照的に、甘く優しい声だった。霊妙でありながらも凛とした声で、内部を含む光の帯全体から、同時に発せられているようだった。

《あなたがたを怖がらせるつもりはないのです。管理者は、ある種の約束をしました。それを、

叶えてあげましょう。《放浪者》エルディンよ……あなたの一番の望みは何ですか？》
「俺か？」エルディンは唇を舐め、胸が高鳴るのを感じた。「俺が望むのは――」
《さあ、さあ、エルディン！　あなたの求める報酬をお言いなさい》と、声が促した。
年嵩《としかさ》の夢見人《ドリーマー》の目がゆっくりと大きく見開かれ、顔いっぱいに笑いが広がった。
「俺は――」と、彼は口を開いた。
《富ですか？》
「いいや」エルディンはゆっくりと頭を振った。「金持ちみたいな実利は求めない。俺が欲しいのは……俺に敬意を払う都邑《まち》だ！　住民たちが俺を愛し、有力者たちが俺のことを対等に扱い、若い男たちが――」（彼はそこでちらりとヒーローを見た）「俺を羨《うらや》むような！」
《それで全部ですね？　それならば、あなたは手に入れることができますよ――すぐにもね。
それでは、アミンザ・アンズ、あなたはどうですか？　あなたの望みは？》
「私はただ、自分が元々いたところに戻りたいんです」
彼女は即座に小声で答えた。
《あなたが元々いた？》
「家です」と、彼女は頷いた。
《あなたの願いも叶うことでしょう――すぐにね。では、あなたです、デイヴィッド・ヒーローよ。私たちは、あなたに何をもって報いれば良いのですか？――ただ、急いでください。

私たちはもはや、そう長くはここにいられないのです》
「俺は……夢の名前《ドリーム＝ネーム》が欲しい！」
《他には何もいらないのですか？》
「要らない」と、ヒーローは首を振った。「俺は……単なる古株の夢見人《ドリーマー》であることに、いい加減うんざりしてるんだ！　俺は今こそ、地球の幻夢境の一部になったと感じてる。だから、自分のあるべき姿になりたいんだ……」
少しの間、あたりには緑色の輝きが揺れるばかりになった。
やがて、万感の籠もった声が告げた。
《あなたがた三人は実に稀有な方々です。あなたがたの行動が、幻夢境に再び平和を取り戻したのですから。あなたがたは冒険者ではありますが、それ以上に英雄なのです。真の英雄なのですよ……夢の名前が欲しいというのですね、デイヴィッド？　よろしい、あなたにひとつの名前を差し上げましょう……》
声が一瞬止まり、ヒーローは期待と共にその言葉を待ち受けた。
《稀なことではありますが、時に、覚醒《めざ》めの世界からやって来た者が、地球の幻夢境においても覚醒の名前を維持されることが許されるのです。それが良い。今より、あなたはデイヴィッド・ヒーロー――《幻夢の英雄《ヒーロー・オブ・ドリームス》》を名乗るがいい！》
緑色の輝きは一瞬にして消滅し、あたかも地震に襲われているかのように揺れ続けている台地に、三人は取り残された。彼らが互いにしがみつき、城塞を見つめているうちに、その基部の側面に沿って、大きな亀裂が広がっていくのが見えた。

さらに多くの岩が城塞から岩棚へと、雷鳴のような轟音を立てて転がり落ちていった。

そして、城塞はといえば――

立方体型をした巨大な岩全体が――強大なエネルギーが揺らめく中を、ゆっくりと空中に持ち上げられ始めた。自らの高さの少なくとも四分の一ほどの高さまで浮上し、さらに上昇を続けるかに見えたその時――

それは跡形もなく消え失せた！

「行っちまった！」ヒーローが息を呑んだ。「門を抜けて、帰還したんだ」

「連中、杖を使ったのか」エルディンが唸った。「俺たちが持ってきた鍵を」

「行ってしまったのね」アミンザが囁いた。「だけど、どこに行ったのかしら」

彼らは長い間立ち尽くし、何もなくなってしまった平坦な台地を見つめていた。

アミンザの問いかけに、答えられた者はいなかった。

エピローグ

イレク＝ヴァドを発ったヒーローは、黄昏の海の海岸沿いを進んでいた。

彼は一人ぼっちで、哀愁を漂わせていた。銀の装飾を施された革製の鞍を備えている、実に見事な力強いヤクに乗り、おろしたての上等な長衣を身に着け、鞍に吊るされた革袋には金貨が詰め込まれていたにもかかわらず、彼は物悲しい様子だった。

彼は孤独な男で、唯一の望みは自分のあるべき姿を見出すことだった。

物思いに沈みながら、彼は春から夏にかけて幻夢境の大部分を横切り、友人たちと連れ立ってイレク＝ヴァドにやって来た、長旅のことを思い出していた。

その都邑《まち》では、アミンザの里親にあたる家族たちが、長いこと行方不明だった娘を熱烈に迎え入れて、エルディンのことも心から歓迎し、ヒーロー共々親切にもてなしてくれた。

それから、エルディンは報酬を受け取った。イレク＝ヴァドは彼に敬意を払い、この都邑《まち》の何千人もの住民たちが、彼の名前を知ることになったのである。

何しろ《放浪者》エルディンこそは、夜鬼《ナイト＝ゴーント》に奪い去られて久しい、イレク＝ヴァドで最も貴重な花々の一人、アミンザ・アンズを連れ帰ってくれたのだから。

そしてアミンザは――彼女もまた、報酬を受け取ったのではないだろうか。

彼女は今、家に帰り着き、自分の居場所に戻ってきたのだから……。

ヒーローは、結婚式を前にその都邑《まち》を立ち去った。仲人たる名誉を拒否するのに、十分な理由を見つけたのである。彼が逃げるように出発する姿を、目にした者はいなかった。

少なくとも、彼は夢の名前を――それも、誇りに思えるような名前を手に入れたのだ。

《幻夢の英雄》……そのことが、わずかな慰めにはなった。

彼は手綱を引いて、珪石の崖から黄昏の海の海底をしばらく見下ろした。そこでは、顎髭と鰭《ひれ》を備えた痩身のノオリたちが泳いでいて、海底の迷宮を影が絶え間なく動き回った。

彼らは風変わりで寡黙だったが、一人ぼっちではなかった。

ヒーローがヤクの頭を街道に戻すと、遠くの方で埃が舞い上がっていることに気がついた。これまで彼が進んできた都邑《まち》の方からの道を、ヤクに乗っている一人の男が鞍の上に立ち上がり、彼の方を見て必死に手を振っているのである。

たぶん、ヒーローと同じ旅人で、道中の道連れを探しているのだろう。

ヒーローは、仲間を望んでいなかった。仲間なんてものは所詮、曇天の夜にかかる月影のように、出たり消えたりするものなのだ。彼は前方に向き直って、ヤクの足を速めた。

その時、昼の大気を貫いて叫び声が聞こえてきて、彼は素早く手綱を引いた。遠くに見えた斑点が、彼の背後で徐々に大きくなっていたが、彼はまだ振り向かなかった。見ようともせず、信じもしなかった。聞き違いだ。そうに違いない。そして再び、叫び声が聞こえた。その声を認識した時、彼の心臓は大きく脈打った。ようやく彼は振り返ると、明るい日差しに目を細めた。そして――

彼は正しかった。そんなことはありえないはずなのだが、そこにいたのは――

エルディンじゃないか……

指揮官殿
交通課
エディンバラ中央署
重大な交通事故
警察報告書への補遺：TA　271/'79

閣下、

上記参照先の報告書を「事故死亡者セクション」に移し、以下のように修正します。

1．デイヴィッド・ヒーロー：負傷、死亡。

2．レナード・ディングル教授：負傷、死亡。

上記両名は二週間近く生存したものの、ついに意識を取り戻しませんでした。

ただし、ディングル教授については興味深い事実があります。事故の直後、集中治療室において、肺がんの進行が認められました。二週間後、死後検死において、彼の肺に病巣が存在しないことが明らかになったのです！　医師によれば、説明がつかないとのことでした。

3．ザザ・インマン：重症者リストより削除済み。

貴兄も覚えておいでのことでしょうが、ミス・インマン（ザザというのは、職業上の名義と思われます）は事故当時、現場を歩いていた通行人でした。彼女はディングル教授の運転する自動車の車輪に衝突し、頭部を負傷しました。喜ばしいことに、彼女は部分的に回復し、昨日の夕方に意識を取り戻しました。現時点で、彼女はエディンバラ・フェスティバルの期間中、レパートリー劇団の訪問公演でアルバイトをしていたことが判明しております。

彼女が昏睡中に頻繁にその名前を呼んでいた、友人のミスター・エルディン、推定ディヴィッド・エルディンについては現在、追跡調査が進行中となっております。この人物が発見されれば、彼女の素性についてさらに多くのことが判明することでしょう。さしあたって、彼女は順調に回復しております。

D・エリオット巡査部長
担当班長
交通課〝B〟班
エディンバラ中央署

訳者あとがき

森瀬　繚

　青心社の刊行物では初のお目見えとなるブライアン・ラムレイについて、まずはさっくりとご紹介しよう。ラムレイは英国北東部のダラム州に位置するホーデンという町で、一九三七年一二月二日に呱々《ここ》の産声をあげた。奇しくも、彼が後にそのフォロワーとなる米国の怪奇作家Ｈ・Ｐ・ラヴクラフトの病没から、約九ヶ月後のことである。

　クトゥルー神話作家としては、オーガスト・Ｗ・ダーレスとドナルド・ウォンドレイが立ち上げたアーカム・ハウスの刊行物を通して神話に参入した「第二世代」の主要作家の一人で、一三歳の頃に雑誌で読んだロバート・ブロックの「無人の家で発見された手記」（青心社『暗黒神話大系シリーズ　クトゥルー1』に収録）に夢中になったことが、クトゥルー神話との初遭遇ということだが、複数の作家たちが設定を共有していることについては、一九六〇年代に入ってから——英国陸軍の憲兵（ＲＭＰ（王立憲兵隊）に所属）としてＮＡＴＯ軍に参加し、西ベルリンに駐在していた一九六〇年代の初頭に初めて気づいたということだ。

　オーガスト・Ｗ・ダーレスのアーカム・ハウスが、ラヴクラフトと同時代——「第一世代」クトゥルー神話作家の作品集を刊行していることを知った彼は、海の向こうから本を取り寄せて熱心に読みふけり、暗黒の神話大系にすっかり魅せられてしまった。やがて彼は、夜勤の傍《かたわ》ら自らも小説を執筆するようになり、書き上げた作品をアーカム・ハウスに送り始めた。ややや素人臭さはあるものの、情熱に溢《あふ》れた彼の作品はただちにダーレスの目にとまった。

そして、まずは同社が刊行していた雑誌〈アーカム・コレクター〉に、「キプロスの妖貝 The Cyprus Shell」（一九六八年、邦題は「深海の罠」）などの短編が掲載され、さらに一九七一年には、処女単行本『黒の召喚者』がアーカム・ハウスから刊行される運びとなった。

こうして念願の怪奇作家デビューを果たしたラムレイは、その後しばらくは軍人との兼業を続けるも、一九八〇年末に退役（最終階級は憲兵准尉）、以後は作家業に専念する。

日本では、第一単行本の表題作「黒の召喚者」に登場するオカルト探偵タイタス・クロウの活躍を描く〈タイタス・クロウ・サーガ〉（東京創元社より全六冊が刊行中）が有名だが、関連書の刊行時期だけ見れば、〈サーガ〉よりも先行するクトゥルー神話もののシリーズとして、古代ティームドラ大陸にまつわる『クトゥルーの館 The House of Cthulhu』以下の〈始原の大陸〉三部作が存在する。ただし、英語圏では吸血鬼ものの『ネクロスコープ』シリーズが大ヒットしており、こちらが彼の代表作とみなされているようだ。

さて、本作『幻夢の英雄 Hero of Dreams』より始まる〈幻夢境《ドリームランド》〉シリーズは、〈始原の大陸〉〈タイタス・クロウ・サーガ〉に続くラムレイの第三シリーズで、〈幻夢境〉と呼ばれるロード・ダンセイニ風の世界を舞台とする、剣と魔法《ソードアンドソーサリー》のヒロイック・ファンタジーである。

〈タイタス・クロウ・サーガ〉と同様、二人組の冒険者が主人公のバディものだが、ホームズとワトスンを意識したという同シリーズに比べると、男臭く欲望に忠実で、ややボンクラ気味のデイヴィッド・ヒーローと〝放浪者〟エルディンは、フリッツ・ライバーの「ファファード&グレイ・マウザー」シリーズを多少、コメディに寄せた感じの冒険者《アドベンチャラー》だ。

舞台となる〈幻夢境〉は、「北極星」（一九一八年）から「未知なるカダスを夢に求めて」（一九二七年）に至る、ラヴクラフトの前期作品中にしばしば描かれた、人間の見る夢の深層に横たわっているという、いわゆる「中世ファンタジー」風の幻想的な異世界。様々な時代の地球人が夢見た美しいものや恐ろしいものが実体化した、文字通りの意味の夢の世界で、地上の時間感覚や距離感を超越した不可思議な法則に従っている。

「未知なる〜」によれば、地球の幻夢境へ行くにはまず、浅い夢の中のどこかにある階段を七〇段降りて、神官のナシュトとカマン＝ターがいる〈焔の神殿〉を訪れる。そこからさらに七〇〇段の階段を降りると、この世界に通じる〈深き眠りの門〉に到達するのである。ただし、食屍鬼《グール》やズーグなどの異形の種族が、覚醒《めざ》めの世界と呼ばれる現実世界と幻夢境を行き来しているなど、他の移動手段の存在も作中で示唆されている。幻夢境の存在とその赴《おもむ》き方を心得ている覚醒めの世界の人間は〈夢見人《ドリーマー》〉と呼ばれていて、彼らの中にはオオス＝ナルガイという地域を治めるクラネス王のように、覚醒めの世界では既に死んでいる人間もいる。

ラヴクラフトの手になる幻夢境ものの作品については、筆者が企画・翻訳を手がけている新訳クトゥルー神話コレクション（星海社）の第四集『未知なるカダスを夢に求めて』に、訳注や解説を付した上でほぼ全ての作品を収録しているので、そちらを参照していただきたい。

だが、クトゥルー神話に連なる世界としてはあまりに毛色の異なる幻夢境を、後継作家たちの多くが微妙に扱いかねたようで、幻夢境ものの作品集『妖蛆の館 House of Worms』をアーカム・ハウスより刊行したゲイリー・メイヤーズや、単独作としては最後の長編である『虚ろなる十月の夜に』（竹書房）にて主人公が幻夢境に赴く趣向を盛り込んだロジャー・ゼラズニイ、そして他ならぬラムレイなどのわずかな例外を除き、題材に選ぶ作家は稀だった。

そのため、ラムレイのこのシリーズは〈幻夢境〉の貴重な設定ソースとして重宝されていて、ケイオシアム社の『クトゥルフ神話ＴＲＰＧ』には、彼の設定が数多く取り込まれている。

なお、米国のキジ・ジョンスンが、THE DREAM-QUEST OF VELLITT BOE と題する幻夢境ものの小説を二〇一六年に出していて、東京創元社にて邦訳が予定されているようだ。

〈幻夢境〉シリーズは、本作『幻夢の英雄』を皮切りにまずは長編三冊が、続いて外伝的な短編集『アランに凍てついて Iced on Aran』の計四冊が刊行された。加えて雑誌掲載の短編が二本あり、こちらは『ネクロスコープ』シリーズ関連の単行本に収録されている。

『幻夢の英雄 Hero of Dreams』（一九八六）

「幻夢の船 Ship of Dreams」(一九八六)
「幻夢の狂月 Mad Moon of Dreams」(一九八七)
「アランに凍てついて Iced on Aran」(一九九〇)
「ナクサス・ニスの奇酒 The Weird Wines of Naxas Niss」(一九九一)
「幻夢の盗人 The Stealer of Dreams」(一九九二)

長編三部作が、〈タイタス・クロウ・サーガ〉の第五巻『ボレアの妖月』(一九七九)と最終巻『旧神郷エリシア』(一九八九)の間に横たわる空白の時期に、あたかも物語の隙間を埋めるためであるかのように執筆されたことは興味深い事実である。実際、作中の時系列は第三巻『幻夢の時計』に描かれた事件の後に位置しており、主人公二人は最終的に、『旧神郷エリシア』においてタイタス・クロウとの合流を果たすのだ。両シリーズは密接な関係にあり、作中で名前の挙がるゲルハルト・シュラッハ(既訳書ではスクラッハ)や、本作の序盤と終盤の舞台となるティーリス(ラムレイの独自設定)は、共に『幻夢の時計』で触れられている。また、大樹の種族は、『旧神郷エリシア』でも言及される。

物語としては独立しているので、〈タイタス・クロウ・サーガ〉を読んでおかないと筋が追えないというようなことはない。とはいうものの、〈サーガ〉の物語への目配せがそこかしこにちりばめられているので、併せ読むことで楽しみがよりいっそう深まることもあるだろう。

今日、「クトゥルー神話大系」として巷間《こうかん》知られる世界観は、H・P・ラヴクラフトを中心とする作家たちの間で架空の神々や書物、地名といった「背景素材（バックグラウンドマテリアル）」を共有するお遊びから生まれた架空の神話、宇宙史である。ラヴクラフトが早逝《そうせい》したことで、彼自身の構想についてはその一端しか明かされなかったが、彼の死後、F・T・レイニーやリン・カーターら熱心なファンや研究者によって体系化が進められた。そして二〇二〇年現在、英米や日本のみならず、世界各国で知られている「クトゥルー神話の世界観」は事実上、一九八〇年代から数十年にわたり展開を続けてきた『クトゥルフ神話TRPG』固有の設定によって上書きされた感がある。しかしながら、ラムレイ作品を含む「第二世代」のクトゥルー神話作品が、このゲームの背景設定の出典として数多く採用されているにもかかわらず、それらのうち日本語で読めるものは、ほんの一握りに過ぎないというのが現状だ。

本書によって、ラヴクラフトの〈幻夢境〉、ひいてはブライアン・ラムレイに代表される第二世代の神話作品群に興味を向ける読者が増えてくれることを、切に願うものである。

まずはそう遠からぬ未来、『幻夢の船』（鋭意翻訳中）での再会をお待ちいただきたい。

追伸：エピローグ中の書類に記載されている「ザザ・インマン Zaza Inman」という女性名が、とある登場人物の名前の並べ替え《アナグラム》になっていることを、最後に付記しておく。

幻夢の英雄

2021年 6月 10日　初 版 発 行

著　者　ブライアン・ラムレイ
翻訳者　森 瀬　繚
発行者　青 木 治 道
発　売　株式会社 青 心 社
〒550-0005 大阪市西区西本町 1-13-38
新興産ビル720
電話　06-6543-2718
FAX　06-6543-2719
振替 00930-7-21375
http://www.seishinsha-online.co.jp/

印刷・製本　モリモト印刷株式会社
ISBN978-4-87892-433-0 C0197